le MARCHAND de SABLE

SAISON 2

Ce livre est une fiction. Les noms, caractères, professions, lieux, événements ou incidents sont les produits de l'imagination de l'auteur utilisés de manière fictive. Toute ressemblance avec des personnages réels, vivants ou morts, serait totalement fortuite.

Le Marchand de sable a été imaginé par Gaïa Alexia en mêlant la légende du Marchand de sable qui endort les enfants en faisant tomber du sable sur leurs yeux (notamment issu de la culture scandinave) et la mythologie nordique. Il s'agit donc d'une œuvre de fiction, proposant une vision originale et modernisée des dieux nordiques et s'éloignant ainsi des mythes tel qu'on les connaît.

Collection New Romance® créée par Hugues de Saint Vincent
Collection New Romance® dirigée par Arthur de Saint Vincent
Ouvrage dirigé par Marine Flour

Image de couverture : © Shutterstock
Couverture : Marion Rosière

34-36, rue La Pérouse
75116 Paris

ISBN : 9782755641721
Dépôt légal : juin 2019
Imprimé en France par Corlet
N° d'imprimeur : 203124

GAÏA ALEXIA

NEW ROMANCE®

le MARCHAND de SABLE

SAISON 2

Hugo Roman

PROLOGUE

♦♦♦

Paris est assaillie par la pluie. Je n'avais encore jamais découvert la capitale française de Midgard dans ces conditions. Pourtant, j'adore y venir. Mais le rythme auquel je dois progresser dans ses rues ne me laisse que peu de temps pour observer les magnifiques façades des immeubles. Les gouttes ne m'atteignent que par intermittence. Rien de magique ou de divin à cela : quelqu'un tient un manteau au-dessus de moi, m'obligeant à marcher un peu penchée.*

— Qu'est-ce que je ne ferais pas pour ma meilleure amie… soupire l'homme qui m'accompagne.

— Ce n'est que de l'eau, Delling, et je ne suis pas en sucre, m'entends-je lui répondre.*

Il glousse et me pousse soudain sur le côté pour m'éviter de mettre les pieds dans une flaque.

— Tu vois, sans moi tu aurais pu tomber dans la fontaine des Nornes, se justifie-t-il aussitôt.*

— Ben voyons ! rétorqué-je en me marrant.

Nous continuons de progresser, puis, soudain, je le pousse à mon tour pour le conduire volontairement dans une flaque non loin. Il l'évite de peu en riant.

— On est bientôt arrivés ? le questionné-je.

Il regarde au loin et estime la distance qu'il nous reste à parcourir. Je déteste marcher ! *C'est une des choses humaines à laquelle je n'ai jamais pu me faire.*

L'artère que nous remontons depuis un moment s'étire jusque je ne sais où.

— Oui, regarde, c'est là-bas !

Enfin !

Je n'avais pas envie de venir. Lorsque les Nornes convoquent quelqu'un, c'est rarement pour une bonne nouvelle. Mais Delling a insisté pour m'accompagner. Il dit que l'on ne se soustrait pas au destin.

Pourquoi les trois femmes ont-elles décidé de s'installer dans ce monde ? Cela reste un mystère, même pour moi qui adore Midgard…

Mon meilleur ami s'immobilise soudain devant une porte qui ne paie pas de mine, et me fait un signe de tête pour que j'entre.

— Je t'attends ici, Nott. Visiblement la prédiction ne me concerne pas, alors je dois te laisser là.*

— Ah ! Ok. À tout de suite !

Je reprends mon souffle pour laisser le temps à mon esprit de s'apaiser. Allez, Nott, ce ne sont que les Nornes, après tout ! Trois nanas inoffensives qui prédisent l'avenir.

Après avoir pénétré dans une boutique qui ressemble à une friperie – et sent comme une friperie –, je trouve celles que je viens voir, alignées derrière un comptoir, souriantes. La plus vieille, qui tient un voile à la main, me demande :

— Déesse de la nuit, tu es prête ?

— Oui, qu'on en finisse et que je puisse retourner à mes occupations, m'entends-je répondre froidement.

Les deux autres femmes autour d'elle sont ses sœurs, même si ce n'est pas évident au premier coup d'œil de deviner leur parenté.

Celle qui vient de s'adresser à moi semble friser les 100 ans, se tenant courbée et ne pouvant rien tenir sans le secouer ; la deuxième doit avoir mon âge et arbore un look sans fausse note, ni vieux ni jeune ; la troisième, enfin, ne doit pas avoir plus de 8 ou 9 ans et laisse lire son impatience sur ses traits juvéniles.

— Prendre connaissance d'une prophétie n'est pas rien… Tu devrais t'asseoir, insiste la plus âgée.

— Donne-lui, bon sang ! Ce que tu peux être lente ! envoie la deuxième en désignant le voile que sa sœur tient à la main.

— Sinon, tu pourrais encore attendre… me propose la petite fille. Mais moi, j'aime pas attendre pour savoir ce qu'il va se passer.

— La patience n'est pas mon fort ! Ne me faites pas perdre plus de temps, grondé-je devant leurs querelles éternelles.

Si j'entre dans leur jeu, j'en ai pour des heures !

Celle qui est dans la fleur de l'âge s'empare du morceau de tissu et l'accroche à un magnifique miroir en pied devant moi.

— Approche, déesse ! m'ordonne-t-elle.

Un courant d'air parcourt soudain la boutique. Je me retourne pour voir qui vient d'ouvrir la porte, mais celle-ci est close. En regardant à nouveau le miroir, je constate que le voile ondule à l'intérieur de celui-ci, comme si la vitre avait disparu pour s'ouvrir sur un autre monde.

Je m'approche pour observer ce qu'il s'y passe puis recule d'un pas. Mais la plus âgée me donne un coup de canne pour me dissuader de me soustraire à ce qui se déroule sous mes yeux.

J'assiste à des scènes de destruction, comme dans ces films dont les humains raffolent. Des feux incontrôlables dévastent la canopée d'Alfheim et répandent dans tout l'Yggdrasil une fumée mêlée de cendres qui me brûle les poumons. Les endroits dans lesquels nous adorons nous rendre avec Mane* s'écroulent. Des tempêtes torturent les océans de Midgard, balayant les humains. Un tremblement de terre démolit la forteresse d'Asgard*. Je vois les personnes qui* *comptent le plus pour moi mourir sous mes yeux. Je suis impuissante, immobile, tentant en vain de hurler pour les prévenir qu'il faut fuir. Je sens les larmes couler sur mes joues. Les corps inertes de Sol*, Kvasir* et tant d'autres parsèment mon chemin.*

Où est celui qui compte plus que tout ? Je l'appelle, mais ma voix ne résonne pas.

— C'est toi qui as fait tout ça, Nott... La nuit a tout détruit... Elle a dit oui...

Je ne sais pas qui murmure tout près de moi.

J'enjambe les cadavres de mes amis pour trouver celui que j'aime. Il ne peut pas... Pas lui !

— Mane ! hurlé-je dans l'air vicié autour de moi.

— La déesse lui a dit oui, elle a détruit l'arbre de vie... La nuit recouvre tout... souffle la même voix que tout à l'heure.

J'essuie mes joues en luttant contre des sanglots qui m'empêchent de hurler le prénom de la Lune, mon aimé, encore une fois.

Je trébuche, me rattrape et avance sur un chemin sans horizon.

— Nott... appelle une voix affaiblie que je reconnaîtrais entre mille.

— Mane !

Enfin, je l'aperçois. Je me précipite vers lui. Il va bien, il est debout !

— Mane ! Il faut partir, c'est la fin du mon...

Je prends conscience du sang qui s'étale lentement sur son torse. Sa peau est si blanche brusquement qu'il semble disparaître sous mes yeux.

— Je t'ai tant aimée... souffle-t-il.

Il tombe en arrière sans que je puisse le retenir. Mon cœur manque un battement. Du sang coule de sa tête. Il ferme les yeux.

— Mane ! hurlé-je.

Des papillons blancs explosent autour de lui et prennent une couleur écarlate avant de mourir, cloués au sol. La peau du dieu de la lune s'effrite sous mes doigts comme du sable fin.

Mane ne m'entend pas hurler de douleur. Il ne voit pas les mondes s'effondrer les uns sur les autres et disparaître dans la noirceur. Ma nuit est partout. Elle dévore chaque chose vivante sans rien laisser sur son passage. J'ai fait tout ça, j'ai tout perdu !

— En s'unissant au dieu de la lune, la déesse de la nuit cause la fin de tout, assène une des Nornes.

— Ouvrez les yeux, déesse ! ordonne une autre.

J'obéis et le décor de la petite boutique de vêtements d'occasion apparaît à nouveau autour de moi.

♦♦♦

Comment rester, après ça ? Comment accepter de provoquer la perte de tous par amour ? Comment assumer de voir celui qu'on aime plus que tout s'en aller ?

Je comprends Nott, j'aurais fait le même choix qu'elle. J'ai fait le même choix qu'elle. J'ai fui. Loin de lui. Loin de nous. Loin de ce que nous provoquerons.

Depuis mon retour, je tourne en rond chez moi, dans ce minuscule appartement dans lequel j'étouffe. Impossible de fermer l'œil. Pourtant, je suis épuisée. Et cette fois, ce n'est pas à cause du Marchand de sable qui me poursuivait il y a quelque temps. La faute incombe à ce souvenir qui ne cesse de me hanter. Pourquoi fallait-il que je me rappelle ça ?

Alors que je suis debout devant l'unique fenêtre de mon salon, je percute. *J'avais un meilleur ami !* Enfin, Nott avait un meilleur ami. Qu'est-il devenu ? Pourquoi Sol et Mane ne m'ont-ils jamais parlé de lui ?

Soudain, l'image d'Ella m'apparaît. J'ai besoin d'elle, besoin de sentir qu'elle sera toujours là, que rien ne nous séparera. J'ai aussi besoin de sa normalité pour oublier tout ça...

J'attrape mon portable et, comme si c'était urgent, au lieu d'envoyer un SMS comme j'ai tendance à le faire d'habitude, je l'appelle.

Trois sonneries plus tard, elle répond sur un ton surpris.

— Nola ?

— J'ai besoin d'une épaule... dis-je simplement.

— J'arrive, ma chérie.

Le tremblement de ma voix lui a suffi pour comprendre. Elle n'a pas posé de questions, elle n'en avait pas besoin.

1

Nola

♦♦♦

J'ai pris une douche rapide et je suis en train d'en sortir lorsqu'on sonne à la porte. *Ella a été plus rapide que prévu !* J'ai encore les larmes aux yeux. J'essuie mes joues d'un revers de main, m'enroule dans ma serviette et file lui ouvrir.

Elle passe la porte avec son trop-plein d'énergie habituel.

— SOS-Ella à ton secours, bonjou…

Elle s'arrête en plein milieu de sa phrase alors que je fuis son regard perçant, trop honteuse de me retrouver si faible devant elle.

— Houlà ! Tu nous fais un chagrin plus gros que je ne pensais…

Je ne réponds pas et referme derrière elle. Ella enlève son manteau en regardant autour d'elle.

— Qu'est-ce qu'il s'est passé ici ? m'interroge-t-elle en regardant les murs nus de mon appartement.

– Euh…

Mane s'impose à nouveau dans mon esprit, faisant monter d'autres larmes jusqu'à mes paupières. Dans mon esprit, je l'entends ricaner quand je lui ai dit qu'il allait devoir refaire la tapisserie de mon appartement après l'avoir saccagée.

Je tente de reprendre mon souffle pour éviter d'éclater en sanglots devant Ella, mais celui-ci est saccadé, ce qui n'échappe pas à mon amie. Elle jette son manteau et son sac sur le clic-clac et vient aussitôt me prendre dans ses bras, sans un mot. Elle m'aide juste à affronter la tempête de tristesse qui fait rage en moi.

Après plusieurs longues secondes qui m'aident bien plus que j'aurais pu le croire, elle se redresse et pose ses mains sur mes épaules, fermement.

– Il habite où, ce connard ? demande-t-elle, les sourcils froncés. Que j'aille lui dire deux mots !

Ella et ses dons de voyance ! Comment fait-elle pour deviner les choses aussi facilement ?

Je lâche un petit rire amer en retenant la réponse qui ne demande qu'à franchir mes lèvres. Si je lui dis la vérité, elle va me prendre pour une folle, et c'est de réconfort dont j'ai besoin, pas d'un regard interloqué. J'ai besoin de me confier, mais je vais devoir veiller aux mots que j'utilise.

– Qui qu'il soit et quoi qu'il t'ait fait, qu'il aille en enfer ! envoie Ella en me tirant vers le clic-clac et en me forçant à m'y asseoir.

– Il pourrait bien y avoir fait un tour ! laissé-je échapper en essuyant mon visage.

Ma meilleure amie file dans la cuisine, et j'entends la porte de mon frigo gémir de douleur quand elle tire sur la poignée. *Je ne mettrais pas le nez dedans si j'étais elle !*

— T'as l'air d'être tombée sur un sacré enfoiré ! Mais y'a plus rien de comestible là-dedans…

— Les pâtes ne sont plus bonnes ? demandé-je.

— Y'avait des poils dessus au départ ?

Beurk…

Ella déboule devant moi, les mains sur les hanches.

— Bon, va t'habiller ! On va aller faire des courses, et ensuite, tu auras obligation de tout me raconter !

Je ne bouge pas. L'idée de quitter cet appartement ne m'enchante pas. Ella fronce les sourcils.

— Ce n'était pas une question, Nola.

♦♦♦

— C'est bon, c'est prêt, dis-je en sortant une passoire du meuble sous l'évier pour la poser dedans.

La seconde suivante, Ella arrive avec la casserole bouillante de riz qu'elle déverse dans l'ustensile en plastique.

— J'espère que t'as faim, me dit-elle en secouant le riz. J'en ai fait beaucoup trop, comme d'habitude !

Rien que l'odeur du poulet qui finit de cuir me donne la nausée. Je vais me forcer pour ne pas vexer ma meilleure amie qui fait vraiment de son mieux pour prendre soin de moi.

Je prends deux assiettes et vais tirer la table basse au pied du lit, avant de les poser dessus puis d'aller chercher les couverts. Ella remplit les assiettes. Très vite, elle me dévisage en attendant que je goûte. Ce que je fais pour qu'elle arrête de me fixer du regard comme ça.

— C'est une recette de ma grand-mère ! annonce-t-elle.

— C'est délicieux, et merci… d'être là à m'empêcher de sombrer…

Elle pince les lèvres et avale une cuillère de riz et de sauce au curry.

— C'est normal, mais il va quand même falloir que tu m'expliques ! Et c'est qui, ce mec ? Léo ?

Je fronce les sourcils en remuant les bouts de poulet dans mon assiette.

— Euh, non… Ce n'est pas Léo, c'est… Il…

C'est le Marchand de sable, figure-toi ! Comment je peux expliquer ça ?

— C'est le mec pour qui tu m'as posé un lapin à Châtelet pour le troc de vêtements, alors ? J'en étais sûre ! Comment il s'appelle ? me demande Ella.

— Mane.

Reprends ton souffle, Nola…

Ma gorge s'est nouée quand son prénom a franchi mes lèvres.

— Mane ? Super bizarre, comme prénom. Jamais entendu. Il est de Paris ?

— Euh, non, il vient de… loin. Il était dans le coin pour quelques semaines…

— Ah… Et donc, lui et toi… Enfin, merde, Nola ! Ça fait plus d'un an que tu n'avais pas posé les yeux sur un mec. Comment il a fait, celui-là ? Et pourquoi je n'en entends parler que maintenant ? Comment j'ai pu te laisser tranquille la dernière fois ?

Je soupire et enfonce une grosse portion de riz dans ma bouche. *Je gagne du temps comme je peux.*

— Mmh… Bon, raconte-moi tout. Vous vous êtes rencontrés où ?

Où est-ce que je l'ai rencontré la première fois ? Enfin, si on oublie le passé de Nott…

— Tu te rappelles ce bar étrange où Kyle nous a emmenés ? Celui où il fallait un mot de passe pour entrer…

— Tu as rencontré un mec ce soir-là ? demande-t-elle, soufflée. C'est vrai que j'avais un peu bu, mais je ne m'en souviens pas du tout !

— Un peu bourrée… raillé-je. Tu étais bien pire que ça ! Enfin, bref… En rentrant avec Léo, un type nous a demandé du feu et…

Je m'interromps avant de dire que j'ai flashé sur Mane à ce moment-là car, en réalité, il m'avait terrifiée. Est-ce que parler d'un coup de foudre serait plus juste ? Non ! Ce que je ressens aujourd'hui n'a rien à voir avec mes premières impressions.

Si je lui dis que je suis tombée amoureuse d'un type qui me terrifiait, Ella va penser que ça ne tourne pas rond dans ma tête. Et elle n'aurait pas totalement tort.

— Et donc ? insiste-t-elle.

— Bah, je l'ai revu… Au musée, par exemple…

— Et vous êtes sortis ensemble comment ? Et votre premier baiser, c'était quand et où ?

Notre premier baiser… Je ne m'en souviens pas. C'était il y a des millénaires, avec une autre moi…

— Euh… Il a une maison… à la campagne, dis-je en pensant à la canopée. En étant là-bas, c'était comme si, d'un coup, j'avais trouvé ma place et que j'avais la certitude que c'était avec lui que je devais être, et pas un autre !

— Eh bien… On dirait que Nola Nott est amoureuse…

J'évite son regard. *On dirait, oui…*

— Alors explique-moi pourquoi je te retrouve le cœur en miettes chez toi ?

Je serre les dents.

Parce que lui et moi n'aurions jamais dû être ensemble.

♦♦♦

Je verse de l'eau chaude dans la tasse que je tiens puis y trempe un sachet de thé. Ella m'interpelle depuis le clic-clac.

— T'as du sucre ? demande-t-elle.

— Oui, juste là, dans le carton, dis-je en montrant le coin où ce qui devrait être dans le placard au mur est entassé depuis qu'il s'est effondré, emportant avec lui toute ma vaisselle – à l'exception de la tasse que j'ai en main.

— Matt me ferait une réflexion, s'il me voyait, dit-elle en se levant pour ouvrir le carton que je lui désigne. Il commence à me fatiguer à faire attention à la moindre calorie qu'il ingère. Pas de caféine, et pas de glucides... Et il espère me convertir, en plus ! S'il croit que je vais ingérer des protéines à longueur de journée, il se met le doigt dans l'œil. Il ne fera jamais le poids contre une tablette de chocolat ! Moi, j'aime mon cul comme il est. Et ça s'entretient, des formes pareilles ! poursuit-elle en attrapant deux sucres pour les laisser couler dans la tasse que je lui tends.

— T'as bien raison ! dis-je en cherchant un gobelet dans le carton.

J'en trouve quatre, que je ne sépare pas pour ne pas me brûler les doigts, et je remplis le premier de café chaud.

— Il va vraiment falloir faire quelque chose pour cet appart... soupire Ella alors qu'on part s'installer sur le clic-clac. Entre les murs nus et la cuisine en ruine, j'ai vraiment l'impression que tu squattes sans payer de loyer.

— Pourtant, ça me coûte un bras chaque mois.

— Bon, raconte-moi... Cette rupture... Tu ne vas pas éviter le sujet *ad vitam aeternam*.

— Oh ! Tu as révisé ton latin. Je suis fière de toi !

Ella lâche un rire mais se calme vite en me faisant comprendre qu'elle attend que je m'explique.

J'avais trouvé le truc pour gagner du temps et réfléchir, tout à l'heure : manger son délicieux curry plutôt que raconter pourquoi et comment j'en suis arrivée là. Comment expliquer à Ella qu'une prophétie annonce la fin du monde si je reste avec Mane ?

— Disons que… commencé-je. Lui et moi… nous ne sommes pas faits pour être ensemble, finalement.

J'avale ma salive en vitesse. Ces quelques mots ont failli me tirer des larmes. L'émotion est juste là, coincée dans ma gorge.

— Et qu'est-ce qui te fait dire un truc pareil ? Quand l'amour est là, il n'y a pas de « finalement » à la fin des phrases, Nola.

— Je… Je ne sais pas. On va dire qu'une prophétie nous empêche de vivre notre amour comme tout le monde, soufflé-je de dépit.

Ella laisse échapper un rire.

— Foutue prophétie ! On va dire à Gandalf[1] d'aller voir ailleurs, lui aussi ! Mais plus sérieusement, il s'est bien comporté avec toi, au moins, ce Mane ?

— Oui… Il a été parfait. Même si au début… il était un peu brusque, je ne regrette rien.

— C'est l'important, ne pas regretter ses choix ! Il faut accepter que les choses changent, ma belle.

— Ouais… J'ai du mal à me faire au manque…

— Rien ne t'empêche d'aller le trouver si vraiment c'est insupportable, tu sais…

J'aimerais tant tout lui raconter de manière claire et qu'elle me donne son avis, mais c'est impossible. Je ne veux pas prendre le risque de la perdre parce qu'elle croirait que je me fous d'elle. Une amie comme Ella, on n'en a pas cinquante. Elle mérite le meilleur.

— Kyle t'aime bien… avoué-je en pensant qu'elle pourrait être heureuse avec lui.

Je suis sûre que leur animosité cache quelque chose de puissant entre eux. Ils sont simplement trop butés pour le voir. Et puis, ce Matt et ses protéines, ce n'est clairement

1. Personnage fictif créé par J. R. R. Tolkien (*Le Seigneur des anneaux*).

pas ce qu'il faut à Ella ! Elle finira par s'en rendre compte. Je crois qu'elle a déjà commencé.

Je l'entends recracher son thé dans sa tasse. *Eurk !*

— Quoi ? Dis-moi que tu rigoles ! envoie-t-elle ensuite en s'essuyant la bouche.

Je ricane.

— Absolument pas... Mais ne va pas l'embrouiller, hein...

Elle ne dit rien. J'ai touché un point sensible. Ella qui ne répond pas, c'est rare.

♦♦♦

— C'est parti pour trois épisodes sur Netflix ? propose Ella.

— Allez, ça va me changer les idées...

On s'installe sur le clic-clac avec mon ordinateur.

— Tiens, c'est nouveau, ça ? demande mon amie en désignant l'appareil.

— Ah ! oui... C'est Mane qui...

— Sérieusement ? C'est dingue, c'est le dernier Mac ! Tu sais combien il coûte ?

— Euh... Pas trop, non...

— Ne me dis pas qu'il est riche, en plus ?

Très bonne question. *Comment il a payé ce truc ? Et s'il ne l'avait pas payé ?*

— Si ça se trouve, il l'a volé... marmonné-je.

Ella frétille sur place.

— Ouh ! J'ai toujours rêvé d'un *bad boy* !

— Pas moi... Il a déjà allumé une clope au musée, j'aurais pu perdre mon boulot si quelqu'un l'avait vu.

— Nola Nott qui sort avec un fumeur ? Sérieusement ?

— Ouais... Et un mec tatoué jusqu'au bout des doigts.

Silence. Je tourne la tête vers Ella. Sa bouche est ouverte, et elle me dévisage.

— Qui êtes-vous ? Et qu'avez-vous fait de mon amie coincée ? interroge-t-elle.

Je me force à sourire.

— Ouais… Ça ne me ressemble pas. Je me demande encore ce qu'il m'a pris de croire que c'était possible…

— C'est simple, pourtant : tu as eu un vrai coup de foudre !

Je mets en route un nouvel épisode alors qu'une larme coule sur ma joue.

— Ouais… Mais c'est fini… soufflé-je.

Ella ne répond pas mais frotte mon dos de sa paume.

♦♦♦

— Ça va aller ? Tu es sûre que tu ne veux pas que je reste ? me demande ma meilleure amie.

— Oui, ne t'inquiète pas pour moi…

Ella enfile son manteau tout en me lançant un regard en biais. *C'est foutu, elle s'inquiète.*

— Réponds à chacun de mes SMS, sinon je déboule ici avec les pompiers !

Je lâche un ricanement.

— Les pompiers ? Pour quoi faire ?

— Ils sont doués pour éteindre les feux mais ils peuvent aussi en allumer, si tu vois ce que je veux dire ! Ça pourrait te faire du bien. C'est ma grand-mère qui m'a appris ça : combattre le mal par le mal.

Elle arrive encore à me faire rire.

L'instant suivant, elle a disparu, et je me retrouve à nouveau seule avec tout ce qui me torture. *Que fait Mane ? Où est-il ? Pourquoi n'est-il pas déjà ici, à me hurler dessus ?*

Je m'inquiète de plus en plus. Il devait quitter le manoir avant que je ne sois percutée par ce souvenir. Et si, à cause de moi, il s'était fait attraper par les walkyries* d'Odin* ?

J'ai peur, je m'en veux et je ne sais pas quoi faire… Alors pour l'instant, je plonge sous ma couette et attends que cette douleur au centre de ma poitrine se calme un peu et me laisse réfléchir.

2

Mane

♦♦♦

La tête entre les mains, je reprends mon souffle au milieu de mes insectes devenus incontrôlables. Cette tornade rouge va-t-elle finir par s'arrêter ? Depuis plusieurs heures, ils saccagent tout sans que je puisse rien y faire.

Je revis en boucle le moment où celle que j'aime me brise le cœur encore une fois sans que j'y comprenne rien.

— Mane !

La voix de Kvasir résonne quelque part autour de moi, mais il m'est impossible de le laisser m'approcher. La seule qui pourrait me calmer, c'est elle, mais elle est à nouveau à l'origine de mon mal et ne reviendra pas pour l'apaiser.

Enragés, mes papillons ont tout détruit autour de moi. Tous ces souvenirs que je gardais précieusement, il n'en reste plus rien.

J'ai été incapable de la suivre quand elle m'a fui sans explication. Ce n'est pourtant pas faute d'avoir essayé, mais c'est comme si les insectes qui font partie de moi avaient une conscience et m'empêchaient de me précipiter vers celle qui me tue par son rejet.

Je finis par me demander si ce n'est pas mieux ainsi, parce que je ne pourrais pas la supplier encore ni même lui hurler dessus. Je pourrais par contre lui faire du mal sans le vouloir tant ma peine est grande.

Elle s'est souvenue de quelque chose, et ça l'a fait fuir aussitôt. Pourquoi ? Qu'est-ce qui terrifie autant la nuit ? N'aurais-je donc jamais la réponse à cette question ?

Il faut que je retrouve mon calme, et mes esprits. Je dois reprendre le dessus sur ma rage.

Lorsque je tente d'exercer mon pouvoir sur mes papillons, ils viennent carrément s'en prendre à moi, déchiquetant mes vêtements. Je pousse un cri avant de me protéger de mes mains et tente encore de les rappeler à moi. Ces saloperies m'agressent sans obéir.

Je suis coincé ici alors que je devrais fuir avant que les walkyries ne déboulent !

Soudain, tout se fige. *Est-ce moi qui ai provoqué ça ?*

— Dieu de la lune ! tonne une voix surpuissante autour de moi.

Je me crispe de tous mes muscles. *Odin !*

Ce n'était qu'une question de temps avant qu'il ne me retrouve. Je savais à quoi je m'exposais en fuyant ainsi son palais et en désobéissant à ses ordres. Mais je m'attendais à ce qu'il laisse ses fidèles guerrières me ramener à lui. Elles me traquaient en effet sans relâche, désireuses d'effacer l'affront que je leur ai fait en disparaissant sous les yeux de l'une d'entre elles du palais de leur maître.

Je pars percuter le mur derrière moi, poussé par une force inconnue, et y reste, comme scotché.

Le vieux apparaît au centre de la pièce. J'essaie de me dégager, mais plus je contracte mes muscles, plus les liens invisibles qui semblent me maintenir en place se resserrent, me privant peu à peu d'air.

— Espèce de vieux fou… articulé-je difficilement.

— Voilà où ton esprit rebelle nous mène, Mane. Cela aurait pu être tellement plus simple…

Je sais exactement pourquoi il est là. On ne s'oppose pas au roi des dieux impunément. Mon esprit se tourne vers Nott. *Ce n'est pas plus mal que tu ne sois pas là… Tu ne verras pas ma fin.*

— Te voilà à nouveau seul, Mane… Nott s'est détournée volontairement, faisant à nouveau de toi l'épave que tu étais à l'époque.

Il sait donc déjà que Nott m'a fui ! Je suis certain qu'il savait parfaitement où j'étais ces dernières heures et qu'il a volontairement choisi d'attendre ce moment avant d'intervenir. Il me voulait au plus mal.

— Le destin t'aura durement appris ce que je tentais de t'épargner. Je ne t'infligerai donc pas la sentence que tu mériterais pourtant, mais je ne puis te laisser menacer l'équilibre des mondes à nouveau. Il te sera impossible de quitter cette demeure jusqu'à ce que j'en décide autrement, et tes dons te seront retirés et gardés au palais d'Asgard…

À peine Odin a-t-il terminé sa phrase qu'un immense contenant en verre apparaît dans ses mains et aspire mes papillons.

Non ! Tout mais pas ça ! Sans eux, je perds toute chance de retrouver Nott.

Je me débats avec rage. Je lutterai tant que je serai en vie, et il le sait.

— Prouve-moi que tu peux résister à ta colère, dieu de la lune !

Ma vision se trouble, le décor disparaît puis réapparaît par intermittence autour de moi.

Je me sens chuter en avant et, lorsqu'enfin j'arrive à rouvrir les yeux, le vieux fou n'est plus là. Mes papillons non plus. Ni sur ma peau, ni dans l'air. Me voilà réduit à l'état d'humain, une malédiction bourrée de maux que je ne suis pas de taille à affronter.

♦♦♦

Je tourne en rond dans la pièce vide et saccagée. Si personne ne vient me chercher, je serai contraint d'arracher le parquet pour pouvoir sortir d'ici. *Quelle idée d'avoir proposé à Nott de supprimer la porte de notre aile du manoir !*

J'envisage de sauter par la fenêtre, mais mon corps ne survivrait pas à une chute depuis cette hauteur.

J'envoie un coup de pied dans ce qui reste de la chaise où Nott entassait toujours ses vêtements. Les débris volent à travers la pièce et finissent par rebondir sur un mur. Ça n'a pas fait assez de bruit ni assez de dégâts pour me soulager.

— Mane ! retentit de nouveau la voix de Kvasir.

Je regarde autour de moi. Mes gestes sont ralentis, mon souffle se suspend une seconde, et il apparaît brusquement près d'une des fenêtres.

— Enfin ! Putain, Mane, ça fait des plombes que j'essaie de t'atteindre ! dit-il aussitôt.

Une seconde passe pendant laquelle il scrute l'état de la chambre autour de lui.

— Bordel… soupire-t-il.

— Fais-moi sortir d'ici.

Il fronce les sourcils et doit se demander pourquoi je ne le fais pas par moi-même, mais je n'ai aucune envie de m'expliquer et il semble s'en rendre compte car il ne me questionne pas.

— Ok...

La seconde suivante, je reprends pied dans la cuisine du manoir. J'ai la tête qui tourne et une violente envie de vomir. Je suis obligé de fermer les yeux pour que ça passe.

Quand je relève le nez, Sol est plantée là, les bras croisés, et me fixe du regard avec colère.

— Qu'est-ce qu'il s'est passé ? me demande-t-elle aussitôt.

La véritable question de ma sœur est plutôt : « Qu'est-ce que *tu* as fait de travers ? » J'évite son regard de peur qu'il ne me fasse perdre mon calme encore une fois et ne lui réponds rien. Même si mes insectes ne peuvent plus rien massacrer, je ne veux pas subir une montée de colère sans pouvoir l'exprimer.

Comment font les hommes ? Ils doivent en permanence se débattre avec leur âme pour tenir la distance. Je ne comprends pas comment ils survivent à leurs propres émotions. C'est pour ça que Nott les a toujours trouvés fascinants. Elle me disait qu'ils font preuve d'une force insoupçonnée.

— Mane ! insiste ma sœur.

Je tourne les talons. *Je dois prendre l'air.* Je vais fuir au plus profond du jardin, à défaut de pouvoir me réfugier dans le monde des Songes.

J'entends la déesse du soleil soupirer dans mon dos.

— Elle s'est souvenue... Et elle est encore partie, finis-je par lâcher.

Ma voix semble résonner encore quand je quitte la pièce tant le silence qu'elle a imposé est lourd.

Je passe la porte d'entrée et avance sans me retourner. La seconde suivante, je suis à nouveau dans l'entrée. Je tourne les talons et recommence. Un battement de cils, et je suis dans l'entrée comme si je n'en étais jamais parti.

Bordel… Odin et sa sentence.

Impuissant, je me contente de regarder dehors. La nuit ne va pas tarder à tomber, et sur mes joues, des larmes coulent sans que je les aie vu arriver.

Mon regard se pose sur l'horizon. La lune commence à monter dans le ciel, et la couleur qu'elle affiche reflète la douleur qui brûle dans ma poitrine. Ce rouge semble déchirer le ciel.

3

Nola

♦♦♦

Je referme le livre que je viens de finir. J'ai lu chacune des pages – certaines plusieurs fois car mon cerveau refusait de comprendre leur contenu – et même les remerciements. *Quelle heure peut il être ?*

J'enfonce une touche du clavier de mon nouvel ordinateur. 2 h 26 du matin… J'ai bien essayé d'oublier mes tourments en dormant, mais impossible de fermer l'œil. Pour la première fois de ma vie, je fais face à une vraie insomnie. Alors qu'habituellement je luttais de toutes mes forces contre le sommeil, me voilà en train de le chercher. *C'est dingue !*

Que vais-je faire en attendant que le jour se lève ? Pleurer encore celui que je laisse derrière moi ? Et ensuite ? Aller à la fac étudier l'histoire rime-t-il encore à quelque chose avec ce que je sais des dieux ?

Je pose le livre sur la table basse et me lève pour atteindre le frigo. Compenser ma peine de cœur par la nourriture n'est peut-être pas la meilleure option qui s'offre à moi, mais le poids que je pourrais prendre ce soir est le cadet de mes soucis. Les dieux grossissent-ils, d'ailleurs ? Parce qu'avec la bière que Sol avale, elle devrait accuser un sacré ventre... Si nous sommes immunisés contre le gras, je vais me lâcher.

L'intérieur de mon réfrigérateur me fait penser à mon esprit en ce moment : rempli de plein de trucs différents, et rien qui ne s'impose, car l'essentiel n'est pas là. Une véritable collection de sauces de fast-food côtoie un vieux yaourt nature solitaire qui risque de se transformer en fromage bientôt, et des restes de pizza si bien emballés dans de l'aluminium qu'ils n'en ressortiront jamais font de l'œil à un Tupperware rempli de pâtes dont la couleur d'origine ne devait pas être celle-ci.

Tiens, il reste du poulet au curry d'Ella !

Je regarde la boîte en plastique qui tourne dans le micro-ondes. La lumière de l'appareil éclaire le reste de la pièce plongé dans le noir. Je me demande si je peux la faire disparaître. *Jusqu'où vont mes dons ? J'aurais dû demander ça à Sol.* Mais cela m'étonnerait qu'elle accepte de me parler après ce que j'ai fait subir à son frère. Encore une fois.

Pour éviter de fondre en larmes à nouveau, je reporte mon attention sur la lumière qu'émet le micro-ondes. Je respire et me concentre.

Après plusieurs secondes, il ne se passe toujours rien. Comment me suis-je débrouillée jusque-là pour faire tomber la nuit ? Je passe en revue les moments où j'ai réussi cet exploit pour leur trouver un point commun. Il est assez évident : c'est Mane. *Ne me dites pas que j'ai besoin de Mane pour faire tomber la nuit !*

Le four à micro-ondes sonne, et j'ouvre la porte, allumant à nouveau la lumière de l'appareil. Je tente bêtement de tendre mes paumes vers lui, un peu comme le ferait une sorcière pour lancer un sort. Il ne se passe évidemment rien. *Tu es ridicule, Nola !*

Je secoue la tête et attrape ma boîte en plastique avant de la lâcher aussitôt parce qu'elle est brûlante. Tout mon curry tombe par terre dans la foulée.

— Non, mais c'est pas vrai ! pesté-je contre moi-même en fermant les yeux avant de secouer la tête, dépitée de ma maladresse.

Avant même que j'aie le temps de comprendre ce qu'il se passe, j'entends un bruit de klaxon, suivi d'un crissement de pneus sur le boulevard en bas de chez moi.

Lorsque je rouvre les paupières pour ramasser mon curry avant d'aller voir ce qu'il se passe par la fenêtre, mes mains apparaissent en noir et blanc devant moi, et mon curry aussi.

Bon sang, j'ai réussi !

Cela dure à peine quelques secondes, puis les couleurs reviennent sans prévenir. *Comment ai-je fait ça ?*

J'entends une sirène résonner en bas de mon immeuble. Je ramasse en vitesse mon plat en prenant soin de ne pas me brûler et je le pose dans l'évier avant d'aller ouvrir la fenêtre de mon appartement.

En contrebas, une voiture a foncé tout droit dans la vitrine de la boulangerie de la bâtisse en face.

Je pose une main sur mes lèvres en ouvrant de grands yeux. *C'est entièrement ma faute !*

Heureusement, personne n'a l'air blessé.

Ok ! Apparemment, ma nuit peut s'étendre assez loin autour de moi. Je vais devoir faire attention.

De retour devant mon curry, je renonce à essayer d'en sauver une partie. Je n'avais pas vraiment faim, de toute façon !

Je m'affale à nouveau sur mon clic-clac, devant mon ordinateur, quand on frappe à ma porte. Je fronce les sourcils. Qui ça peut bien être à cette heure-ci ? *Mane ?* Mon cœur a un violent soubresaut de bonheur mêlé à une peur incommensurable et à de la culpabilité. Un douloureux mélange. *Non... Depuis quand Mane frappe-t-il aux portes ?*

Je quitte ma place pour aller regarder par l'œil-de-bœuf. C'est Léo qui attend dans le couloir que je lui ouvre. *Qu'est-ce qu'il me veut ?* Il est plus de deux heures du matin, et même s'il sait que je dors peu, il n'est pas censé débarquer à cette heure. D'autant que la dernière fois que je l'ai vu et qu'il m'a fait son petit numéro au musée, je n'ai que très moyennement apprécié. Depuis, nous n'avons pas eu l'occasion de nous reparler.

J'hésite, puis je déverrouille ma porte et l'entrouvre juste assez pour passer ma tête parce que je ne suis pas présentable.

— Euh... Léo ?

— Salut, j'espère que je ne te réveille pas... Il y a eu euh... un accident, en bas... Je voulais m'assurer que tu allais bien.

Oups ! Encore bravo, Nola !

— Ah ! Euh... oui. Je vais bien, merci. J'ai entendu l'alarme de la boulangerie, je ne dormais pas, dis-je.

Il me fait un sourire.

— Ok... Très bien, je suis rassuré. Euh... Mercredi, on part ensemble au musée ? demande-t-il.

Le musée ? Je suis à des kilomètres de ces questions. Pourtant, je vais devoir m'y intéresser très vite, je ne peux pas rester sans travailler. Mais j'ai des préoccupations plus importantes en ce moment.

— Oui, oui, si tu veux, réponds-je après un petit silence.

Je pince les lèvres et lui adresse un sourire poli.

Mais pourquoi j'ai répondu ça ? Je n'ai aucune envie d'y aller, et encore moins avec lui !

— Cool ! Bon, je ne t'embête pas plus. Bonne nuit, Nola, termine-t-il.

— Merci, à toi aussi… dis-je avant de refermer la porte et de remettre un tour de clé.

Ok, c'est officiel, Léo ne sait plus quoi faire pour se rapprocher de moi ! Il m'exaspère de plus en plus.

Je retrouve mon poste préféré, sur le clic-clac. Je clique sur le moteur de recherche de mon ordinateur et, alors que je comptais lancer Netflix directement, l'onglet des actus attire mon regard. Une lune d'un rouge éclatant a été photographiée et semble faire le tour des réseaux sociaux depuis quelques heures.

Je clique sur l'article et le survole. Le phénomène, habituellement anticipé par les spécialistes, est cette fois survenu de façon subite et imprévue. Pour l'heure, personne n'explique l'apparition de cette lune à la coloration rare.

Pour moi, l'origine du phénomène ne fait aucun doute, et plus je regarde les photos, plus je panique. Qu'arrive-t-il au dieu de la lune pour que son astre soit sanglant à ce point ? Est-ce ma faute ? Mane va-t-il bien ?

J'attrape mon portable pour appeler Kyle puis me ravise. Ça n'a peut-être rien à voir ? *Bien sûr que si, Nola !*

Sans perdre plus de temps, je trouve le contact de Kyle et pose mon portable sur mon oreille. Après une longue seconde, et sans que j'entende sonner, le répondeur me demande de laisser un message.

Je coupe aussitôt et réessaie plusieurs fois tout en parcourant les articles et les photos de cette lune. Une panique incontrôlable s'immisce en moi. Une petite voix me hurle que je suis la seule à pouvoir régler ça, ce qui ne m'aide pas. Comment faire ? À part aller le trouver… Et est-ce que je ne risque pas d'empirer les choses ?

Je lance un dernier appel avant de me rendre à l'évidence : les ondes des portables ne doivent pas passer d'un monde à l'autre, et Kyle doit être au manoir. *Je n'ai plus qu'une solution…*

4

Nola

♦♦♦

J'enfile mon manteau à la hâte, j'enfonce mes pieds dans mes baskets dont les lacets restent toujours attachés et je cherche ma grosse écharpe bleu nuit. Je l'aperçois et vais la récupérer de l'autre côté du clic-clac.

En me redressant, je me retrouve face à la fenêtre et vois de mes yeux l'astre rouge pointer au bout de la rue, comme s'il allait finir par engloutir les immeubles. Mon cœur se crispe, et je dois reprendre mon souffle pour le soulager un instant.

— Portable, clés, c'est bon, dis-je à voix basse en tâtant mes poches avant de quitter l'appartement.

J'entends l'ascenseur que j'ai appelé arriver, enfin, les portes s'ouvrent. J'avance, tête baissée, puis m'arrête en découvrant des pieds dans mon champ de vision.

— Léo ? Mais qu'est-ce que tu fais là ? envoyé-je aussitôt sans avoir eu le temps d'y mettre de la politesse.

— Je… J'étais descendu voir s'ils avaient besoin d'aide. Tu sais, l'accident !

— Ah ! Oui ! C'est pas grave, j'espère ?

— Le conducteur dit qu'il a eu un malaise… Il n'est pas sûr de lui. Il dit qu'il n'y voyait plus rien jusqu'à ce qu'il percute la vitrine de la boulangerie.

— Mince… Une baisse de tension, c'est possible. Ou un truc du genre !

Ou une déesse en apprentissage !

Je fais un bref sourire à Léo et m'enfonce dans la cabine après qu'il en est sorti.

— Mais tu vas où, à cette heure-là ? me demande-t-il.

— Je…

Est-ce que « À Asgard, dans un manoir qui abrite plusieurs dieux » serait une bonne réponse ? Non, clairement pas.

— Ella est malade comme un chien, je vais lui tenir compagnie, mens-je.

Félicitations, Nola !

— Ah ! Tu veux que je t'accompagne ?

Non, gros débile ! Calme-toi, Nola…

— Je ne pense pas qu'Ella apprécie que tu la voies pire que quand elle est bourrée ! répliqué-je en enfonçant le bouton du rez-de-chaussée.

— En effet… Bon courage, alors !

Les portes se referment sur lui. *Allez ! Salut, Léo !*

Je soupire de soulagement. *Note à moi-même : il va falloir mettre les choses au clair avec lui très prochainement.*

Je passe les portes du hall de l'immeuble, et le froid m'assaille. Je ferme mon manteau et sors mon portable. J'envoie un SMS à Ella pour qu'elle me couvre si besoin.

Nola : Si on te demande ce que tu fais cette nuit, tu as la gastro du siècle, et je suis avec toi pour te border ! Merci d'avance pour ton alibi.

Je n'attends pas de réponse et commence à remonter le boulevard. *Les métros étant fermés pour la nuit, j'en ai pour un moment !*

♦♦♦

Ça fait déjà trente minutes que j'ai quitté mon appartement et la présence étouffante de Léo le Relou. Il portera ce nom dans mon portable maintenant.

Si je ne me plante pas, je suis dans le bon quartier, à présent. J'estime qu'il me faut marcher encore cinq ou dix minutes avant de trouver l'endroit que je cherche, c'est-à-dire *Le Drakkar*, le bar où je sais qu'il se trouve un passage accessible vers Asgard.

Si seulement je savais maîtriser mes dons de déesse, je n'en serais pas là. Je pourrais atterrir directement au manoir, comme Mane, Kyle ou Sol ; mais je ne suis parvenue à me déplacer qu'une seule fois et je n'ai pas la moindre idée de la manière dont je m'y suis prise.

♦♦♦

J'ai donc une très mauvaise estimation du temps !

Après vingt-cinq minutes supplémentaires de marche sous cette lune toujours aussi rouge, je trouve enfin la foutue porte en bois écrasée entre deux boutiques fermées.

Sans perdre de temps, j'essaye de la pousser, mais elle ne bouge pas. *Merde...*

Je recule un peu pour regarder l'immeuble, puis dans la rue. Rien ni personne en vue, alors je tambourine contre la porte avec force. Celle-ci s'entrouvre immédiatement.

— Mot de passe, tonne une voix mécontente de l'autre côté.

Ok, j'aurais peut-être pu me contenter de frapper normalement !

Je ferme les yeux. *Merde, je ne sais absolument pas quel est le mot de passe !*

Je recule, et la porte se referme dans un craquement sonore pendant que je sonde mes souvenirs. *Kyle l'a pourtant dit devant nous... Quel cauchemar d'avoir si peu de mémoire !*

Mon portable vibrant dans ma poche attire mon attention. C'est une réponse d'Ella.

Ella : Qui t'essaies d'éviter ? J'ai annoncé sur Facebook que je me vidais par tous les trous. Par amitié pour toi, Nola. #tumendoisune

Je ne peux retenir un rire en lui répondant :

Nola : Tu es trop bonne ! Je t'expliquerai.

Alors que je m'apprête à ranger mon portable, je pense soudain à la mémoire sans faille d'Ella pour toutes les choses inutiles, comme le numéro de téléphone de son plombier, le digicode de tous ses ex et, je l'espère, ce satané mot de passe.

Nola : Tu te souviens du mot de passe du bar où Kyle nous a emmenés ?

Ella : Bien sûr que je suis bonne ! Et le mot de passe, c'est « Heimdal » ! Qu'est-ce que tu fous au bar ? Ton Mane y est ?

Heimdal ! Mon poing percute à nouveau le battant tandis que je réponds à mon amie.

Nola : Merci, ma chérie ! Oui, il y est... En quelque sorte. Je file, bisous.

La porte s'ouvre à nouveau.

— Mot de pa...

— Heimdal ! coupé-je.

Le battant s'ouvre en grand, je passe devant le portier et je m'enfonce dans le couloir.

— Déesse Nott ? Vous auriez dû me dire que c'était vous, j'entends dans mon dos.

— Je le saurai pour la prochaine fois !

Je pénètre dans le bar officiel du Drakkar. Il est si tard qu'il ne reste presque plus personne. Trois hommes sont au comptoir. L'un d'eux est le serveur de l'autre fois, qui semble discuter avec deux clients. Il me regarde et tique. Je comprends maintenant son regard étrange la première fois que je suis venue. Il avait du mal à déterminer si j'étais bien la déesse Nott.

Je lui fais un signe de tête, comme si j'étais elle, ou vraiment moi, le vois ouvrir de grands yeux surpris et file m'engouffrer dans le couloir des toilettes.

L'instant suivant, je tire sur la poignée des cabinets pour hommes et me retrouve face au passage pour aller dans la partie cachée du Drakkar. Il y a du monde, néanmoins c'est plus calme que la dernière fois.

Je respire un coup et j'y vais. *Allez, Nola... Tu passes en courant, s'il le faut. Tu connais le chemin !*

J'avance et, d'un coup d'œil dans mon dos, je constate que le passage que je viens de franchir n'existe déjà plus. *Impossible de reculer, maintenant !*

Je lance un regard circulaire dans la salle. Des jeunes étudient je-ne-sais-quoi, des livres étalés partout devant eux, d'autres types, plus vieux, rivent leurs regards sur moi et s'échangent des coups d'œil indéchiffrables, tandis que, tout au fond, assis autour d'une table, ce que j'aurais pu prendre pour des enfants semblent boire du thé en suivant un rituel étrange. Ils se lancent des tasses comme des balles sans en renverser une goutte. Ces étranges créatures râblées et à la peau sombre, sont affreuses. *Mais qu'est-ce qu'ils sont ? La mythologie nordique comprend-elle des gobelins ? Cela ne peut pas être des nains, ils sont bien trop moches pour ça !*

Après quelques secondes, l'une de ces choses tourne brusquement la tête pour me regarder et se met à articuler dans je ne sais quel dialecte, attirant l'attention de tout le bar.

Vu les mines qui me dévisagent, personne n'est ravi de me revoir. *Pas de problème, je ne fais que passer !*

Le bruit d'une chaise qui chute attire mon attention alors que je longe le bar pour sortir au plus vite. Ma route est entravée par les quatre minuscules créatures hideuses qui sautillent pour m'atteindre.

Avant que je n'aie le temps de comprendre, je reçois ce qui doit être un caillou en plein visage, et le contenu d'une tasse de thé termine sur le bas de mon manteau.

L'un de ces gobelins étranges s'accroche à mon mollet. Je manque de perdre l'équilibre et me rattrape au bar de justesse quand je le vois afficher une armée de dents prêtes à s'enfoncer à travers mon jean.

— Oh mon dieu ! m'exclamé-je brusquement en me crispant de la tête aux pieds.

La seconde suivante, il ne se passe plus rien. Les couleurs ont foutu le camp, et les seuls sons qui résonnent encore dans la pièce sont des ronflements sonores. Le plus proche provient de ma jambe. La saleté de bestiole collée là a la tête en arrière, la bouche pleine de dents grande ouverte, et elle semble roupiller du sommeil du juste. *Est-ce que je peux aussi endormir les gens ? Comme Mane, mais sans sable ? Cela ne paraîtrait pas bizarre pour la déesse de la nuit.*

— Saloperie de...

Je secoue la jambe et arrive difficilement à me défaire de la créature en colère qui s'y était accrochée. Elle roule par terre, et je ne me prive pas de lui balancer un coup de pied. *Ce truc a failli m'arracher le mollet !*

Un ricanement me fait relever la tête.

— Alors c'est vrai, la déesse de la nuit est de retour... Pouvoirs inclus, entends-je dans mon dos.

En dehors des bestioles assoiffées de mon sang, les personnes présentes dans le bar sont éveillées, mais plongées dans le noir.

— C'est quoi, ces trucs-là ? demandé-je.

— Tout ce qu'on dit est véridique, tu ne te rappelles vraiment pas... reprend la même voix alors que son propriétaire relève la tête vers moi avec un petit sourire. Ce sont des elfes noirs*, et vos relations ne sont pas au beau fixe. Tu les as peut-être oubliés, mais eux ne t'oublieront pas de sitôt... Si j'étais toi, je ne reprendrais la nuit qu'une fois sortie d'ici... précise-t-il.

— Ouais...

Encore faut-il que j'y parvienne...

Je me souviens de ce que m'a raconté Sol au sujet des elfes noirs et d'un conflit qui m'aurait opposée à eux.

— Tu dois raisonner le dieu de la lune avant qu'il ne déclenche encore des cataclysmes... dit quelqu'un d'autre, une femme.

Elle a raison, cette lune rouge n'augure rien de bon, mais j'espère surtout qu'il va bien.

J'enjambe les quatre elfes endormis et me dirige en silence vers la sortie.

— Maintenant, pars de mon pub, grogne soudain le type derrière le bar, celui qui m'avait bloqué la route la première fois.

— Je suis déjà loin, *loser*... soufflé-je avant de passer la porte.

À peine ai-je les pieds dehors que les couleurs reviennent dans mon champ de vision. La vie semble reprendre son court. Un barouf le de tous les diables résonne dans mon dos et, devinant les elfes à ma poursuite, je m'éloigne en courant en direction du manoir. Et si jamais j'avais oublié la route, l'énorme lune rouge qui dépasse à peine des toits à l'autre bout de la ville m'indique où aller.

5

Nola

♦♦♦

Arrivée devant les immenses portes émeraude du manoir, les bruits qui proviennent de l'intérieur ne me rassurent pas du tout. *Kyle et Mane sont-ils en train de se battre ? Ou pire, Sol et Mane ?*

Je pousse les battants en priant pour que les dieux ne ferment pas à clé derrière eux. *Ouf !* Ce n'est pas le cas.

Lorsque je pénètre dans l'entrée, je comprends que les voix proviennent de la cuisine.

— Mane ! Tu vas... crache une voix que je reconnais être celle de Sol.

— Lâche-moi, bordel ! rétorque-t-il.

Mon cœur se noue, et mes sourcils se froncent, mais je ne m'arrête pas pour autant de marcher et arrive vite vers le seuil de la pièce. *Je dois leur faire face ! Je dois* lui *faire face !*

Il n'y a rien de pire que d'affronter ses propres erreurs...

— Et si vous… tente d'apaiser Kyle.

Sa phrase reste cependant en suspens quand ils prennent tous les trois conscience de ma présence. Chacun se fige. Kyle est assis à table, Mane debout plus loin, et Sol vers le frigo. C'est la plus proche de moi, et la première à ouvrir la bouche.

— Qu'est-ce que tu fais ici ? me demande-t-elle, glaciale.

J'évite son regard perçant. Elle qui est si souriante habituellement me toise avec mépris. *Je l'ai déçue. Comme jamais…*

La haine qu'elle semble me vouer à présent me cloue sur place, au point que je bafouille pour lui répondre.

— J'ai… j'ai vu la lune rouge… et…

— T'as rien à foutre ici, me coupe Mane d'un ton qui interdit toute réplique.

La seconde suivante, il s'avance rapidement dans ma direction et percute mon épaule de la sienne avant de quitter la pièce.

Alors qu'il aurait pu envahir la pièce d'insectes, il choisit de me foncer dedans… Je suis perdue.

Je frictionne l'endroit douloureux en croisant le regard de Sol. Elle est en colère, et je ne saurais dire qui, de Mane ou de moi, en est le plus responsable.

Elle me fait signe de m'asseoir, et je m'exécute sans broncher. *Au moins, elle ne m'a pas foutue dehors…* Et elle ne m'a pas transpercée d'un rayon lumineux. *Je suis sûre qu'elle pourrait le faire !*

Elle attrape deux tasses et les remplit de café avant d'en poser une devant moi et de s'installer pour me faire face. *La nuit va être longue !*

— Je ne vais pas y aller par quatre chemins. Mane nous a dit que tu t'es souvenue et que tu es partie, encore une fois, lâche-t-elle sans détour.

J'évite son regard mais ouvre tout de même la bouche pour répondre, mais aucun son ne franchit mes lèvres. *Elle a ses raisons de m'en vouloir, mais qu'aurait-elle fait à ma place ?*

— Alors ? insiste-t-elle.

J'essaie de me concentrer, mais l'image de son corps inerte s'impose à moi, et des larmes viennent me piquer les yeux.

— Oui, je me suis souvenue d'un truc… la raison de ma fuite la première fois, et… j'ai paniqué. Je suis désolée.

— C'est à Mane que tu dois dire ça.

Son ton est tranchant, et je ne parle même pas de son regard qui me brûlerait sur place si elle se laissait aller.

Kyle, toujours assis à l'autre bout de la grande table, reste silencieux et attentif.

— Je le ferai, s'il accepte de m'écouter…

Un silence passe, puis elle me lance un regard.

— Et le souvenir en question, tu comptes nous en parler ?

— Je… je regardais les photos dans notre chambre et je ne sais pas ce qu'il s'est passé. L'une d'elle était déchirée, et c'est arrivé brusquement…

Sol ne dit rien et ne me regarde pas dans les yeux. Ses sourcils indiquent qu'elle est en pleine réflexion et tente de contrôler sa colère contre moi.

— Sol… Tu aurais fui aussi, terminé-je en chuchotant.

Elle tourne la tête dans ma direction, la mine brusquement si inquiète que j'hésite à lui raconter la suite.

— Fuir quoi ? demande-t-elle après quelques secondes.

J'avale ma salive puis prends une grande goulée d'air. *Allez, Nola, lance-toi !*

— Ça a été comme un flash. Je me suis vue aller dans une petite boutique de vêtements… tenue par trois femmes. Enfin, trois femmes… Plutôt deux et…

— ...une enfant impatiente, termine Sol.

— Les trois Nornes... souffle Kyle. Tu as vu une prophétie ! ajoute-t-il aussitôt.

— Oui... Enfin, Nott. Pas moi.

— Que s'est-il passé exactement ? Que t'ont-elles prédit ? Il est rare que les Nornes partagent ce qu'elles créent, précise la déesse du soleil après quelques secondes.

— La vieille femme a déposé un voile étrange sur un grand miroir, et j'ai vu quelque chose se dérouler à travers lui, jusqu'à ce que je sois comme projetée directement dans l'avenir. Et... tu étais là, Sol... Kyle aussi... Mais vous... vous étiez morts, et...

Je croise leurs regards et continue mon récit en essayant de ne pas hoqueter de chagrin.

♦♦♦

Je chasse les larmes de mes joues tandis que Sol remplit ma tasse d'une nouvelle dose de café.

— Ok... dit-elle tout bas en reprenant sa place autour de la table.

— Eh ben... s'exclame Kyle avec unc drôle de grimace.

Ils sont à présent mon seul espoir de comprendre ce que j'ai vu, ou de me détromper. J'espère de toutes mes forces qu'ils vont me dire que tout ça n'est pas réel. Je préférerais même que ce soit une mauvaise blague de leur part pour se venger de ma disparition, que Mane soit derrière tout ça et qu'il ait tout prévu depuis le début... Mais leur réaction à tous m'impose l'évidence : tout est bien vrai.

Pour calmer mon cœur en souffrance, je tente de boire une gorgée de café, mais la tasse tremble tellement entre mes mains que je la repose rapidement. Devoir raconter ce souvenir me fait aussi peur que lorsque je l'ai vécu.

— Qu'est-ce que t'en penses ? demande soudain Sol à quelqu'un dans mon dos.

Je me tourne brusquement et découvre l'imposante carrure de Mane qui avance dans la pièce. Visiblement, il était là depuis tout à l'heure. *Alors il a entendu tout ce que je viens de décrire…*

Il ne répond pas et ne me lance même pas un regard. Je ne m'attendais pas à ce qu'il se jette dans mes bras, mais au moins à ce qu'il ne m'ignore plus. *Quoique… Entre ça et me faire hurler dessus…*

Puis, soudain, alors que je ne m'y attends pas, il se penche vers moi, plantant ses yeux dans les miens en se rapprochant assez pour que j'aie à la fois peur et envie de le prendre dans mes bras pour l'apaiser. Ses bras musclés m'emprisonnent, l'un prenant appui sur la table devant moi et l'autre sur mon dossier. J'avale ma salive. Je ne sais pas à quoi m'attendre alors je recule un peu sans le quitter des yeux.

— Pourquoi t'es là ? demande-t-il sur un ton assassin.

— Pour toi… murmuré-je.

Il bat des paupières, fronce les sourcils et se redresse.

Je dois reprendre mon souffle. Il était si près que je n'osais plus respirer.

Comme je ne dis rien de plus, le silence revient dans la cuisine. Sol m'adresse un signe de tête. Elle a de la peine pour moi. Je crois qu'elle a compris les raisons qui m'ont poussée à fuir.

D'un côté, je pense mériter cet accueil de la part de Mane, mais d'un autre, j'aimerais qu'il soit plus compréhensif.

Alors qu'il tourne les talons pour quitter la pièce, une colère inédite grimpe en moi sans que je puisse la contrôler.

— Qu'est-ce que tu aurais fait à ma place ? interrogé-je plus durement que je le voulais.

Il s'immobilise et me fusille du regard.

— Je ne t'aurais pas laissée une seconde fois ! rugit-il. Quand tu m'as dit oui, c'était pour le meilleur et pour le pire… Tu sais, ces trucs d'humains que tu aimes tant.

Je me crispe, et Sol ferme les yeux.

— Mane… Souffle un coup, mec, conseille Kyle.

Ce dernier a les mâchoires serrées et semble attendre que je réplique, mais cette fois, je le sais sur le point d'exploser et je ne me sens pas le droit de l'affronter maintenant. Alors, j'évite son regard et accepte son reproche.

— Tu n'as rien à faire ici, ajoute-t-il plus bas. C'est trop facile de se casser au moindre problème. Je ne veux plus te voir. Rentre chez toi.

L'instant suivant, il a quitté la pièce, me laissant avec la gorge nouée et une brûlure inédite dans la poitrine. Je baisse les yeux sur ma tasse, et une larme part rejoindre le nectar noir. La main de Sol arrive sur la mienne et la presse avec compassion. *Prends sur toi, Nola… Il reviendra.*

6

Nola

♦♦♦

Alors que mes yeux sont toujours rivés sur mon café, Sol et Kyle entament une discussion, comme si je n'étais pas là. Je suis certaine qu'ils m'offrent du temps pour me reprendre.

— Il est con, mais qu'est-ce qu'il me fait de la peine… soupire Sol.

— Il faut qu'on s'organise et qu'on découvre ce qu'il se passe. Pourquoi Nott a-t-elle décidé d'aller chez les Nornes ? C'est bizarre, non ? Et puis, elle disait tout à Mane et lui aurait caché ça… Pourquoi a-t-elle fait ça seule dans son coin ? demande Kyle.

Soudain, je me rends compte que j'ai oublié de leur donner une information. *Peut-être est-ce important… Si ce type était mon meilleur ami, pourquoi n'est-il pas venu me chercher avec Sol et Kyle à Midgard ? Et pourquoi ne l'ai-je jamais vu ici ?*

— Je n'étais pas seule…

— Quoi ? demande Sol en se tournant vers moi.

— J'ai dit que je n'étais pas seule en allant chez ces Nornes, dis-je en relevant le nez de ma tasse. Quelqu'un m'accompagnait. Dans mon souvenir, je ne voyais pas son visage… Mais il a dit s'appeler…

Je marque une pause, incapable de me souvenir du prénom qu'il a prononcé. Il me l'a pourtant dit, j'en suis certaine !

Sol et Kyle me dévisagent maintenant avec attention.

— ALLEZ, NOLA, FAIS UN EFFORT ! CE N'EST PAS LE MOMENT POUR LES PROBLÈMES DE MÉMOIRE ! raille Sol. ET PUIS EFFACE CES LARMES DE TES YEUX. JE DÉTESTE TE VOIR PLEURER !

Surprise de l'entendre à la fois si sèche et si soucieuse de mes sentiments, j'essuie mes larmes et penche la tête de côté, frappée par un drôle de détail. Je n'ai pas vu les lèvres de Sol bouger lorsqu'elle a parlé.

Elle se fige soudain, semble surprise, hausse les sourcils puis les fronce.

— TU M'ENTENDS, BORDEL ? demande-t-elle, à nouveau sans ouvrir la bouche.

— Oui, pourquoi ? Je ne devrais pas ?

Kyle fait une drôle de grimace, perdu entre incompréhension et inquiétude, comme s'il se demandait si j'avais perdu l'esprit.

— MAIS DEPUIS QUAND, NOM DE DIEU ? ajoute Sol, toujours sans articuler.

— Qu'est-ce qu'il se passe ? demande Kyle qui ne semble rien comprendre.

— Elle m'entend ! annonce Sol comme si c'était la meilleure chose qui leur soit arrivée depuis longtemps.

— Sérieux ? C'est super bon signe ! s'exclame Kyle.

— Vous m'expliquez ? demandé-je, interloquée par leurs réactions.

— TU M'ENTENDS À NOUVEAU ! C'EST DINGUE ! ajoute Sol, la bouche fermée.

— Sol et toi êtes liées par un don unique. Tu es la déesse de la nuit, et Sol celle du soleil. Et le soleil est une étoile…

Cette explication devrait être suffisante pour que je comprenne quoi que ce soit ?

Voyant que je ne réagis pas, Kyle poursuit :

— La nuit et les étoiles sont liées. On pense que c'est ce qui fait que vous arrivez à communiquer par…

Il s'arrête et se pince les lèvres.

— Dis-le, abruti ! s'exclame Sol en riant.

— C'est de la télépathie ! lâche-t-il finalement. Quand on t'a retrouvée sur Midgard, tu n'entendais plus Sol… Je suis content que ça refasse surface. Tu es sur la bonne voie.

On échange un sourire, et j'entends à nouveau Sol dans ma tête.

— C'EST MON FRÈRE QUI VA ÊTRE CONTENT. IL A TOUJOURS EU HORREUR DE NE PAS SAVOIR CE QU'IL SE PASSE DANS NOS ESPRITS !

Je me force à sourire. *Il a déjà tant à me reprocher, il risque de se sentir encore plus seul…*

— Et toi, tu ne m'entends pas ? demandé-je.

Elle fait non de la tête avec un air déçu.

— Chaque chose en son temps, les filles ! dit Kyle d'un ton rassurant. Pour le moment, on a une affaire urgente sur le feu, ajoute-t-il en nous recentrant sur le dossier en cours. Nola, tu peux nous décrire cette personne qui est venue avec toi chez les Nornes ?

— Je crois que c'est lui qui m'a emmenée là-bas.

— Lui ?

— Oui, c'était un homme. Mon meilleur ami, je crois…

— Delling ! s'exclament Kyle et Sol à l'unisson : Sol dans ma tête, et Kyle à voix haute.

— Delling ? demandé-je.

— Mais bien sûr ! On aurait dû penser à lui tout de suite ! grogne Sol à voix haute. Ça ne va pas plaire à Mane !

— Pourquoi ? questionné-je, inquiète d'ajouter des griefs à ce qu'il me reproche déjà.

— Delling et toi, c'est une longue histoire... Avant que tu sois avec Mane, Delling t'a... comment dire ? Fait une cour assidue ?

Fait une cour assidue ? En d'autres circonstances, je me serais moquée de lui pour cette phrase d'un autre temps.

— Tous les dieux ont toujours considéré que vous étiez faits l'un pour l'autre, reprend Sol. Tu penses ! La déesse de la nuit et le dieu du crépuscule... D'ailleurs, dans les livres d'histoire sur Midgard, c'est avec lui que tu finis... Et si tu n'avais pas fait la rencontre de Mane, peut-être que tu aurais cédé à ses avances. Mais dès que mon andouille de frère est apparu dans ta vie, ça a été une évidence. J'étais là, et je peux te dire que tous ceux qui vous ont vus ensemble ont immédiatement su que personne d'autre ne te ferait jamais ressentir ça. Tous les deux, vous étiez...

Elle s'arrête en constatant que mes larmes ont repris.

— Bref, Delling a fini par se rendre à l'évidence, et vous êtes devenus très amis tous les deux. Ce qui n'a pas plu à Mane, tu t'en doutes...

J'acquiesce tout en faisant une drôle de moue. Je me souviens de Kyle m'annonçant qu'il n'aurait voulu pour rien au monde rendre jaloux le dieu de la lune. Quitte à dormir sous un pont à Midgard...

— Mais pourquoi ne l'ai-je jamais vu au manoir ? Si nous étions meilleurs amis, il n'aurait pas dû venir voir Nott en apprenant qu'elle était de retour ?

— Il a disparu, souffle Kyle. Il y a quelque temps déjà. Mane te cherchait sans relâche, tu avais disparu, et lui... semblait ne pas pouvoir s'en remettre. Je crois qu'il est parti te chercher lui aussi, mais il n'est jamais revenu.

Les neuf mondes sont vastes, il a peut-être trouvé où vivre ailleurs, va savoir…

— Ah…

Voilà tout ce que je trouve à ajouter. Il y a une bonne chose dans tout ça : ce n'est pas Mane qui s'est occupé de son cas. Toutes ces informations m'assomment… Je dois accepter d'être une déesse, celle de la nuit, qui était faite pour le dieu du crépuscule mais est tombée amoureuse de celui de la lune. Mais en aimant le dieu de la lune, je vais engendrer la fin du monde…

— Est-ce que les prédictions des Nornes se produisent forcément ? Est-ce qu'il existe un moyen de les empêcher ? demandé-je soudain.

Au fond, c'est ma seule inquiétude. Ce qui me tient éloignée de Mane.

— Les trois Nornes créent les prophéties avec le fil du destin, commence Kyle. Ce qu'elles tissent finit toujours par advenir…

— Mais Mane et moi avons été ensemble… Nous nous sommes même mariés, à ce que vous m'en avez dit… Et la fin du monde n'est pas advenue…

— Elles pourraient certainement vous en dire plus. Ou au moins, prédire le destin de Mane, ce qui nous aiderait à y voir plus clair. Peut-être le Ragnarök[2] n'est-il pas pour demain…

Pas pour demain ? Accepterais-je d'aimer Mane pour un temps donné ? D'être avec lui en sachant que notre histoire a une date de fin programmée si nous voulons éviter le pire ?

— Donc il faut que je parvienne à approcher Mane pour pouvoir aller avec lui chez les Nornes… marmonné-je avant de gober le café refroidi dans ma tasse.

---

2. Fin du monde dans la mythologie nordique.

Le silence revient avant que Kyle ne soupire avec force.

— Ok… Je m'en occupe. Si vous m'entendez hurler, venez à mon secours ! dit-il en quittant la pièce.

Tenter de raisonner Mane vu l'humeur dans laquelle il se trouve, c'est du suicide !

— Je ne m'inquiète pas pour lui, ils sont meilleurs amis depuis des millénaires, et Kvasir est un très bon médiateur ! ajoute Sol.

♦♦♦

Brusquement, un grand bruit résonne jusqu'à nous dans le manoir.

Sol et moi sommes déjà en route lorsqu'un autre son mat se fait entendre.

7

Nola

♦♦♦

Nous montons les escaliers en courant, puis Sol ouvre la porte d'une pièce à l'étage et nous laisse découvrir les dégâts provoqués par son frère. Mane, qui tient une bouteille d'alcool dans une main, est bloqué par Kyle, qui l'empêche de bouger.

— Ça ne sert à rien, mec. Tu devrais te calmer. On va parler, si tu veux !

Mane semble obéir, puis repousse son ami par surprise, obligeant ainsi Kyle à faire plusieurs pas en arrière avant de revenir aussitôt à la charge. Mais pour le tenir à distance, Mane attrape le cadre sur le mur au-dessus de lui et l'envoie vers son ami.

— Non, mais ça va pas, mec ? Tu viens de me lancer une toile qui représente Audhumla* ! Je ne suis pas sûr que tu aies besoin d'empirer ton cas auprès d'Odin en t'en prenant à l'une de ses ancêtres ! s'exclame Kyle, outré, en attrapant le tableau au vol et en le déposant délicatement sur le sol.

L'une des ancêtres d'Odin ? Il n'y avait qu'une grosse vache sur ce tableau ! Au sens littéral du terme. Odin descend-il d'un bovin ?

Mane lui répond d'un majeur dressé et boit directement au goulot de sa bouteille. Puis il attrape un autre cadre et remarque au passage notre présence à Sol et moi.

— Tiens, déesse, une putain de photo que tu as prise ! raille-t-il avant de le lancer dans ma direction avec toute sa rage.

Je recule un peu pour être certaine de ne pas la recevoir en pleine tête, et le cadre s'étale sur le parquet sans se briser.

— Mane, sérieux ! s'indigne Kyle. Tu veux pas arrêter de faire ta crise, là ?

Le dieu de la lune recule et donne un coup de pied dans un guéridon qui part rouler plus loin. J'ai mal de le voir comme ça. J'ai l'impression qu'il n'arrive plus à cacher le mal-être qu'il dissimule en temps normal.

— Tu peux te casser, j'ai pas besoin de toi ! Ni d'aucun d'entre vous ! rugit-il sur Kyle qui l'empêche maintenant d'atteindre la fenêtre.

Je lance un regard étonné en direction de Sol.

— Il est soûl ? m'étonné-je.

— On dirait bien... soupire-t-elle.

— Les dieux ressentent les effets de l'alcool ?

— Pas comme les humains, en tout cas... Il lui faut beaucoup plus d'alcool pour que les effets se fassent légèrement sentir. Mais Odin est venu jusqu'ici après ton départ et a privé Mane de ses dons. Il l'avait mis en garde, et Mane a désobéi... Il a conservé une partie de sa force, mais de toute évidence, pas sa capacité à résister à l'alcool. Odin l'empêche aussi de quitter le manoir.

Je me sentais déjà coupable d'être partie si brusquement, effrayée par mes souvenirs, sans savoir ce qu'il adviendrait de lui… et il s'est passé exactement ce que je redoutais : il s'est fait prendre à cause de moi. Au moins, il ne s'est pas fait passer à nouveau à tabac par les walkyries. Mais peut-être aurait-il préféré, vu l'état dans lequel il s'est mis.

— Bon, tu me soûles. Saute par la fenêtre, si ça te chante ! s'exclame Kyle, à bout de force.

Il revient vers nous et franchit le pas de la porte en lâchant :

— J'ai pas la patience, cette fois. Qu'il se démerde.

La seconde suivante, il descend les escaliers et disparaît.

J'échange un regard avec Sol, qui pince les lèvres.

— C'est ton mec, dit-elle simplement.

— Mais c'est d'abord ton frère, répliqué-je.

Elle soupire et avance dans la pièce au moment où Mane enjambe maladroitement la fenêtre ouverte et saute. J'ai une pointe d'adrénaline violente mais je n'entends rien. Pas de chute. Au lieu de ça, l'imposante carcasse de Mane réapparaît au centre de la pièce, comme par magie.

— Tu ne peux pas sortir, arrête d'insister ! lui envoie Sol en s'approchant de lui.

— Casse-toi ! Je t'ai rien demandé ! rétorque-t-il immédiatement.

Je reste en retrait. Mane tourne en boucle sur son envie de sortir d'ici.

♦♦♦

Mane s'acharne depuis je ne sais combien de temps. Assez pour terminer sa bouteille, en tout cas. Une gorgée à chaque tentative, ça descend vite.

Il essaye de boire la dernière goutte avant de se rendre compte que la bouteille est bel et bien terminée, et de la balancer par la fenêtre. Il est maintenant dans un état d'ébriété si avancé qu'il manque de la suivre. Ce qui ne serait pas bien grave…

— Et toi, tu reviens pas, sale garce… marmonne-t-il en direction de la bouteille qui doit reposer dans les hortensias maintenant.

— Bon, je lâche l'affaire, il est trop con… De toute façon, tu sais te défendre… Amuse-toi bien, souffle Sol à mon intention avant de quitter la pièce.

Elle vient d'essayer de raisonner son frère pendant un temps interminable, en restant très diplomate pour une fois, mais il n'a fait que l'insulter et repousser son aide. Le Marchand de sable est soûl, et me voilà seule avec lui alors que je suis la dernière personne qu'il a envie de voir.

— Putain… 'foiré d'Odin, bafouille-t-il.

La seconde suivante, il tente encore de passer par la fenêtre. Je le laisse faire, les fois suivantes aussi. Ça ne lui fait aucun mal, et je doute de parvenir à le raisonner dans ces conditions. Je doute de parvenir à le raisonner dans n'importe quelles conditions, en réalité.

La nuit est tombée, et la fatigue commence à me tirailler. Alors, je m'assois sur le sol et m'adosse au mur pour regarder Mane continuer inlassablement de sauter puis de réapparaître.

De plus en plus titubant, il se penche à une fenêtre et, sans le vouloir cette fois-ci, j'en suis certaine, il tombe en avant. Il réapparaît la tête la première sur le sol, des feuilles coincées dans ses vêtements et ses cheveux. Il gémit de douleur et ne se relève pas.

Il n'a pas l'air blessé, je pense que ses forces l'ont simplement quitté.

J'attends un instant puis, comme il ne bouge plus et que sa respiration semble s'apaiser enfin, je tente une approche.

Il se recroqueville sur lui-même lorsque j'avance dans sa direction à pas de loup. Il serait mieux sur le canapé plus loin dans la pièce, mais j'abandonne l'idée de l'aider à y aller. À la place, je vais chercher le plaid qui se trouve sur son assise et en recouvre Mane.

Le silence règne à présent, c'est reposant. Je m'installe sur le canapé et j'attends de réussir à m'endormir sans quitter Mane des yeux.

Je dois reconnaître qu'il sait faire preuve d'acharnement... C'est une qualité. Il faut du courage pour foncer tête baissée comme il le fait en permanence.

Il est si fort et pourtant si fragile...

Mon cœur se noue, et mes paupières trop lourdes me coupent la vue une seconde.

La pièce dans laquelle je me trouve réapparaît autour de moi. Mane est juste là, à quelques centimètres de moi, à genoux pour être à ma hauteur. Son haleine est chargée d'alcool.

— Nott, tu es vraiment là ? Ou je suis devenu fou de toi au point de te voir même dans le noir ? murmure-t-il.

Je ne saurais pas dire s'il est éveillé. Je me redresse et lui fais signe de venir me rejoindre.

— Je suis là, Mane... Viens t'allonger, lui intimé-je à voix basse.

Il se redresse, me regarde bizarrement puis me rejoint en peinant à trouver son équilibre.

Le corps de Mane réchauffe mon dos. Lorsque mes paupières se ferment à nouveau, ses doigts fébriles repoussent les cheveux de ma nuque avant que son nez ne prenne une grande bouffée d'air contre ma peau. Je ne peux pas retenir le frisson qui me parcourt.

— Nott… Pardonne-moi… murmure-t-il.

Je fronce les sourcils. Je ne suis pas certaine d'avoir bien compris. C'est bien de pardon dont il a parlé ? Je me retourne en manquant de tomber du canapé et me retrouve face à Mane qui m'observe.

— Tout va bien, Mane…

— Pardonne-moi d'être aussi faible… me coupe-t-il comme s'il ne m'avait pas entendue. Depuis que tu as pris mon cœur, que tu es partie avec, je n'y arrive plus… Chaque pas que je dois faire m'est difficile parce qu'il m'éloigne de toi…

Impossible de trouver quoi répondre. Ma gorge est nouée, mes yeux me piquent douloureusement, et je suis incapable d'articuler quoi que ce soit. À la place, l'une de mes paumes glisse sur sa nuque, et, brusquement, il fond en larmes. Je l'attire contre moi, et il plonge son visage dans mon cou.

— Tu me manques tant… Déesse, pourquoi me faire subir tout ça ?

— C'est bientôt fini…

— Ai-je mérité qu'on me torture ainsi ?

Non… Et je jure de tout faire pour que tu ne subisses plus rien de la sorte…

Mes larmes coulent avec lenteur, se succédant sans se précipiter. On a le temps, de toute façon. On a l'éternité pour se remettre de ça et s'aimer comme nos âmes le réclament. Pour le reste… on verra.

8

Nola

♦♦♦

Des douleurs se réveillent dans tout mon corps avant même que j'ouvre les yeux, me faisant vite oublier que j'ai dormi sans rêver, pour la première fois depuis longtemps. Je suis toujours allongée dans ce canapé dans lequel Mane m'a rejointe, au manoir, mais j'y suis désormais seule…

Je tente de me redresser mais grimace avant d'y parvenir, ma nuque étant raide comme une bûche. Je me masse d'une main et me relève en m'aidant de l'autre, doucement, pour ne pas brusquer mes articulations endolories.

Il n'y a que le Marchand de sable pour me faire dormir dans des conditions pareilles !

Il fait jour dehors. Le soleil qui entre par les grandes fenêtres m'éblouit et m'oblige à détourner les yeux vers le reste de la pièce et son carnage.

Après quelques pas, je ramasse le cadre qui s'est retrouvé par terre, remets d'aplomb un fauteuil renversé et prends garde de ne pas mettre les pieds sur les débris qui jonchent le sol.

Je quitte la pièce et redescends dans l'entrée. Le calme règne dans la grande bâtisse. Peut-être que Kyle et Sol dorment encore, mais où est Mane ?

Je le trouve dans la cuisine, assis à table, les yeux clos, le nez au-dessus d'une tasse fumante, elle-même encadrée par ses coudes laissant ses mains soutenir sa tête. Je me perds un instant à le regarder avant d'aller doucement m'installer en face de lui. *C'est tout ou rien maintenant…*

Je suis certaine qu'il a conscience de ma présence mais il ne réagit pas. Il m'a demandé de partir du manoir hier, le souhaite-t-il encore ? Si c'est le cas, je vais devoir trouver les mots pour le faire changer d'avis. Qu'il soit d'accord ou non, je compte bien l'accompagner chez les Nornes et lui montrer ce que j'ai vu pour qu'il comprenne. Puis trouver un moyen d'empêcher cette prophétie de se réaliser.

Sous le coup de je ne sais quelle émotion trop forte, je tends la main dans sa direction et la pose sur son avant-bras. Je remarque alors un détail qui m'a échappé hier.

À peine mes doigts sont-ils en contact avec la peau du dieu de la lune qu'il se crispe et ouvre les yeux, comme s'il trouvait mon geste déplacé. C'est difficile de le sentir si froid après l'avoir vu venir se blottir contre moi cette nuit.

Je laisse ma main où elle est et analyse mieux son bras. Il n'y a plus de tatouages formant des papillons rouges ici. Il ne reste que quelques formes et dessins dispersés sur une peau trop grande pour eux. *Je le préfère avec ses insectes.* Ils font partie de lui, et je le préfère entier.

C'est probablement ce dont m'a parlé Sol : en privant Mane de ses pouvoirs, Odin lui a ôté ses papillons...

Mon pouce se met à bouger de lui-même, comme s'il cherchait à panser ses plaies. *Il ne m'a pas vraiment repoussée... Pour l'instant.*

— Mal au crâne ? demandé-je.

La réponse met du temps à venir. Après un instant trop long à mon goût, il bouge à peine la tête pour me répondre que oui. Il se redresse en grimaçant, virant au passage ma main de sa peau. *Le message est clair...*

— Pourquoi t'es encore là ? demande-t-il froidement.

Je récupère ma main pour la cacher avec l'autre sous la table, entre mes cuisses, parce que j'ai un peu froid. J'avale ma salive en même temps que mon esprit cherche quoi répondre. C'est comme si sa question voulait en fait dire : « Je n'ai pas envie de te voir, dégage ! » Je ne réponds pas.

Est-ce qu'il se souvient de ce qu'il m'a dit cette nuit ? Je n'oserai jamais le lui demander.

Le silence revient jusqu'à ce qu'il le brise quelques dizaines de secondes plus tard.

— Je dois faire quoi pour ma tête ? demande-t-il sans me regarder.

Cette fois, je peux répondre sans paniquer.

— Prendre un médicament et boire beaucoup d'eau... Puis attendre que ça passe, réponds-je.

Il fronce les sourcils et souffle avant de boire une gorgée dans sa tasse qui contient du thé.

— Quoi comme médoc ?

— Je ne sais pas trop, je n'ai jamais pris de cuite. Mais je crois qu'Ella prend du Doliprane.

Il fronce les sourcils ; j'aimerais avoir le pouvoir de lire dans ses pensées pour savoir ce qu'il se passe dans son crâne – en plus de la tempête douloureuse qui semble y faire rage depuis qu'il a ouvert les yeux ce matin.

– Appelle Sol, il faut qu'elle en ramène de Midgard. Avec des clopes, dit-il en se levant.

L'instant suivant, il a quitté la pièce sans avoir posé les yeux sur moi. *Qu'il aille se faire voir avec ses médicaments !*

En tout cas, il fait très bien le mec qui ne ressent rien. Hier, il pleurait contre moi... J'ai l'impression que c'était il y a un siècle. Et notre moment de plénitude à la source d'Alfheim, je n'en parle pas.

Comme la grande carrure de Mane n'est plus en face de moi, je vois maintenant la cafetière sur le vieux plan de travail en bois. Elle contient du café, visiblement chaud. Je me lève et m'en remplis une tasse. Est-ce que Mane l'a préparé pour moi ? *Il a peut-être juste besoin d'un peu de temps et que je lui prouve que je ne partirai plus...*

Je retourne m'asseoir puis je me concentre sur mon café en fermant les yeux quand j'entends la porte d'entrée du manoir s'ouvrir puis se refermer. *Il ne va pas reprendre son manège d'hier avec la porte, cette fois ?*

La seconde suivante, Mane revient et s'affale en face de moi sans un mot. Il a repris sa place initiale. Après un instant, je bois une gorgée et repose ma tasse en gardant les mains autour pour me réchauffer.

– Tu ne pars plus finalement ? demandé-je, sachant pertinemment qu'il ne peut pas.

Il ne répond pas et se contente de me lancer un regard noir.

– Yo les amoureux ! scande la voix de Kyle en pénétrant dans la pièce.

Mane se redresse d'un coup, mais sa tête le rappelle à l'ordre. Il pose une main sur son front en grimaçant.

Sol arrive dans la foulée et lance un sac en papier dans notre direction. Mane le rattrape avec un réflexe impressionnant pour un type dans son état et le pose sur la table sans l'ouvrir, comme si ça lui demandait trop de forces.

— Ravie de voir que vous ne vous êtes pas entre-tués. Une petite bière, Mane ? le taquine Kyle.

Pas sûre qu'il soit d'humeur…

— Ta gueule, grogne ce dernier, la tête rentrée dans les épaules.

Sol explose de rire dans son dos en ouvrant un paquet de cigarettes, et Mane grimace.

— C'est bien fait pour toi, dit-elle avant de claquer des doigts pour allumer sa clope. J'ai ramené des trucs d'humains. Il paraît que tu dois les prendre tout de suite.

Je n'ai pas eu besoin de lui demander quoi que ce soit. Elle doit avoir l'habitude de voir ses étudiants dans cet état…

Voyant que Mane ne réagit pas, je fouille dans le sac. Même ce bruit semble irriter le Marchand de sable, qui se crispe à nouveau. J'en sors diverses boîtes de médicaments et opte pour le Doliprane effervescent.

— Kyle, tu aurais un verre ? demandé-je.

L'instant suivant, Mane louche sur le cachet qui se dissout lentement dans l'eau. Quand il finit de se désagréger en pétillant encore légèrement sous le nez de son frère, Sol le houspille :

— Et cul sec ! Ça, tu sais faire, abruti ! lui envoie-t-elle en s'installant à l'autre bout de la table.

Il s'exécute, et ce n'est que lorsqu'il a vidé le verre qu'il lance un regard noir à sa sœur. Une jambe repliée contre le bord de la table, elle lui envoie un bisou avec un petit sourire narquois.

— Bon, ça tombe bien qu'on soit tous là, il faut qu'on s'organise et qu'on découvre ce qu'il se passe, commence

Kyle en s'installant à côté de Mane. Cette nuit, on a décidé que retourner voir les Nornes était la meilleure option pour l'instant. Donc, comme Mane est bloqué dans le manoir, notre priorité est de parvenir à le faire sortir. Hein, mec ? apostrophe-t-il son ami.

— Pourquoi t'y vas pas avec elle ? demande aussitôt Mane à Kyle en faisant un mouvement de menton dans ma direction.

— Parce que ça ne me concerne pas. Je ne pourrai pas entrer avec Nola. Tu vas devoir t'y coller, que ça te plaise ou non. Désolé pour toi.

Mane se renferme à nouveau. J'essaie de ne pas y prêter attention, mais mon cœur n'aime pas qu'il soit si réfractaire au fait d'être avec moi.

— Et puis je ne te laisse pas le choix, balancé-je dans sa direction. On doit comprendre ce qu'il se passe.

Il m'ignore. Je vois juste ses mâchoires se serrer.

— Mimir* doit savoir comment faire, à mon avis, place Sol.

— Oui ! Le dieu du savoir est notre seule option, confirme Kyle. Nola, tu dois venir avec nous. Il ne dit pas la même chose à tout le monde.

Aussitôt, Mane relève le nez.

— Et vous comptez y aller comment ? À pied ? Elle ne sait pas se déplacer ! Enfin, sauf quand c'est pour fuir après m'avoir planté un couteau dans le cœur, envoie-t-il soudain.

— Il a raison, ajoute Kyle en direction de Sol. Je ne peux pas la prendre avec moi, je n'ai plus assez de forces pour ça. Et toi, tu calcines chaque personne que tu transportes !

— Ah ! Oui, tu as besoin de te *ressourcer*, se marre-t-elle avec un sourire mauvais en insistant sur le dernier mot.

Kyle lui jette un regard furieux et pâlit à vue d'œil. Moi, je ne comprends rien.

— Ok ! Nola, on va devoir s'entraîner un peu avant d'y aller ! enchaîne Sol à mon intention.

Mane soupire avec force. Visiblement, il n'est pas d'accord mais il ne dit rien pour autant.

— Regarde-le… soupire Sol en fixant son frère.

Il relève le nez vers elle.

— Va te faire foutre !

— Qui aurait cru qu'il serait encore plus con en homme… ajoute-t-elle, le nez dans un journal.

— Je vais te montrer à quel point je suis plus con, bouge pas, menace Mane en retour.

Sa voix m'a manqué. Même fatiguée, cassée par ses abus de la nuit dernière et disant des trucs comme ça. Sol, de son côté, ricane sans le prendre au sérieux.

— Et qu'est-ce que tu comptes faire ? Même si tu avais encore tes pouvoirs, je n'aurais qu'à sortir d'ici pour te semer… *Je t'aime quand même, mon frère*, ajoute-t-elle ensuite de cette manière étrange que je suis la seule à entendre.

Je me retiens de rire, à l'inverse de Kyle qui se laisse aller à gorge déployée. Mane les a poussés à bout, ils se vengent gentiment.

— Bon, Sol, je crois qu'il faut arrêter de le titiller si on veut en tirer quelque chose… marmonne Kyle en reprenant son sérieux.

— T'as raison… Je m'en prendrai à lui plus tard, répond-elle. *Enfin, j'aurais aimé qu'il te prenne dans ses bras et te répète tout ce qu'il m'a dit quand tu es partie. Que vivre sans toi, c'est survivre, par exemple. Mais ce crétin a trop de fierté !* m'envoie-t-elle avec un clin d'œil.

— Nola ?

Je capte le regard de Kyle, qui a remarqué que j'étais absente. Difficile de suivre le moment présent et les pensées de quelqu'un d'autre dans ma tête de manière simultanée.

— Oui, excuse-moi, je… J'étais ailleurs…

— Le café était encore chaud ? demande-t-il.

— Ah ! Oui… Je croyais que c'était Mane qui…

— *Mane, te préparer ton café ? Regarde-le, il soutient à peine son propre corps !* envoie Sol en ricanant.

Je lui lance un regard mi-peiné mi-amusé tandis que le principal concerné est toujours avachi sur la table, la tête entre les mains. Sol le dévisage puis reporte son attention sur moi. Je lui souris, choisissant de mettre de côté la peine qu'il n'ait pas eu l'idée de le faire pour moi. Ou pas l'envie.

— Ne l'accable pas ! Les cuites, c'est plus violent que ça en a l'air, lui lancé-je.

Mane relève le nez lentement et nous observe à tour de rôle, comprenant que quelque chose cloche.

— Ouais, mec, elles s'entendent à nouveau… confirme Kyle.

Le Marchand de sable s'affaisse sur lui-même, comme si un poids supplémentaire lui tombait sur les épaules.

— Eh merde… marmonne-t-il.

— Allez, Nola Nott, en route ! m'envoie Sol en se levant.

Je fais de même avec le sourire.

— Prof un jour, prof toujours, dis-je.

Je frôle Mane en me dirigeant vers le jardin. Ma main passe dans ses cheveux, et il me repousse en grognant.

9

Mane

♦♦♦

Je quitte la cuisine en buvant au goulot de la bouteille d'eau que je viens de prendre dans le frigo. Ça tambourine toujours dans mon crâne, mais peut-être un peu moins fort. Les dieux doivent s'enfiler des litres d'alcool avant d'être soûls, et ils ne subissent jamais d'effets secondaires…

Une fois dans l'entrée, je me retrouve brusquement dans le noir, puis tout revient à la normale la seconde suivante. J'ai failli avaler de travers.

— Merde ! Désolée, s'exclame la voix de Nott depuis le jardin.

— Pas grave, recommence ! enchaîne Sol.

J'avance vers cette porte d'entrée grande ouverte que je ne peux plus franchir sans revenir inexorablement sur mes pas et j'aperçois Sol et Nott plantées au milieu de la pelouse, à une dizaine de mètres.

Je m'arrête dans la lumière du soleil pour les regarder, *la* regarder. *Elle est là...*

Sol fait des gestes avec les mains sans ouvrir la bouche. Nott semble exécuter ses ordres.

La nuit tombe à nouveau quelques secondes. *Il ne manquait vraiment plus que ça : Sol et Nott qui communiquent à nouveau par la pensée.* Ce délire d'entendre ce que pense l'autre m'a toujours mis dans la merde. Elles s'en sont servi plus d'une fois pour me balancer en chœur mes quatre vérités.

C'est insupportable de ne pas pouvoir être dans la tête de Nott, et ça l'est encore plus lorsque Sol peut venir lui raconter n'importe quoi sans que je puisse la faire taire.

Le seul point positif de ce truc, c'est que Sol me disait de temps à autre quoi faire avec ma déesse. Elle me donnait au moins des indices.

Nott est partie une seconde fois. J'aimerais oublier et la prendre dans mes bras, respirer son odeur, mais je n'y arrive pas. Je suis partagé entre l'amour et la haine. Pour l'instant, c'est la haine qui prend le dessus. Même si je connais les raisons de son départ, je n'arrive pas à aller vers elle comme je l'aurais fait par le passé. *J'ai une fierté, bordel !*

— Oh ! mec, tu m'entends ? balance soudain Kvasir en remuant une de ses mains devant moi.

Je tourne brusquement la tête vers mon pote qui m'a suivi depuis la cuisine.

— Quoi ?

— Qu'est-ce que tu penses de tout ça ? On n'en a pas vraiment discuté, cette nuit...

— J'en sais rien... Je suppose qu'on en saura plus après notre passage chez les Nornes.

Les Nornes... Ces trois cinglées que je n'ai jamais pu voir en peinture. Elles soutiennent donc que, si Nott et moi nous unissons, ce sera la fin des mondes. Pour ma part, j'ai plutôt l'impression que c'est le cas lorsque nous nous séparons. Au moins la fin de mon monde !

Je regarde de nouveau ce qu'il se passe dans le jardin et j'aperçois Nott hocher la tête avec un petit sourire. Exactement le genre de truc capable de me faire péter un câble ! Comme si elle avait entendu ma pensée, elle regarde dans ma direction. Je me détourne immédiatement vers Kvasir qui lève les yeux au ciel, de dépit, atterré par mon comportement.

— Elle est revenue, mec... Pour toi, prononce-t-il plus bas.

Je serre les mâchoires pour ne pas l'envoyer chier. Il n'y est pour rien et il a raison. Elle est là, pour moi, et on doit la jouer discret, parce que si Odin décide de s'en prendre à elle en apprenant qu'elle traîne dans le coin, je serai impuissant. Sol a plutôt intérêt de maîtriser ce qu'elle lui demande, car si Nott fait tomber la nuit plus loin qu'autour du manoir, les walkyries risquent de débarquer rapidement.

Kvasir soupire et tape sur mon épaule avant de disparaître je ne sais où. Alors que je croise les bras sur mon torse, mon regard dévie sur ma peau. Mes foutus insectes me manquent. Sans eux, je ne suis plus qu'un homme et j'ai horreur de ça. Tout ressentir comme ça... sans parler des effets de l'alcool. La déesse des morts devrait arrêter de se prendre la tête : qu'elle distribue des bouteilles gratos, c'est une véritable torture. On pense se soulager, mais on s'enfonce davantage.

Soudain, le monde se met à clignoter devant moi, me forçant à me reconnecter à la scène dans le jardin.

Nola comprend peu à peu comment enclencher ses pouvoirs mais a encore du mal à les maîtriser.

— Je ne sais pas, j'ai essayé de faire tomber la nuit hier… et une voiture a terminé dans la vitrine d'une boulangerie en bas de chez moi.

— Ok. Avant, tu arrivais à faire tomber la nuit sur une seule personne, explique Sol. Tu pouvais aussi la faire tomber dans un certain périmètre autour de toi, comme maintenant, mais en contrôlant. Je suis certaine que tu vas y arriver, t'es sur la bonne voie. Maintenant, concentre-toi bien et déplace-toi jusqu'au banc là-bas.

— Houlà… Bon, ok, je me concentre…

Je vois Nola disparaître dans un brouillard sombre et réapparaître plus loin dans le jardin en perdant l'équilibre.

— Wouah ! Sol, j'ai réussi ! s'exclame-t-elle, un grand sourire sur le visage.

— Tu vois ! Je le savais. Allez, reviens !

Elle disparaît de nouveau, et moi, je tourne les talons pour me soustraire à ce spectacle qui me rappelle trop ma Nott, celle qui ne m'avait pas encore tourné le dos.

— À ton avis, je prends quoi pour aller chez Mimir ? lance soudain la voix de Kvasir depuis le salon.

Il fouille dans l'étagère du coin de la pièce.

— Tu sais, c'est mieux si je lui offre un truc…

— Une bouteille vide, mec, lui dis-je en m'étirant.

Il me fait un doigt. Rien n'est pire pour lui que d'aller à la source dont il doit boire l'eau pour retrouver ses facultés à jouer avec le temps. Et cette fois, ça m'arrange de ne pas pouvoir venir avec eux. C'est beaucoup trop loin, et ça voudrait dire subir la proximité de Nola en permanence.

— Je vais prendre ça, annonce Kvasir en me montrant une petite couronne en toc et en l'enfonçant dans son sac.

— Les mecs, vous êtes là ? s'exclame soudain la voix de Sol.

— Dans le salon ! répond aussitôt Kvasir.

Je grogne.

— Désolé, mec… marmonne-t-il alors qu'elles entrent dans la pièce.

— Bonne nouvelle ! Nola arrive déjà à se déplacer, mais on doit encore s'entraîner un peu !

— Génial, ça ! s'enthousiasme mon meilleur pote.

Je croise le regard de Nola. Elle m'adresse un petit sourire qui se brise en morceaux lorsqu'elle se rend compte que je n'y répondrai pas.

— Nola, on fait une pause, j'ai faim !

— Ça marche, dit-elle, les bras croisés sur la poitrine.

Kvasir et Sol se cassent. Je me retrouve seul avec elle, qui a l'air mal à l'aise. La sentir si près de moi est une torture.

— Ça va ? me demande-t-elle d'une voix aussi douce que piquante.

Elle attend ma réponse en pinçant les lèvres. Je me lève et me casse du salon. Il y a trop de bordel en moi. Je ne sais pas si je veux lui hurler dessus ou la prendre dans mes bras, et un mélange des deux serait trop bizarre.

10

Nola

♦♦♦

Mane passe la porte, et j'ai envie de pleurer. Il n'a fait aucun geste vers moi. Même me regarder semble lui coûter.

Je souffle un coup et tourne les talons pour aller retrouver Sol et Kyle que j'entends discuter dans la cuisine.

— QUEL TROUDUC… NE T'INQUIÈTE PAS, IL VA REVENIR VERS TOI. LAISSE-LUI DU TEMPS, pense Sol.

J'espère sincèrement qu'elle a raison.

Je secoue la tête et accepte le sandwich que Kyle me propose.

— Prenez des forces, *girls* ! On part bientôt pour la source de Mimir… ou la source du savoir… annonce-t-il d'un air que je croirais presque chargé de dégoût.

Un sourire s'esquisse sur les lèvres de Sol, mais elle ne partage pas ses pensées avec moi sur le sujet. Kyle file à l'anglaise vers l'étage du manoir.

— En tout cas, tu as trouvé la bonne méthode pour te déplacer, dit la déesse du soleil en se tournant vers moi.

— Oui, qui aurait cru que penser à Mane soit un interrupteur à téléportation ! m'exclamé-je.

Elle ricane tandis que je secoue la tête en souriant.

— Oh ! Mane, tu as entendu ça ? envoie soudain Sol en fixant un point dans mon dos.

Oh mon dieu, il a entendu ce que je viens de dire ? Je veux disparaître !

Avant que je me retourne, ma nuit envahit tout, et Sol explose de rire.

— Je me fous de toi ! Arrête d'avoir peur de lui, bon sang !

— Merde… dis-je alors que le jour revient et qu'un gros bruit résonne non loin.

— Bien joué, Nott, me félicite Sol.

— Nott, bordel ! hurle Mane je ne sais où dans le manoir.

Oups, le gros bruit, c'était pas lui dans les escaliers, tout de même ?

— L'effet Mane, ça fonctionne parfaitement… soupiré-je.

— J'espère qu'il s'est mangé un mur, marmonne Sol. ENFIN, J'ESPÈRE AUSSI QU'IL VA REVENIR VERS TOI…

— J'espère aussi…

— T'as fini de manger ? On retourne s'entraîner, on n'a pas de temps à perdre !

Je termine, bois un coup d'eau et relève le nez sur Sol.

— On se retrouve dans le jardin, dis-je avec un clin d'œil.

Je me concentre en pensant à Mane et à la prophétie, et, après quelques secondes, le brouillard noir qui se crée quand je me déplace m'enveloppe enfin. Mes pieds quittent le sol, et l'instant suivant, j'atterris dans le jardin.

— *Yes* ! m'exclamé-je, satisfaite.

♦♦♦

— Tu peux être fière de toi, Nott, murmure Sol.

— Sérieux, tu peux retirer ça ? grogne Kyle.

Sa tête est toujours entourée du voile sombre que je m'entraîne à mettre depuis plus d'une heure. Ça m'a demandé beaucoup d'efforts, et j'ai encore besoin d'entraînement, mais je suis sur la bonne voie.

— Pardon ! dis-je en levant le voile de son visage.

Il retrouve la vue et m'applaudit.

— Parfait ! Fais tomber la nuit, maintenant ! tente-t-il.

On dirait que je suis un chien et qu'ils testent mon dressage.

— Allez, on attaque les choses sérieuses… dis-je tout en me concentrant.

Je ferme les yeux, et lorsque je les rouvre, la nuit est à nouveau tombée sur tout le manoir.

— Super ! C'est parfaitement maîtrisé ! assure Sol.

Le jour revient, et cette fois, je l'ai décidé. *Je peux me la jouer un peu, là, non ?*

— Te déplacer, maintenant. Va donc me prendre mon sac dans l'entrée, propose Kyle.

— Ok, mais n'oublie pas que je ne suis pas un chien !

Je les entends exploser de rire pendant que le brouillard m'envahit. Je ferme les yeux en pensant à l'entrée où je dois trouver son sac, et, au moment où je quitte mes appuis au sol, l'image de Mane me traverse l'esprit.

Avant que j'aie le temps de dire ouf, mes pieds retrouvent une surface dure. J'ouvre les yeux et m'aperçois que je suis dans le salon au lieu de l'entrée initialement prévue. Mane est là, allongé sur le canapé, un avant-bras sur les yeux. Il semble récupérer de sa courte nuit.

— Oh merde… chuchoté-je.

Il réagit au quart de tour et sursaute en remarquant ma présence.

— Nott, putain, mais qu'est-ce que tu fous là ?

— Dé... désolée ! lui dis-je aussitôt. Je voulais aller dans l'entrée, mais j'ai pensé à... toi et... Bref, désolée.

J'entends Sol et Kyle qui rient dans la cuisine. Je fais un geste d'excuse pour Mane et je quitte la pièce pour les rejoindre.

— C'est dingue ! Vous avez vu ça ? envoyé-je aussitôt.

— Question de concentration ! TU VOIS, TU LE RETROUVES TOUJOURS...

— C'est parfait ! Ou presque, il faudra juste qu'on prie pour que tu ne te plantes pas de destination au moment voulu... J'ai deux ou trois trucs à faire, on se retrouve ce soir ? propose Kyle.

— Ouais, ça me va, je dois aller torturer mes élèves à la fac, de mon côté.

— Merde, la fac... percuté-je brusquement. J'avais cours ce matin !

— J'irai récupérer les notes de tes cours, me dit Sol. Entraîne-toi. ET RESTE AVEC MANE, VOUS AVEZ DES TRUCS À RÉGLER...

— Ouais... Merci.

♦♦♦

J'ai essayé de me déplacer plusieurs fois en leur absence et j'ai réussi presque à chaque fois. Le truc, c'est de penser à Mane. D'ailleurs, me voici de nouveau face à lui. Il a abandonné l'idée de dormir et me regarde avec les coudes sur les genoux.

— Ça y est, t'as fini ? me demande-t-il froidement.

— Ouais... J'y arrive super bien, tu as vu ?

Il ne répond pas et fouille dans ses poches avant de soupirer et de se lever.

— Tu cherches quoi ? demandé-je.

— Mes clopes.

— Attends, attends, j'y vais ! dis-je précipitamment alors que le brouillard est déjà en train de m'envelopper.

La seconde suivante, j'attrape le paquet de cigarettes sur la table de la cuisine et pense au Marchand de sable pour repartir vers lui. *J'adore ! Je ne veux plus jamais march...* Je m'interromps en pleine pensée. Mes pieds ont retrouvé le sol, mais quelque chose cloche. L'odeur, en premier lieu. Ça sent la mer, et lorsque je lance un regard autour de moi, je suis debout au milieu d'un salon, mais pas le bon. Il fait noir. Il y a une cheminée sur ma droite, sur laquelle sont posées des photos de famille. Le papa et la fille aînée ont les mêmes yeux verts. Je vois aussi une petite grand-mère avec la jeune femme qui doit être la maman.

— *Ok, Baby Random, you must go to sleep right now...*[3]

Je me crispe.

Va-t'en, Nola ! Je me concentre, mais rien à faire, je reste plantée dans le noir lorsque le papa des photos se pointe dans la pièce avec la petite fille aux yeux verts dans les bras. Aussitôt, un bébé se met à pleurer plus loin.

— *If you don't fall asleep, the sandman will come...*[4]

Mon anglais est rouillé, mais il me semble qu'il parle du Marchand de sable à la petite fille. Elle tourne justement la tête vers moi quand ils passent plus loin pour aller vers la cuisine. Elle me fait coucou. Je lève une main, prête à devoir expliquer à ce gars que je ne leur veux aucun mal et que je suis ici sans le vouloir. Il regarde justement vers moi.

— *Do you see Grand-ma Mona again, Lou?*[5]

— *No, it's the wife of the sandman!*[6] répond-elle.

Ok, il ne me voit pas.

---

3. Ok, Baby Random, il faut aller dormir maintenant...
4. Si tu ne t'endors pas, le Marchand de sable va venir...
5. Tu as encore vu ta grand-mère Mona, Lou ?
6. Non, c'est la femme du Marchand de sable !

Ils filent dans la cuisine et, d'une main, il prépare un biberon avant de me passer à nouveau devant.

Le décor disparaît, et, la seconde suivante, Mane est à nouveau en face de moi, ainsi que le salon du manoir.

— Qu'est-ce que tu as foutu ? crache-t-il froidement.

— J'étais… loin de Paris, visiblement… Bref, tiens, coupé-je en lui tendant ses cigarettes que j'ai toujours à la main.

Il ricane et s'allume une clope.

— Tu faisais toujours ça, avant… Quand tu étais en colère contre moi, tu te retrouvais n'importe où dans les neuf mondes.

— Ah ! Je ne suis pas en colère contre toi, là. Je manque juste d'entraînement.

— Ouais…

Le silence revient, et je ne tiens plus. Les mots quittent mes lèvres sans que j'arrive à les retenir.

— Tu me manques, Mane…

Il relève le nez avec un air surpris, et d'autres mots quittent ma bouche.

— J'ai besoin que tu fasses quelque chose, que tu… tu me prennes dans tes bras… qu'on se retrouve…

Il fronce les sourcils puis évite mon regard. Des larmes menacent de couler sur mes joues. Il va me repousser, et je ne sais pas si je vais le supporter.

— Je n'y arrive pas… dit-il après un silence.

— Alors laisse-moi venir à toi…

Il ne répond pas et fume. Il m'énerve.

— Alors tu vas la jouer comme ça ? Je vais devoir attendre combien de temps, au juste ?

— Laisse tomber.

Il se lève et s'en va. Je serre les dents. *On va voir si tu vas aller loin !*

En un clin d'œil, ma nuit tombe autour de nous, et il s'immobilise.

— Nott, sérieusement ? envoie-t-il, plein de colère.

Je ne dis rien et m'approche de lui.

— Qu'est-ce que tu fous ? T'es pas partie, quand même ! rage-t-il.

J'arrive tout près de lui et, avant qu'il ne comprenne ce que je fais, je le prends dans mes bras. *Qu'il parte et se mange un mur si ça lui chante.*

Tous ses muscles sont crispés. Il me semble même que son souffle se soit arrêté à la seconde où il m'a sentie près de lui.

— Je dois te prendre par surprise, maintenant ?

— Tu me dois des excuses, déesse. Tant que je n'en ai pas, va te faire foutre.

Il me repousse et s'en va. Il touche un mur et le longe jusqu'à trouver l'embrasure de la porte.

Je dois m'excuser. Les mots sont juste là, au bord de mes lèvres, tout comme mes larmes sont au bord de mes cils, et ce sont elles qui partent en premier. Les mots, eux, ne viennent pas, et Mane quitte la pièce à tâtons.

Je viens de comprendre quelque chose. *Je ne dois pas vouloir aller trop vite… Je me pensais plus prête que lui, mais visiblement ce n'est pas le cas.*

11

Nola

♦♦♦

Je sais qu'il voudrait que je lui foute la paix, et c'est certainement ce qu'il y aurait de plus sage à faire, mais je suis seule ici avec lui et j'ai besoin de trouver de vrais vêtements pour partir. Je porte toujours la tenue dans laquelle je traîne habituellement chez moi quand j'ai la flemme de m'habiller correctement, tenue avec laquelle j'ai quitté Midgard. Et il est plus que temps que je prenne une douche. Je reprends donc la nuit que j'ai jetée sur les lieux il y a quelques instants, cligne des yeux une seconde pour me réhabituer à la lumière, puis je suis Mane qui est maintenant dans les escaliers.

Je le rattrape dans le couloir à l'étage. Il file tout droit, sans prêter attention à moi, le parquet craquant sous son poids.

— Qu'est-ce que tu veux ? aboie-t-il en se tournant brusquement dans ma direction.

— Il me faut des fringues. J'aimerais aussi prendre une douche. Et tu me parles sur un autre ton !

Ma voix est sortie exactement comme je le voulais : tranchante sans être agressive. Je comprends sa peine et ferai tout pour l'atténuer mais je ne compte pas m'aplatir devant lui non plus. Qu'il ne confonde pas tout ! *Félicitations, Nola ! Le grand méchant Marchand de sable ne te fait plus peur !*

Enfin, du moins quand il ne me fixe pas de la manière dont il est en train de le faire à l'instant, parce que là... Est-ce que je devrais faire demi-tour et m'enfermer à double tour dans la première pièce que je croiserai en espérant qu'il ne défonce pas la porte à coups de pied ?

Quelques secondes passent en silence.

— Alors ? Tu peux m'aider ou non ? ajouté-je.

Il fronce les sourcils, fait un pas de côté et ouvre la porte à côté de lui. Cette dernière grince jusqu'à ce qu'elle cogne dans le mur. Mane n'attend pas que je découvre la pièce et tourne déjà les talons. *Super...*

— Merci ! dis-je sur un ton qui laisse clairement entendre le contraire.

Il entre dans une pièce plus loin et claque la porte si fort que les fenêtres au bout du couloir vibrent sur leurs montants.

Je me détends enfin. Je respire moins bien lorsqu'il est là. Sa présence dans cet état est oppressante...

Je relève le nez et ouvre de grands yeux. La pièce en face de moi est une salle de bains grandiose, et, juste là, sur ma gauche, un étroit passage semble conduire vers un espace sans ouverture sur l'extérieur.

Par tous les dieux ! Ce dressing est immense ! Il fait au moins la taille de mon appartement, et j'y trouve de tout.

En haut du mur à droite est écrit « Sol ». En haut de celui d'en face est inscrit « Nott ». Au moins, c'est clair. J'imagine déjà les emprunts de vêtements qui ont conduit à l'apposition de ces prénoms. C'est comme une mise en garde : « Déesse de la nuit, si tu touches à ces affaires, tu t'exposes à une Sol furieuse. »

♦ ♦ ♦

Je quitte la cabine de douche pour m'enrouler dans une serviette d'une douceur bienvenue. *C'est décidé, à partir de maintenant, je prendrai toutes mes douches ici.* C'est du grand luxe par rapport à mon appartement minable.

Je me sèche en vitesse puis m'habille avec ce que j'ai choisi dans le dressing. J'ai eu envie de changement, j'ai délaissé mes Converses pour des bottines en cuir. Je détache mes cheveux qui tombent en cascade sur mes épaules et mon dos, et j'envisage un instant de passer un trait d'eye-liner.

— Sol et Kvasir te cherchent partout, lâche soudain la voix de Mane.

Je sursaute si fort que je mets un coup dans la tripotée de petites bouteilles posées vers l'évier.

— Bon sang ! Tu m'as fait p…

— Ils sont prêts à partir pour aller voir Mimir, me coupe-t-il pour me signifier qu'il se moque pas mal de la réaction qu'il a provoquée chez moi. Active-toi.

Il repart immédiatement.

♦ ♦ ♦

— On va devoir marcher un peu. On ne peut pas arriver directement à la source et…

Lorsqu'ils prennent conscience de mon arrivée dans la cuisine, Kyle et Sol relèvent le nez vers moi. Mane, lui, se force à m'ignorer.

— *NOTT LE RETOUR*, pense Sol. *TU ES SUPERBE !*

— Top ! On est tous prêts, c'est parti ! s'exclame Kyle en frappant dans ses mains, faisant par là même grimacer Mane.

Ça doit résonner dans son cerveau, et c'est bien fait pour lui ! Il évitera de boire comme un trou la prochaine fois.

Kyle jette un sac à dos sur son épaule, et Sol enfonce deux paquets de cigarettes dans ses poches.

— En route ! Amuse-toi bien, Mane. *T'AS INTÉRÊT À ÊTRE REMIS SUR PIED QUAND ON REVIENDRA, CRÉTIN… MÊME SI TU NE M'ENTENDS PAS, TU FERAIS MIEUX DE TE DÉTENDRE. JE NE SAIS PAS OÙ TU TROUVES LA PATIENCE NÉCESSAIRE POUR LE SUPPORTER, NOTT.*

Je souris à Sol, et elle donne le départ en se dirigeant vers la porte.

Mane nous suit jusque dans l'entrée. Je croise son regard, enfin ! *Est-ce qu'il s'inquiète ?*

— On sera de retour d'ici quelques heures, annonce Kyle.

— Ouais… Faites attention, arrive à articuler Mane.

Oui, il s'inquiète ! Je lui lance un sourire, qu'il ne capte absolument pas puisqu'il fixe le tapis du regard en enfonçant les mains dans ses poches.

Nous franchissons la grande porte du manoir, puis nous avançons dans le jardin. Après quelques secondes, je me tourne brièvement vers la bâtisse : Mane est toujours là, il me regarde fixement. Je lève une main et fais le truc le plus con et humain possible : j'embrasse la paume de ma main et souffle vers lui pour lui envoyer mon baiser. Il fronce les sourcils puis sort vite les mains de ses poches pour les lever. Je comprends sa question muette :

« Qu'est-ce que tu fous ? » D'un signe de la main, je le prie d'oublier ça et je tourne les talons.

— La honte ! ricane Kyle.

Sol est morte de rire.

— Allez, lanceuse de bisou ! On a de la route à faire !

Le temps que je digère le vent que je me suis pris par Mane en me disant qu'au moins il ne m'a pas ignorée, nous nous arrêtons en bordure d'une petite forêt. Devant nous s'étale un ravin sans fond.

— Merde ! Alors les mondes s'arrêtent comme ça ? Aussi net ? Il n'y a que Midgard qui est rond ?

— Midgard est à part, répond Kyle. C'est un endroit protégé des autres mondes, un petit havre de paix !

— Il est *in love* des humains, grogne Sol.

On se met à rire, puis Sol s'étire, comme avant de faire du sport.

— Bon, on va en face. Ensuite, on devra marcher, encore et encore, annonce-t-elle.

— Et comment on va en face ?

— Comme ça.

La seconde suivante, Sol et Kyle ont disparu, chacun par leur propre moyen, et le silence est revenu. *En face, ils ont dit ? Mais il n'y a rien en face !*

— Euh...

— *Nola, pense à moi et déplace-toi !*

La voix de Sol vient de résonner dans mon crâne.

Ok... Je me concentre, je pense à la déesse du soleil, puis le brouillard sombre m'enveloppe.

J'atterris brutalement sur une butte recouverte d'herbes hautes mélangées à de la neige. Je découvre Kyle et Sol qui m'observent avec un sourire. Le premier truc qui me percute, c'est le mordant du vent. Je serre les bras autour de mon ventre pour essayer de garder un maximum de chaleur. *Mais pourquoi n'ai-je pas pris mon manteau au manoir ? Enfin, pas sûr qu'il ait été suffisamment chaud...*

— Bienvenue chez les géants*, Nott ! Nous sommes à Jötunheim* ! annonce Kyle en me jetant quelque chose.

Je découvre une doudoune noire que j'enfile aussitôt. Je remonte la fermeture Éclair jusqu'en haut tandis que Kyle remet en place son sac à dos.

— C'est normal, ce changement de temps ? demandé-je en regardant autour de moi.

Le paysage est austère, de petites collines escarpées s'étendent à perte de vue. Les brins d'herbes sont si gros que chaque touffe a la taille d'un arbuste.

— Ouais, les géants ne vivent pas aux mêmes températures que les hommes et les dieux... Mais tu vas voir, ils sont cools !

— J'espère qu'ils m'apprécient plus que les elfes noirs répugnants !

Mes deux amis se mettent à rire, et Kyle m'explique qu'on lui a raconté ma mauvaise rencontre du bar en arrivant.

— Les géants t'adorent ! ajoute Sol. Et ils font la meilleure bière des neuf mondes.

Est-ce que je suis réellement en train de parler d'elfes et de géants ?

— Y'a plus qu'à attendre un peu, annonce Kyle.

J'ai les dents qui claquent, et mes muscles sont déjà transis de froid. J'écrase la capuche de la doudoune sur ma tête. Je remercie la nature de m'avoir offert les cheveux que j'ai, ils me servent d'écharpe.

— Oh mince... marmonne Sol en regardant en l'air.

Je fais de même et vois la neige nous arriver doucement dessus, mais un autre détail me fait froncer les sourcils. Je baisse les yeux sur mes bottines. *Est-ce que le sol vibre ?*

— Elle arrive ! s'exclame Kyle en regardant au loin.

Elle ? Je scrute l'horizon en vain. Je ne vois rien, mais le sol vibre de plus en plus fort. Un tremblement de terre ressemble-t-il à ça ? Et pourquoi Kyle et Sol ne semblent-ils pas plus paniqués que ça ?

Soudain, j'aperçois une forme, immense, qui se dresse au loin. Les secondes passent, puis la forme se précise, et, très vite, je vois arriver vers nous une femme immense, blonde et emmitouflée dans une parka. J'efface tout de suite l'image des géants que j'ai pu voir dans les films, grands, gros et habillés de pagnes parce qu'ils vivent dans un monde trop petit pour eux. Ici, c'est nous qui sommes dans un monde trop grand pour nous, parce que cette personne géante a des gants, des boots et un bonnet en tricot à sa taille.

— Salut, les gars ! s'exclame-t-elle.

— Salut, Gerd* ! lui retourne Sol.

— Je vous ferais bien la bise, mais ça risque de mal finir, lâche-t-elle en ricanant, faisant à nouveau trembler le sol sous mes pieds.

Je suis si impressionnée que je ne ris même pas. Pourtant, en temps normal, je suis sûre que j'aurais explosé de rire.

Le regard de la nouvelle venue tombe sur moi. Je lui adresse un signe de la main. Elle est si grande qu'elle pourrait m'écraser sous sa semelle sans qu'on me voie dépasser.

— Nott, je suis si heureuse de te retrouver ! me dit-elle. Mais que je suis bête ! Je dois me présenter d'abord. Il paraît que tu as perdu la mémoire. Je suis Gerd. Sol, toi et moi, on était…

— Les pires fêtardes des neuf mondes ! termine Sol en riant.

— Merde, sérieux ? interrogé-je.

— On a quelques soirées à rattraper ! annonce la géante. Mais pour l'instant, vous avez plus urgent à gérer, si vous êtes là. Je suppose que vous venez voir Mimir pour Kvasir. Je vous accompagne un peu, si vous voulez ? propose-t-elle.

C'est vrai qu'ici, Kyle s'appelle Kvasir. *Je crois que je ne me ferai jamais à ce prénom...*

— Avec plaisir, envoie Sol.

J'ai du mal à y croire, mais c'est pourtant bien ce qui arrive.

Le groupe se remet en route dans ce monde froid et torturé. Gerd la géante a beaucoup moins de mal que nous à progresser. Sol et elle discutent un moment. J'écoute et participe un peu. Kyle, lui, marche en retrait, en silence, ce qui lui ressemble peu.

Après un moment, on se retrouve à longer une forêt. Les arbres sont plus grands que ceux des forêts humaines, même plus impressionnants que ceux des elfes blancs. Gerd bouge une branche en passant. Je m'immobilise, Kyle aussi, mais trop tard : une mini avalanche s'effondre sur nous.

Le paysage disparaît. Je ne vois plus rien et ne sais pas dans quelle position je me trouve. Je n'entends que des sons étouffés. J'essaie de bouger, en vain, puis, brusquement, les sons et la lumière du jour reviennent : on m'agrippe, et je m'élève dans les airs, si vite que j'en ai le vertige. Je suis coincée entre les phalanges immenses de la géante.

— C'est bon, je les ai ! s'exclame-t-elle en riant.

— Rah ! Gerd, lâche-moi ! hurle Kyle, que j'arrive à voir dans l'autre main de la géante.

Il a la tête en bas et se débat comme un asticot.

— Ok, répond simplement Gerd en le lâchant tout net.

Il tombe comme une déjection dans un tas de neige.

— Ah ! Désolée, j'ai tendance à oublier que vous êtes si petits, s'exclame la géante.

Sa voix porte tellement que ma cage thoracique vibre.

Très délicatement, elle me repose par terre. J'ai le temps d'admirer son vernis couleur prune, parfaitement posé. *Ella validerait totalement !*

— Merci ! dis-je. Et jolie manucure !

— Fait maison, précise-t-elle.

Je confirme, ma meilleure amie s'entendrait bien avec elle.

— C'est ici que je vous laisse ! Nott, j'espère qu'après tout ça, tu passeras me voir.

— Oui, avec plaisir, c'est promis.

L'instant suivant, elle s'éloigne, et j'échange un regard avec Sol et Kyle.

— KYLE A TOUJOURS EU UN PEU PEUR DES GÉANTS... MAIS NE LUI DIS RIEN ! pense Sol, un sourire sur les lèvres.

Je pince les miennes pour ne pas rire.

— Je vous emmerde, ok ? lâche-t-il avec humeur.

Sol envoie un rayon incandescent devant lui, faisant fondre la neige sous ses pieds, et sa chaussure s'enfonce soudain dans la boue.

— Fais gaffe, Sol, la prochaine fois, je ne ressusciterai pas tes bouquins quand les walkyries les feront exploser ! menace-t-il.

— Oh ! Non, Kyle, tu ne me ferais pas ça ?

Il assure que si d'un signe de tête, et Sol lui court après en le suppliant. Je ne peux m'empêcher de rire en les suivant.

♦♦♦

— C'est quoi, cette histoire avec la source de Mimir ? demandé-je à Kyle.

— Ah… Tu te rappelles, je t'avais expliqué que mes dons à moi ne sont pas illimités comme les vôtres. Je dois les recharger de temps en temps, en gros.

— Ah ! Ok… Et tu dois faire comment ?

— Boire de l'eau, celle de la source de Mimir.

Il dit ça avec un air de profond désespoir. Ça ne me semble pourtant pas si dingue !

— Bref… Là, je suis presque à sec !

— Mais pourquoi tu ne gardes pas de l'eau pour en boire dès que tu n'as plus de pouvoir ? demandé-je, le souffle court.

On marche depuis je ne sais combien de temps, et mon corps accuse le coup. Le terrain escarpé ne m'aide pas.

— C'est impossible, je dois boire à même la source pour que ça fonctionne, dit-il.

— C'est aussi parce qu'il repousse toujours le moment ! envoie Sol qui marche devant nous.

— C'est douloureux ? demandé-je.

— Non, pas vraiment… Enfin, ça n'a rien de compliqué, tu verras. On devrait arriver d'ici une heure et demie, je pense.

Encore plus d'une heure de marche ? Ça doit déjà faire deux heures qu'on se traîne dans cette poudreuse frigorifiée.

— Et pourquoi on marche au lieu de se déplacer ? demandé-je après un silence.

— Parce que c'est interdit sur les terres des géants… me dit Kyle.

— Super… soupiré-je. J'adore marcher des heures dans des champs recouverts de neige !

Ma réplique déclenche les rires de mes compagnons.

— C'est tellement Nott, cette réflexion ! s'exclament-ils en chœur.

12

Nola

♦♦♦

La source où vit le dieu Mimir est enfoncée au cœur des terres de Jötunheim. Après une marche qui m'a paru sans fin, malgré la présence distrayante de la géante Gerd pendant un temps, nous touchons au but.

Je repense à ce que Kyle m'a dit sur la manière de recharger ses pouvoirs. « Rien de compliqué… » ont été ses mots lorsque je lui ai demandé si c'était douloureux. Alors que mes yeux se plissent de dégoût et que mes doigts tentent de filtrer l'air devant mon nez, je comprends pourquoi il économise ses facultés et repousse sa venue ici autant qu'il le peut.

Je m'attendais à trouver une source pure, comme celle à laquelle nous nous sommes rendus avec Mane et dont je garde un souvenir impérissable, mais celle-ci est… Aucun mot ne suffit à décrire l'aversion qu'elle me provoque.

— C'est là-dedans que tu dois boire ? demandé-je confirmation à Kyle à voix basse.

Avec un air écœuré sur le visage, il me fait signe que oui de la tête.

— Et c'était quand la dernière fois ?

Il respire longuement en regardant droit devant lui.

— Mane et toi n'étiez pas encore mariés... Ça date.

Si je me souviens bien, Mimir est le dieu du savoir et de la sagesse, mais il semble se foutre royalement de l'environnement dans lequel il vit. *C'est peut-être une preuve de sagesse, qui sait ?*

Nous sommes au bord d'une mare remplie d'une eau croupie, entourée de vase odorante. Un rocher est planté au centre de l'étendue d'eau et affiche une couche de moisissures et de mousses impressionnante, ce qui n'a pas empêché un gros crapaud bourré de pustules d'y grimper pour prendre la pose en coassant.

L'odeur est écœurante. Quelques plantes poussent sur les berges, signe que les vapeurs qui se dégagent de l'endroit ne doivent pas être aussi toxiques qu'elles en ont l'air. Je ne mettrais cependant mes pieds dedans pour rien au monde. Alors en boire...

Je n'ai qu'une envie : faire demi-tour pour fuir ce dépotoir qui semble recueillir toutes les eaux usées de l'Yggdrasil.

Je tente un coup d'œil vers Kyle lorsqu'une bulle de je-ne-sais-quoi éclate à la surface de l'eau et ajoute une autre sympathique odeur à celles qui me faisaient déjà tordre le nez.

La tête du dieu qui maîtrise le temps bouge nerveusement de gauche à droite.

— Nan, c'est mort ! Je ne vais pas boire ça. Pas une putain de goutte, vous m'entendez ? Tant pis, plus de pouvoirs !

Mane y arrive bien, après tout. Sérieux, chaque fois que je viens, c'est pire !

— Tu dis toujours ça, mec ! envoie Sol en ramassant un caillou par terre.

Elle vise et lance sa petite pierre, qui part percuter le rocher au milieu de la mare. Kyle et elle semblent attendre. Je fais de même, puis, soudain, un bruit de canalisation bouchée se fait entendre à côté de nous. Je sursaute et cherche aussitôt d'où ça peut provenir.

Je cligne des yeux à plusieurs reprises pour être certaine que je ne rêve pas, mais je dois me rendre à l'évidence : ça vient du rocher. Le niveau de l'eau autour de lui baisse peu à peu. Les algues qui flottaient à la surface sont attirées vers lui avant de disparaître, comme des cheveux dans le siphon d'une baignoire. Comment un rocher peut-il aspirer l'eau de la sorte ?

L'instant suivant, un visage apparaît sur le rocher. À peine sorti de l'eau, il bat des paupières, comme pour se reconnecter au présent. Comment respire-t-il ? Son nez est encore sous la surface.

— Ce vieux fou… soupire Kyle dans mon dos.

Alors comme ça, le dieu de la sagesse est un gros caillou dans une mare… C'est dégoûtant.

Le visage se tourne à peine vers moi, son crapaud toujours sur la tête. L'eau continue de s'écouler peu à peu, puis le nez de cette chose apparaît – enfin, ce qui semblait être un nez il y a fort longtemps. Sa bouche est ouverte, c'est elle qui vient d'aspirer l'eau croupie. *Il a vraiment bu ça ?*

Sol, Kyle et moi restons sans bouger, happés par cette vision à vomir de Mimir qui a des haut-le-cœur. En même temps, qui n'en aurait pas à sa place ?

Je le regarde hoqueter un moment en me demandant s'il va vomir toute cette eau qu'il vient d'aspirer, puis quelque chose lui remonte dans la gorge et sort d'entre ses lèvres moisies. *Oh non… Merde, je vais être malade !*

Je ne suis pas la seule à reculer en lâchant un petit cri écœuré. *Cette tête vient de cracher un œil !*

— Oh ! Ne serait-ce pas l'œil d'Odin en personne ? demande Sol, visiblement amusée, à côté de moi.

— Si… Et il est en train de… flotter sur l'eau, ajoute Kyle.

Je le plains. Je préfère cent fois ma place de déesse amnésique à la sienne, qui doit boire de cette « eau » régulièrement.

Un drôle de borborygme sort de la bouche de Mimir. Il tente de parler.

— Mpffn…

— Je m'en vais ! Je ne sais même pas ce qu'on fout ici ! chuchote Kyle.

Du coin de l'œil, je vois Sol l'attraper par le bras et le forcer à rester.

— Nnnnott ! Puissante, déesse. Je connais les raisons de ta présence ici, à Mimirsbrunn. Je sais par quoi tu es passée et ce que tu traverses… Je verrai par quoi tu passeras…

Je lui souris. *Il a eu du mal à se mettre en route, mais une fois parti, il a un sacré débit !*

— Tu as dû faire le voyage sans Mane. Quel dommage ! J'aime tant entendre les alexandrins du dieu de la lune… Cela doit faire des siècles qu'il n'est pas venu me voir ! poursuit-il sur son rythme ralenti.

En le détaillant avec attention, je me rends compte que cette moisissure qui recouvre le rocher est en fait sa peau et que les touffes d'herbes sur les côtés semblent sortir de ses oreilles comme des poils jamais entretenus.

— Mane est coincé par Odin au manoir d'Asgard, commence Sol. Nous souhaitons l'en faire sortir, annonce-t-elle sans détour.

Le dieu du savoir reste silencieux un instant. Ses yeux roulent dans leurs orbites jusqu'à devenir blancs puis reviennent se planter sur moi.

— Que me donnes-tu en échange de cette information, déesse Nott ?

Je fronce les sourcils et tourne la tête vers Sol. *Lui donner quelque chose en échange ? C'est-à-dire ?*

— MIMIR RÉCLAME TOUJOURS QUELQUE CHOSE EN CONTREPARTIE DE SES INFORMATIONS. *ODIN A FILÉ UN ŒIL EN ÉCHANGE DE SAVOIR...* me souffle-t-elle en sourdine.

J'ouvre la bouche, sous le choc. *Il ne va pas me demander un rein, tout de même ?*

— Mais... je donne quoi ? interrogé-je en chuchotant.

Sol fait une moue mais ne me répond pas. Elle n'en a aucune idée.

— J'ai... l'œil d'Odin, mais je n'ai pas de cheveux, annonce soudain le dieu du savoir comme une évidence.

Je me penche un peu en avant, de peur d'avoir compris ce qu'il suggère. *Des cheveux, a-t-il dit ?* J'attrape la touffe qui dépasse de ma capuche et la cache.

— Ça va, tu t'en sors mieux qu'Odin, tente de me rassurer Sol.

— En même temps, je veux juste savoir comment faire sortir Mane du manoir, pas connaître les secrets dc tout le monde... râlé-je en ayant bien compris que je n'échapperai pas à la demande de Mimir.

Après tout, une mèche de cheveux, cela passera inaperçu dans mon épaisseur...

— Ok... Vous avez quelque chose pour que je me coupe une mèche ?

— Une mèche ne suffira pas, m'interrompt sèchement le dieu dans sa mare.

Il compte se faire une perruque ou quoi ?

— C'est hors de question ! m'exclamé-je.

— À toi de choisir, déesse… Sans cela, tu n'auras pas ce que tu es venue chercher…

Je comprends à son ton détaché qu'on ne marchande pas avec le dieu de la connaissance. Je n'ai aucun moyen de pression…

— Très bien ! Et comment je me coupe les cheveux ?

— Je peux le faire, me propose Sol. Ils repousseront ! ajoute-t-elle pour me consoler.

— Ouais… Enfin, je ne les ai jamais coupés. Et j'espère que Mane appréciera le geste !

Je rabats ma capuche et tire mes cheveux sur le côté. Je ferme les yeux lorsque Sol envoie un rayon lumineux brûler la longueur que je m'acharne à entretenir depuis toujours. Ma mère a toujours refusé que je me coupe les cheveux, disant que je le regretterais. Elle avait raison, j'ai envie de pleurer ! Heureusement pour moi, ils ne prennent pas feu.

— TIENS ! JETTE-LES DANS L'EAU, pense Sol.

Quel gâchis…

Je m'exécute et les regarde plonger avec lenteur dans l'eau croupie.

Après un instant, je relève le nez vers Mimir.

— Alors ? Comment je fais sortir Mane de la maison ?

— Tu dois d'abord promettre que le jour où j'aurai besoin de toi, tu seras là.

Je laisse le silence qui passe se prolonger. Sol pense que je devrais dire oui. Mimir a rarement besoin d'aide. Selon elle, je ne crains rien.

— Ok ! envoyé-je.

La tête du dieu effectue un tour complet sur elle-même, puis son visage réapparaît en face de nous en crachant de la vase. Je serre les dents. *C'est immonde !*

— Persévérance est mère de tous les miracles, prononce Mimir. Et tu peux en accomplir un !

Je fronce les sourcils. *Mais qu'est-ce qu'il raconte ?*

J'enfonce à nouveau ma capuche sur ma tête. Mes pauvres cheveux ne dépassent plus.

— Tends la main et prends dans ta paume celui qui tout transforme en psaumes. Une lune sans nuit n'est rien qu'un astre qui s'éteint.

— Eh merde, encore une énigme... C'était à prévoir, soupire Sol.

— Dieu Kvasir, j'ai à te parler... ajoute Mimir comme si le sujet était clos et la réponse à notre question désormais évidente.

Kyle ferme les yeux et avance pour se retrouver à côté de moi.

— Qu'as-tu pour moi ?

Il fouille dans le sac à dos et en sort une petite couronne qui ne semble pas valoir grand-chose.

— Voici, Mimir, ce que je t'offre, dit-il avant de balancer l'objet dans l'eau.

Je crois que le dieu sourit.

— Très beau présent. Tends l'oreille par-delà le temps et sur ta...

J'arrête d'écouter au moment où quelque chose percute mon pied. Je baisse les yeux sur une pierre ovale et blanche. Elle est un peu transparente, pas assez pour qu'on puisse voir au travers.

Je me penche pour la ramasser avant qu'elle ne glisse dans l'eau. Elle est mouillée, c'est bizarre ! C'est comme si elle était sortie de l'eau pour atterrir directement sur ma bottine, sauf qu'elle est propre. Je me redresse, les yeux braqués dessus, et des rires me parviennent.

Je sursaute en me tournant vers Kyle qui, secoué de haut-le-cœur, semble essayer d'essuyer sa langue de...

Oh ! Par tous les dieux, c'est de la vase qu'il a partout sur le visage ?

Je recule et percute Sol, prise d'un immense fou rire. *Qu'est-ce que j'ai loupé ?*

— Qu'est-ce qu'il a foutu ? demandé-je à cette dernière.

— *LE VIEUX A CRACHÉ… KYLE N'A RIEN PU FAIRE !*

Kyle vomit au pied d'un arbre. *Le pauvre !* L'avantage, c'est qu'il va retrouver ses pouvoirs !

J'ai la désagréable sensation d'avoir été arnaquée. J'ai donné mes cheveux, mais la réponse de Mimir concernant Mane ne nous a pas avancés, elle n'avait aucun sens. *Que sommes-nous censés faire de ça ? J'espère bien avoir des explications dignes de ce nom !*

Je me tourne vers la mare. La tête du dieu recrache de l'eau avec un bruit désagréable et disparaît à nouveau.

Kyle revient, blanc comme un linge.

— Bah, où va-t-il, ce vieux fou ? interrogé-je en fourrant la pierre dans ma poche.

— Il a dit ce qu'il avait à dire ! On rentre. J'ai peut-être une idée, annonce Sol.

Si au moins c'est clair pour l'un d'entre nous, ce voyage n'aura pas été totalement inutile. Maintenant, c'est parti pour des heures de marche.

J'espère que Mane ne regrettera pas mes cheveux. Je crois qu'il les aimait…

13

Nola

♦♦♦

Enfin, on arrive au manoir ! Je n'en peux plus, j'ai mal partout et je n'ai jamais eu aussi faim de toute ma vie.

— Quand même, Nola ! T'aurais pu marcher, pour le peu qu'il restait ! envoie Kyle en se matérialisant à côté de moi.

— Non ! Hors de question qu'après avoir marché six heures dans un froid glacial, je traverse en plus le jardin !

J'ai utilisé mes pouvoirs pour me déplacer du haut de la falaise au perron du manoir, forçant Kyle et Sol à faire de même.

La porte de la bâtisse s'ouvre avant que je puisse la toucher. Je tombe nez à nez avec Mane. On se jauge quelques secondes, et sa bouche s'entrouvre lorsqu'il pose les yeux sur mes cheveux, du moins ce qu'il en reste. J'espère qu'il comprend que je ne suis pas d'humeur, car je ne serai pas en mesure de faire face à l'une de ses remarques cinglantes.

— Mec, tu t'es reposé, j'espère ! envoie Kyle, coupant ainsi notre contact visuel.

— Ouais…

— J'ai soif, ajoute Sol en le bousculant pour entrer.

Je m'apprête à le contourner pour aller me préparer à manger avec ce que je trouve dans le frigo, mais il attrape mon coude et m'empêche d'aller plus loin. Il me dévisage avec les sourcils froncés.

— Où sont tes cheveux, bordel ?

— Dans la mare de Mimir, et je ne veux pas en parler !

Je lui fais lâcher prise et pars dans la cuisine sans me retourner.

— Si, si, je t'assure. Pour moi, c'est aussi simple que ça, s'exclame Sol lorsque j'arrive.

— De quoi ? interrogé-je.

— Elle pense que pour faire sortir Mane, il faut simplement que tu le touches, me répond Kyle.

Je hausse les sourcils. *Ce serait aussi simple ? J'ai vraiment donné mes cheveux à ce dieu répugnant dans sa mare pour cette information ?*

— Ok, alors essayons tout de suite… me contenté-je de dire à voix basse en remettant mentalement mon repas à plus tard.

♦♦♦

— Tu en es certaine ? demandé-je.

— Absolument pas, mais ça ne coûte rien d'essayer ! me répond Sol. *Enfin, à toi, ça ne te coûte rien, parce que mon frère semble refuser catégoriquement de te toucher… Qu'est-ce qu'il lui prend, à cet abruti ?*

Je pince les lèvres avec un petit sourire et remercie en silence le destin d'être la seule à l'entendre penser. Mane et elle passeraient leur temps à s'embrouiller.

Nous sommes tous devant la porte du manoir. D'après Sol, Mane pourra sortir s'il me touche, ou inversement. Surtout inversement, vu l'humeur du Marchand de sable.

— Allez, essayez. Mimir a dit qu'il fallait que tu prennes dans ta paume celui qui transforme tout en psaumes. Il fut un temps où Mane adorait écrire de la poésie ! Il a aussi dit que la lune n'était rien sans la nuit. Et ça, on l'a déjà bien constaté… Il n'y a qu'à voir dans quel état tu es aujourd'hui, Mane… Bref, ça veut peut-être dire de manière très romantique que, si vous êtes réunis tous les deux, ça annulera le blocage d'Odin ! ajoute Sol.

— N'importe quoi… soupire Mane. Il s'est foutu de vous, le vieux.

— *Rahh, il m'énerve ! Envoie-lui ton genou dans les parties !* s'indigne Sol dans ma tête.

— Ce serait un moyen de le toucher, tu me diras, réponds-je à voix haute en riant.

— Bon, je me casse, coupe Mane en tournant les talons vers l'escalier qui mène à l'étage.

Je le rattrape en crochetant son avant-bras et le tire vers la porte d'entrée grande ouverte.

— Allez ! On essaie, viens. Je ne me suis pas tapé toute cette marche, et senti cette puanteur, pour que tu m'envoies chier, Mane. J'y ai aussi laissé mes cheveux ! Alors, de gré ou de force, tu vas passer cette porte avec moi !

Il me lance un regard noir mais s'immobilise. Je devrais détester ce Mane-là, mais ce que je ressens pour lui va au-delà de ça. Je le comprends : il m'en veut, et je suis infoutue de m'excuser, peut-être parce que j'attends en retour qu'il me comprenne aussi. Je ne devrais pas avoir à m'excuser d'avoir eu la peur de ma vie pour lui.

Il attrape ma main et la serre dans la sienne. C'est bête, mais je me sens déjà mieux. On avance d'un pas, puis de deux, et nous franchissons la porte.

Mane hausse les sourcils et tourne la tête vers moi.

— On dirait que tu es ma clé, déesse… dit-il à voix basse.

— Si je peux aider… rétorqué-je avec un sourire.

Il tourne vite la tête, mais je crois voir ses lèvres s'étirer légèrement. Mon cœur se gonfle d'espoir, et mon âme se repose un court instant.

— Super ! J'en étais sûre, s'esclaffe Sol en arrivant devant nous. Kyle, tu le déposes chez Nott ? *Et Nott, s'il fait le con, tu le déposes ici et tu t'en vas, ça lui apprendra la vie ! En attendant la suite, repose-toi, ok ?*

— Oui, ça marche !

♦♦♦

J'atterris sur le sol dur de mon appartement. Il me faut une seconde pour comprendre que je ne suis pas dans le salon comme je le pensais mais dans la salle de bains.

J'entends un bruit dans le reste de l'appartement. Mane et Kyle doivent être là. Alors que je m'apprête à sortir, la porte s'ouvre, et, une main plaquée sur la bouche, Mane me fonce dessus pour atteindre les cabinets au plus vite.

Je tourne la tête vers Kyle qui est planté au milieu de mon salon avec une grimace d'excuse. Les bruits qui me parviennent indiquent que Mane n'a pas supporté le voyage.

J'allume la lumière et tire doucement la porte derrière moi en sortant de la pièce.

— Pas simple de n'être qu'un homme… souffle Kyle avec un petit sourire.

— D'être un dieu non plus ! Je t'ai vu faire la même chose à la source de Mimir… répliqué-je.

Il a un haut-le-cœur qui déclenche mon rire.

— Ah ! Merci, j'y pensais plus ! râle-t-il. Bon, on se tient au courant pour les Nornes. Bon courage !

— Attends, pourquoi il est malade ?

— Le trajet ? Sa cuite ? La fatigue ? Va savoir ! Bon, Mane n'a plus de pouvoirs, donc Odin ne devrait pas savoir qu'il n'est plus au manoir. Mais il faut rester discret, alors pas de nuit improvisée pour toi, ok ? Si Odin se rend compte de quelque chose, on sera dans une grosse merde.

— Ok, compte sur moi !

Mane tire la chasse d'eau lorsque Kyle repart en ralentissant brièvement le temps. Il fait nuit à Midgard, impossible de savoir combien de temps s'est écoulé depuis que je suis partie. *Plusieurs jours ?*

J'allume la lumière dans la pièce principale et me dirige vers la cuisine. J'ai tellement faim que je pourrais manger même avec les bruits désagréables de Mane dans la pièce à côté. J'espère que mon frigo ne va pas me décevoir, je compte sur lui sur ce coup-là. *Tiens, d'ailleurs, Mane ne fait plus de bruit. Il ne s'est tout de même pas étouffé ?*

Je referme le réfrigérateur et, une bonne enjambée plus tard, je suis devant la porte de la salle de bains. Je ne toque pas fort.

Pas de réponse, et aucun bruit.

Je pousse la porte et retrouve le dieu de la lune assis à même le carrelage, les yeux fermés et la tête appuyée contre le mur.

— Mane ? Ça va ?

— Non. J'aime pas être humain.

Je ricane en entrant, et il ouvre les yeux pour me regarder, mais les referme aussitôt en se prenant la tête entre les mains.

— Pourquoi j'ai des vertiges comme ça ? demande-t-il.

— Tu dois être épuisé, et avoir encore le contrecoup de ce que tu as bu…

— On va chez les Nornes, dit-il faiblement dans mon dos en changeant de sujet comme s'il avait honte.

J'ouvre le petit placard sous le lavabo et fouille pour trouver la plus grande serviette que j'ai. *Elle n'est pas ici. Ah oui, je l'ai lavée je ne sais plus quand, elle doit être dans la panière de propre.*

— Non, tu pues encore l'alcool et tu viens de faire le truc le moins élégant du monde, alors tu vas prendre une douche pendant que je fais à manger. Et puis, il fait nuit, le magasin des Nornes sera fermé. Ça devra donc attendre demain matin, dis-je en trouvant la serviette dans la panière non loin.

Je tire dessus, remets vite en place le soutien-gorge qui vient de s'échapper de la pile de linge et me tourne vers Mane. Tout ce que je vois avant de plaquer une main devant mes yeux, c'est le V qui se forme entre ses hanches. *Mince ! Préviens avant de faire ce genre de truc, mec !*

Alors que je m'attendais à devoir négocier pendant des heures pour qu'il accepte de passer la soirée ici, tranquillement, il s'est déshabillé dans mon dos sans que je m'en rende compte.

— Qu'est-ce qu'il te prend ? T'as déjà oublié la nuit à la source ?

— Non, non, je n'ai pas oublié… Tu m'as prise de court, c'est tout, répliqué-je alors qu'il entre sous la douche et allume l'eau.

À sa place, j'aurais fait ça dans l'autre sens…

— Bordel ! Mais pourquoi c'est glacial ? s'exclame-t-il en ressortant aussitôt, les mains sur ses parties.

J'explose de rire, lui lance la serviette qu'il rattrape d'une main et tourne les talons.

— Attends une bonne minute pour l'eau chaude. Et promis, je ne le dirai à personne…

— Dire quoi ? braille-t-il depuis la salle de bains.

— Qu'elle est minuscule depuis que t'es humain ! envoyé-je.

— Quoi ?

Silence. *Est-ce qu'il est en train de vérifier ?*

— Pas du tout ! C'est à cause de l'eau ! Et attends que je sois dans mon état normal !

Je ris tellement que les larmes me montent aux yeux. C'est la meilleure façon de décompresser.

J'entends encore Mane marmonner je ne sais quoi tandis que le rideau de la douche se ferme avec son bruit habituel. À y penser, il semble avoir été sacrément touché par ma réflexion. *Rien de plus humain que de se vexer !*

♦♦♦

Je remplis une seconde assiette en carton lorsque la porte de la salle de bains s'ouvre dans mon dos, laissant une bonne odeur de gel douche arriver jusqu'à moi.

Je repose la casserole sur la plaque et me tourne vers Mane, une cuillère en bois à la main.

— Est-ce que ça va mi… Oh mon dieu !

J'en lâche mon ustensile parce qu'un autre me fait de l'œil depuis l'entrejambe de son propriétaire.

— Mais habille-toi ! ajouté-je.

— Je suis pas *ton* dieu, réplique-t-il simplement, toujours à poil au milieu de l'appartement.

— Pourquoi tu restes là ? Hors de question que tu manges avec tes parties à l'air, mec !

Il a un petit sourire et tourne les talons. *Après une douche chaude, ça n'a plus rien à voir.*

Je secoue la tête et ramasse la cuillère en bois avant de la poser dans l'évier. J'attrape ensuite le plateau qui contient les deux assiettes que je viens de garnir et me dirige vers ma table basse, tirée devant le clic-clac.

— Bien sûr que t'es *mon* dieu, crétin, marmonné-je.

Je le sens revenir dans la pièce. Du coin de l'œil, je constate qu'il a au moins enfilé son jean. Il soupire pour seule réponse. Visiblement, il ne me prend pas au sérieux.

— Et avise-toi d'être le dieu d'une autre... menacé-je.

Après avoir placé les assiettes entre les couverts que j'ai déposés là tout à l'heure, je me redresse et le vois très brièvement sourire.

— C'est toi qui gâches toujours tout, je te rappelle. Pas moi.

J'allais repartir vers mon évier prendre des gobelets, mais sa réflexion me pique au vif. Je m'arrête sans le regarder.

— Ok... Je te laisse avoir le dernier mot parce que je ne veux pas qu'on se fasse plus de mal qu'on ne s'en est déjà fait... dis-je après un silence.

Je n'attends pas sa réaction et file dans le coin cuisine. J'avale ma salive et me laisse une seconde pour reprendre mon souffle. *Ne pleure pas, Nola ! Il t'en veut, c'est normal... Pour l'instant.* C'est bien plus difficile que je ne le pensais de l'avoir à mes côtés mais si distant.

De retour dans le salon, je vois Mane touiller le contenu de son assiette en grimaçant. *Ok... Il a décidé de me faire payer, et tout et n'importe quoi est un prétexte pour y parvenir, on dirait !*

— Quoi ? envoyé-je sèchement.

— Pourquoi on bouffe ça ? J'ai déjà passé une journée de merde, ça suffit, là.

Je sens une colère inédite monter en moi. Je ferme les yeux et me vois déjà tout lui envoyer en plein visage. Mais à la place, je respire longuement, sans un mot.

14

Mane

♦♦♦

J'ouvre les yeux et me redresse. Je crève de chaud dans ce minuscule appartement. Je sens Nott bouger à côté de moi. Elle dort toujours, allongée sur le côté, me tournant le dos.

Elle a fermé les yeux dès qu'elle a posé le bouquin qu'elle a lu toute la soirée. Après m'être assuré qu'elle dormait, je suis venu m'allonger à côté d'elle. Il était hors de question que je le fasse alors qu'elle était éveillée, même si j'étais épuisé.

Je quitte le lit et me glisse sur le petit bout de toit qui lui sert de balcon avec une clope. J'ai tant de colère en moi… Je me comporte comme un véritable connard alors que Nola fait tout pour prendre sur elle. Nott m'aurait affronté jusqu'à ce que je rende les armes, mais avoir perdu ses pouvoirs et la mémoire a rendu ma déesse plus douce.

J'allume la cigarette et tire dessus. Ça m'irrite la gorge et me force à tousser. Encore un contrecoup de la punition d'Odin.

J'ai hâte de me retrouver devant les Nornes. Peut-être cela m'aidera-t-il à comprendre le choix de Nott… Je sais pourquoi elle est partie la première fois, et par conséquent, la seconde. Mais cette réponse apporte d'autres questions. Pourquoi ne m'a-t-elle pas dit qu'elle allait à Midgard pour les voir ? Pourquoi ne m'a-t-elle pas expliqué cette prophétie ? A-t-elle fait le choix de disparaître de ma vie en toute connaissance de cause ? Et ses souvenirs, comment les a-t-elle perdus ?

Si Nola ne se souvient pas et que Meili*, ce satané dieu de l'oubli, reste introuvable, je ne saurai jamais ce qu'elle avait en tête.

— Mane…

Je tourne la tête vers l'appartement, pensant Nola réveillée, mais elle dort toujours. Elle bouge dans son sommeil et murmure encore mon prénom. Je serre les dents. Le besoin que j'ai d'être avec elle est toujours aussi fort, mais je lui résiste. La voir attendre et espérer apaise un peu ma peine. Mon cœur rancunier lui fait payer ce qu'il a subi.

— Mane !

Cette fois, je quitte le bout de toit en balançant ma clope plusieurs étages plus bas. *Nott m'embrouillerait si elle me voyait faire ça ! Elle déteste qu'on jette ses détritus partout…*

Nola se débat dans son sommeil. C'est étrange, je suis normalement celui qui contrôle ses cauchemars depuis le monde des Songes. Comme je n'y ai plus accès depuis qu'Odin m'a privé de mes pouvoirs, tout devrait y être calme, y compris les rêves de Nott.

Je l'attrape par les épaules après avoir retiré la couette qui la recouvrait. De la sueur perle sur son front, pourtant, elle semble frissonner, et des larmes quittent ses paupières closes.

— Nola ? l'appelé-je.

— Non !

Elle me repousse sans se réveiller. *Bordel, mais qu'est-ce qu'elle voit ?*

Je l'attire contre moi. Il faut qu'elle se réveille, à présent.

— Nola… murmuré-je. Ouvre les yeux, maintenant.

— Non… Je ne veux plus… Ils sont morts… Tous morts !

Toujours endormie, elle se love contre moi, sa joue humide directement au contact de mon torse. Impossible de résister à l'envie qui me prend de glisser mes doigts dans ses cheveux.

— Mane…

Elle pleure et dort toujours. Je n'ai jamais vu ça. Ce qui la hante est puissant, même Nott en elle ne peut pas lutter. La nuit a toujours été la seule à parvenir à résister au monde des Songes. Ce qui se passe là est anormal.

— Réveille-toi, Nott…

Elle se fige soudain, puis fond en larmes. Elle est de retour dans la réalité. Ses yeux papillonnent avec difficulté. Nous n'échangeons pas un mot lorsque je m'allonge en la serrant contre moi.

Me voilà arrivé au point de non-retour. Je savais qu'au moment où mes doigts la toucheraient, je ne pourrais plus la laisser repartir.

Elle se blottit contre moi, et je rabats la couette sur nous. Elle frissonne encore. Pourtant, elle est bouillante.

— Pardon, je ne voulais pas… Mane, si tu avais vu… murmure-t-elle un instant plus tard.

Je caresse ses cheveux en silence. J'ai peur que mes mots ne lui fassent plus de mal que de bien et je refuse de lui mentir. *Ma déesse, tu me manques tant... J'aimerais te dire que je ne t'en veux plus, mais je crains de ne jamais y parvenir.*

♦♦♦

Le jour s'est levé, et Nola est sous la douche. Donc complètement nue. Et moi, je suis derrière la porte avec une gaule d'enfer. *Raisonne-toi, mec ! Tu ne peux pas lui tirer la tronche puis avoir envie d'elle à te provoquer une migraine !*

Je ferme les yeux et tourne les talons en tirant sur mon jean. Si j'avais encore mes insectes, j'aurais passé cette porte sans l'ouvrir. Ce n'est donc peut-être pas plus mal que je sois réduit à l'état d'humain pour l'instant...

J'attrape une clope et file sur le bout de toit par la fenêtre. Il fait trop froid à mon goût, et l'odeur de cette ville ne me plaît pas. Le monde des Songes me manque. Vivement qu'on en finisse avec tout ça !

♦♦♦

— On y va ? lance soudain la voix de Nola.

Je me tourne vers elle. Habillée d'un jean noir, de bottines en cuir et d'un haut à manches longues qui moule parfaitement sa poitrine, j'ai l'impression d'avoir à nouveau Nott devant moi. Elle a même ce regard provocant qu'elle me réservait toujours. L'envie de la plaquer contre un mur pour la prendre sans attendre m'oblige à me crisper une longue seconde. *Détends-toi, Mane ! C'est Nola, pas Nott, et elle ne réagira jamais pareil.*

D'un signe de tête, je lui réponds que je suis prêt. Elle évite mon regard, sans un sourire. Je n'aime pas ça. Ce petit jeu du chat et de la souris entre nous risque vite de me faire faire n'importe quoi.

J'enfile mon tee-shirt puis mon sweat et enfonce mes pieds dans mes baskets.

L'instant suivant, nous sommes dans la cabine d'ascenseur. *Pourquoi c'est aussi petit, là-dedans ?*

— Je sais que c'est à Paris, mais tu sais où ça se trouve exactement ? me demande-t-elle, le regard fuyant.

— Ouais. Dans le Marais[7] !

Et voilà, j'avais l'occasion d'être un type bien, mais je n'arrive pas à faire abstraction de ma rancœur. Elle se détourne, et les portes s'ouvrent.

♦♦♦

Sérieusement ? Le métro, c'est ça ? Je préfère cent fois me taper un voyage avec Kvasir, même si je finis encore en gerbant. Au moins, personne ne me collerait, et encore mieux, personne ne collerait ma déesse. Ce type contre la porte n'arrête pas de lui lancer des regards insistants. Au prochain arrêt, je le dégage. *Et vas-y, encore un coup d'œil !*

Nola ne voit rien, alors qu'il lui suffirait de le foutre dans le noir quelques minutes pour le calmer. *Ce type ne sait pas à qui il a affaire... On pourrait détruire ce monde, Nott et moi.*

J'attrape ma déesse et la tire dans ma direction en bousculant ceux qui se sont retrouvés entre nous à l'arrêt précédent. Ma main tatouée termine sur son épaule opposée, et je la serre contre moi en fixant le type. *C'est ma nana, mec !*

— Mais qu'est-ce qu'il te prend ? marmonne Nola.

— On arrive quand ?

— Euh... Dans cinq stations.

Bordel, ça va durer des plombes !

---

7. Quartier de Paris, situé sur les 3e et 4e arrondissements.

♦♦♦

— On a de la chance, il fait super beau, dit-elle alors qu'on remonte une rue remplie de monde.

On pourrait déjà être arrivés, et même repartis, mais à la place, on vient de se taper deux métros différents et je ne sais combien de stations bourrées de types qui lançaient des regards pleins de sous-entendus à Nola.

— Bon, nous voilà dans le bon quartier. Il ne nous reste plus qu'à trouver la boutique des Nornes, dit-elle.

Je reporte mon regard sur elle. Elle relève la manche de sa doudoune noire et tire sur l'élastique qui est autour de son poignet avant d'attraper ses cheveux. Elle les rassemble et les attache en un gros chignon. Je fronce les sourcils. Ils sont déjà aussi longs qu'avant qu'elle ne parte chez Mimir. Avantage des dieux ! Heureusement, car les cheveux lâchés lui vont tellement bien ! Ces boucles noires qui encadrent son visage lui donnent un style qui m'a toujours empêché de lui résister.

Elle évite mon regard, encore une fois.

Hier, je souhaitais qu'elle me fuie et, aujourd'hui, je me sens mal chaque fois qu'elle m'évite. *Qu'est-ce qui ne tourne pas rond chez moi ?*

— Tu m'as écoutée ? lance-t-elle.

— Quoi ?

Elle fronce les sourcils. J'étais trop occupé à me prendre la tête et à l'admirer.

— La boutique des Nornes ? Elle est où exactement ? demande-t-elle froidement.

Je tente un sourire, mais elle a déjà tourné la tête. Mon cœur se débat, me suppliant de m'approcher plus d'elle, mais rien à faire, je n'y arrive pas.

— C'est par là, dis-je en pointant une rue du doigt.

♦♦♦

Nous y voilà !

Nola me lance un coup d'œil et pousse la porte de la boutique miteuse sans attendre. Une clochette résonne lorsqu'elle pénètre dans le lieu.

La devanture tombe en ruine, et ça sent mauvais.

Je relève le nez sur le cul de Nola. *Je ne serai jamais rassasié d'elle, c'est impossible !*

— Oh ! Qu'est-ce que t'attends ? Tu te bouges ? me lance-t-elle brusquement.

Mon regard remonte jusqu'à croiser le sien, et je me mets en mouvement. Si elle me dit quoi que ce soit, je lui rappellerai que je la surprends souvent en train de me regarder à la dérobée.

Dès que la porte se referme derrière elle, Nola se bouche le nez. Il règne ici un mélange d'odeurs écœurant. Le renfermé et le moisi me prennent à la gorge.

Ma déesse se faufile dans la seule allée de la petite boutique, poussant des épaules les vêtements qui dépassent des portiques surchargés qui envahissent l'endroit. Il y en a absolument partout, jusqu'au plafond. Après avoir vu ça, je ne pourrai plus jamais râler contre Sol. Son appart est bien organisé, à côté du bazar qui règne ici.

Je n'ai jamais vu autant de fringues réunies au même endroit. Des cintres sont accrochés partout où c'est possible. En haut des murs, il y a de petites fenêtres plus longues que hautes qui laissent passer un peu de lumière. Un rayon qui fend l'espace fait apparaître la quantité impressionnante de poussière en suspension dans l'air.

Je joue des coudes derrière ma déesse qui dépasse à peine des grands portiques, faisant tomber des vêtements de leur cintre au passage.

— Salut ! s'exclame une petite voix.

Nola s'immobilise brusquement, et je lui rentre dedans. Mon corps, encastré au sien, réagit au quart de tour : mon bras passe autour de ses épaules pour la tirer en arrière et la protéger de ce qui nous fait face. Mais ce n'est qu'une petite fille qui nous barre la route. Une minuscule petite fille.

— Euh, salut… commence Nola.

— Déesse Nott et… le dieu de la lune ? Imposteur que tu es, que fais-tu ici ? envoie l'enfant.

Pour qui cette sale môme se prend-elle pour oser s'adresser à moi sur ce ton ? Et pourquoi m'a-t-elle pris en grippe ?

C'est instinctif. J'avance d'un pas avec l'idée de lui faire bouffer ses petites nattes, mais Nola m'en empêche en me retenant d'une main posée sur mon poignet.

— Tes sœurs sont là ? lui demande-t-elle.

— Oui. Elles savaient que tu viendrais. Mais lui n'était pas prévu. Il n'a rien à faire ici…

Elle fait un mouvement de tête vers moi. Je serre les dents. Nola enlace ses doigts aux miens et glisse sa main dans son dos pour avancer et me tirer derrière elle.

La petite fille disparaît rapidement entre les piles de vêtements. Je rentre les épaules, toujours coincé dans le dos de Nola. Le plafond bas et l'air saturé m'étouffent. *Ça a intérêt à aller vite, je suis beaucoup trop grand pour cet endroit.*

15

Nola

♦♦♦

Derrière moi, Mane ne sait pas où se mettre. Habituellement, il se tient droit et fier, il en impose ; mais là, il a la tête rentrée dans les épaules et le dos un peu courbé pour ne pas se cogner au plafond.

Depuis la réflexion de la petite fille, il semble sur le point d'exploser. *Je me demande ce qu'elle peut bien avoir contre lui…* Heureusement, ses insectes lui ayant été confisqués par Odin, il ne peut pas les laisser aller à saccager le lieu. Dans le cas contraire, je suis certaine qu'ils déchiquetteraient chaque vêtement entassé ici.

L'endroit est comme dans mon souvenir : petit, étriqué et beaucoup trop rempli pour l'espace disponible.

La fillette nous a conduits tout au fond de la boutique, où je retrouve le miroir dans lequel j'ai vu la prophétie. Aussi grand que moi, il doit avoir une bonne centaine d'années. Le cadre en bois est sculpté de divers motifs, mais l'un d'entre eux est plus proéminent et habille le haut du montant. Ça donne un cachet particulier à cet objet.

— Vous êtes de retour, déesse Nott… entends-je soudain.

La vieille femme apparaît entre deux piles de manteaux encore sur leurs cintres, mais amoncelés sur ce qui doit être des commodes.

— Et la voici, pile à l'heure, annonce la voix de la troisième, celle de notre âge. Oh ! Elle n'est pas venue seule…

Elle toise Mane de haut en bas et finit en se léchant les lèvres. Mes sourcils s'arquent sur mon front. *Le drague-t-elle ouvertement ? J'hallucine !*

— Dieu de la lune… Nous sommes heureuses de vous voir, dit la plus vieille.

— C'est faux ! Nous ne l'aimons pas ! crie la petite fille qui déboule devant nous.

Je vois les mâchoires de Mane se serrer. Entre eux, ça ne passe pas du tout. Mais je préfère encore ça à la nana qui semble vouloir le gober tout rond sans prendre la peine de le déshabiller.

— Mais si, on est ravies de l'avoir ici… rétorque-t-elle justement.

Elle va se calmer ou le soleil risque de ne plus pointer son nez ici avant un moment, même si Kyle m'a prévenue de contrôler mes pouvoirs en arrivant à Midgard !

J'inspire avec force et me redresse pour imposer ma présence. Chose que ne peut pas faire Mane, vers qui je tourne la tête, et qui est toujours encastré dans un portique de vieilles robes à fleurs.

Il tire une tête de six pieds de long et détourne vite le regard vers la petite fille qui lui fait des grimaces.

— Tu sais que le Marchand de sable et les gosses, ça l'a jamais fait ? lui lance-t-il en serrant les dents.

Est-ce qu'il est vraiment en train de menacer cette enfant ?

— Nous sommes ici pour en apprendre plus sur la prophétie que vous m'avez fait voir, coupé-je avant que ça ne dégénère entre eux.

— Tu as besoin d'en savoir plus ? Je crains que nous ne puissions te venir en aide… me répond la vieille femme.

Je fronce les sourcils. Je ne m'attendais pas à me heurter à un mur aussi vite. Le silence qui suit pourrait se prolonger, mais Mane soupire avec force.

— Comment ça ? Les Nornes gèrent les prophéties, non ? lance-t-il méchamment. Qu'est-ce qui cloche avec la sienne ? Nous avons vécu ensemble, on s'est même mariés, et les mondes sont toujours intacts… Nous voulons savoir en quoi nous mettons l'Yggdrasil en danger !

Je serre plus fort ses doigts toujours liés aux miens. J'espère qu'il comprend que je lui demande de garder son sang-froid.

— C'est qu'il est nerveux, le gros dieu de la lune ! s'exclame la petite fille.

« Gros » ? C'est un coup bas !

— Un massage pour te détendre ? place la nana de notre âge.

— Non, il ne veut pas de massage, coupé-je. Expliquez-nous. Pourquoi la prophétie ne s'est pas déjà réalisée ? ajouté-je à l'intention de la plus vieille des trois.

— Chaque prophétie a son déclencheur, dit-elle après un silence pendant lequel j'entends Mane souffler de plus en plus fort.

— Très bien, alors vous savez ce… débuté-je avant d'être interrompue.

— Alors qu'est-ce que t'as foutu de travers, la vieille ? Tu sais ce que nous a valu ton voile de merde ? me coupe Mane.

La Norne ouvre la bouche sans rien dire et recule même un peu, tentant d'une main tremblante de s'appuyer quelque part. Elle est beaucoup trop âgée pour se faire agresser de la sorte. Je me tourne vers Mane et lui lance un regard simple à comprendre : *Calme-toi !*

— Il ne saisit toujours pas ! Idiot ! envoie la fillette juste avant de lui balancer un coup de pied dans le tibia.

Je le retiens de justesse en me plaquant plus devant lui et en lançant ma main libre en arrière.

— Mane, c'est une petite fille ! Calme-toi, bon sang !

Il grogne dans mon dos.

— Elle a dix siècles de plus que nous, bordel. C'est plus une gosse ! rétorque-t-il.

La petite s'apprête à répliquer, mais la Norne de notre âge l'attrape et la pousse vers l'arrière-boutique.

— Mmh... Tous ces muscles contractés par la colère... semble-t-elle se délecter. De la sueur coule dans ton dos massif, Mane ? susurre-t-elle, comme si de rien n'était.

Je serre les dents. *C'en est trop !*

Sans réfléchir, je tends la main vers elle, et, avant qu'elle ne puisse réagir, un brouillard noir s'enroule autour de sa tête et fait disparaître son visage.

— Que se passe-t-il ? Je... je suis aveugle !

Elle avance dans l'espace réduit et trébuche pour disparaître entre deux portiques, tandis que la petite réapparaît dans notre dos, furieuse.

— Rien ne peut changer une prophétie. Elle doit s'accomplir tôt ou tard, articule la vieille femme.

— Dans ce cas, combien de temps nous reste-t-il ? demandé-je.

— Nott, tu... commence Mane.

Je lève une main en direction de son visage pour qu'il se taise. La pauvre petite dame semble terrifiée par sa rage. *Qu'est-ce que cela serait s'il avait encore ses pouvoirs !*

— Tais-toi, idiot ! braille la petite fille.

— Je dois sortir d'ici ! Accouche, vieille femme, ou je te renvoie directement aux racines d'Yggdrasil !

— Je ne le sais pas.

— Ok. Alors, montre-moi mon avenir, dans ce cas ! ordonne Mane.

— Il n'y a rien pour toi !

— Bon, elle se fout de nous… Nott, on se casse !

La seconde suivante, il me tire en arrière, se dirigeant vers la sortie dans notre dos.

— Mane, attends ! tenté-je de le retenir.

On doit absolument avoir plus d'informations. C'est les mondes qui en dépendent, mon monde, lui…

— Ça n'a aucun intérêt. Je vais faire un carnage si on ne sort pas d'ici tout de suite !

— L'idiot n'entend pas ! Et la nuit voit ! s'exclame la fillette.

Alors que j'entends Mane tirer avec force sur la porte, faisant à nouveau résonner la clochette de l'entrée, la petite fille apparaît dans mon champ de vision et me fourre quelque chose dans la main.

La seconde suivante, je suis sur le trottoir. Mane se frotte le visage juste à côté de moi tandis que je baisse les yeux sur ce que je tiens. C'est un morceau de tissu.

Je ne suis pas certaine, mais ne serait-ce pas un reste du voile que je vois dans mon souvenir ?

— Bordel… Je savais bien que ça n'avait aucun but ! Ces trois cinglées ne comprennent rien à ce qu'elles font, s'exclame Mane.

— Regarde ce que vient de me donner la petite, dis-je.

Mane baisse les yeux sur le morceau de voile.

— Mmh… C'est louche…

Il attrape le coin et me montre une broderie.

— Oh ! Attends, j'ai déjà vu ça quelque part ! m'exclamé-je.

Merde, impossible de me souvenir, la poisse !

Je lance un regard vers Mane qui me fixe en attendant. Je fais la moue.

— Elle se souvient plus… soupire-t-il. On avance, on recule… Bon, en attendant, j'ai faim ! On rentre ?

Pour seule réponse, j'attrape son bras et l'entraîne avec moi.

— Ok, on passe prendre un truc à manger et on retourne chez moi.

Non seulement Mane ne me repousse pas, contrairement à ce que je pensais, mais il me tire doucement vers lui pour qu'on marche plus près l'un de l'autre.

16

Nola

♦♦♦

— Pourquoi on marche, déjà ? interroge Mane, l'air renfrogné.

— Parce qu'il y a un problème dans le métro.

— Bordel… Je comprends pourquoi on dit que ce monde est le plus faible de tous. Un problème, et on doit marcher pendant des kilomètres ! râle-t-il. Ce n'est même pas une obligation comme chez les géants, non, c'est juste pour le plaisir de se faire du mal !

— J'aime bien quand tu dis ça, confié-je en lui lançant un regard en coin. C'est un de nos points communs, détester marcher…

Il ne répond pas et, lorsque je jette un coup d'œil vers lui, je me rends compte qu'il m'est impossible de deviner ce qu'il pense. J'aperçois à peine un léger sourire étirer ses lèvres. Je détourne vite la tête pour regarder où je marche.

On parcourt quelques mètres en silence puis, brusquement et sans prévenir, Mane écrase son bras entier sur ma nuque, le replie pour que son avant-bras soit tout près de mon menton et m'attire à lui. Je ne peux retenir un cri, que je regrette dès que je comprends qu'il fait un pas vers moi – certes douloureux, mais c'est un pas dans ma direction tout de même !

— Aïe…

— Tu étais trop loin, dit-il simplement.

— Ok, mais là, tu m'étrangles !

Il se met à rire avant de se pencher sur moi pour enfoncer son nez dans mes cheveux. J'attrape son poignet et dépose mes lèvres dessus. Je le sens se crisper. C'est léger, mais malheureusement, c'est bien présent. *Peut-être est-ce encore trop tôt…*

— Tu me l'envoies pas en soufflant dessus, cette fois ? me demande-t-il d'un air amusé.

Je le repousse en grognant. Il se met à rire en desserrant son étreinte et en se déplaçant de plusieurs pas sur le côté.

— Holà ! Doucement, déesse de la nuit, ou tu vas me propulser dans un autre monde ! s'exclame-t-il avec exagération.

— N'importe quoi… Je te veux près de moi, Mane. Toujours.

Il s'arrête soudain de marcher. Je m'immobilise à mon tour. *Qu'est-ce qu'il lui prend ?*

Il s'approche de moi avec lenteur, son visage très près du mien, puis ses lèvres viennent caresser les miennes. *Enfin…*

C'est bref, mais j'ai le sentiment de parvenir à respirer pleinement à nouveau.

La main de Mane attrape la mienne, et nous reprenons notre marche. À deux, en rythme.

— Ça m'a manqué… dis-je alors qu'il m'attire contre lui.

Il ne répond pas mais m'embrasse de nouveau avec une infinie légèreté. C'est très humain de venir chercher mes lèvres si timidement. Est-ce qu'il deviendrait plus doux ? Je crois que j'aime beaucoup.

♦♦♦

J'ai toujours pensé que cet ascenseur était beaucoup trop petit, mais là, c'est pire que jamais. Il ne reste entre Mane et moi que quelques centimètres. Cette minuscule distance me permet-elle de dissimuler les battements affolés de mon cœur ? Et si Mane se rendait compte que je m'empêche de le regarder parce que j'ai trop envie qu'il s'approche pour que ses lèvres rencontrent les miennes à nouveau ?

Je compte les étages. Troisième. *Le sixième arrive très bientôt.*

— Ça va ? me demande-t-il.

Je relève le nez. Mes yeux croisent les siens, puis descendent sur sa bouche et refont le même parcours dans l'autre sens pour s'arrêter sur ses lèvres à nouveau.

Quatrième étage.

— Euh… Oui, je…

…vais bien.

Ces quelques centimètres sont trop peu pour que mes envies n'aient pas raison de ma volonté. Mes paumes agrippent la nuque de Mane, et mes lèvres se jettent sur les siennes. Surpris, il se laisse faire, et son dos percute la paroi de la petite cabine.

Mon instinct me dicte mes gestes, et le dieu de la lune ne leur oppose aucune résistance. Alors que ma langue est déjà en train de danser avec la sienne, il reprend le contrôle de la situation et me soulève. Mes cuisses s'accrochent autour de ses hanches, et on quitte la cabine ainsi.

J'ai un petit rire lorsqu'il trébuche sur je-ne-sais-quoi et doit se rattraper de justesse contre le mur tout près d'une des portes de mes voisins.

Mane me repose devant mon appartement, et je fouille mes poches en hâte, à la recherche de mes clés. Il en profite pour embrasser mon cou, le lécher et le mordiller.

— Allez, déesse ! me presse-t-il après quelques secondes d'attente.

Où est ce foutu trousseau ?

Je le trouve enfin dans ma poche et l'en sors avec hâte. Quelque chose de blanc tombe au sol avec un bruit mat.

— C'est bon, je les ai !

Mane attrape mes clés pendant que je me penche pour ramasser la pierre que j'ai récupérée chez Mimir.

J'entends que Mane déverrouille la serrure de mon appartement, puis ma bouche retrouve la sienne.

Très vite, la porte claque derrière nous, et je me retrouve allongée sur mon clic-clac.

Mane se redresse et m'observe avec un petit sourire.

— Prête ? demande-t-il.

Je hausse les sourcils.

— Qu'est-ce que t'attends ? Qu'il fasse nuit ?

Son sourire s'étire davantage, et il agrippe mon manteau pour me l'enlever.

— J'ai toujours adoré… commence-t-il.

Je retire mon pull et mon tee-shirt sans attendre.

— …le faire dans le noir complet, termine Mane.

J'ouvre la bouche, et la seconde suivante, la nuit tombe doucement autour de moi, enveloppant Mane avec grâce.

— Ferme les yeux, déesse.

Je m'exécute et me laisse aller aux sensations d'un autre monde, celui du toucher. Privée de la vue, je me concentre sur les mains de Mane qui m'ôtent mes vêtements un à un, puis sur son souffle près de ma bouche.

Très vite, c'est son entrejambe durci qui vient se presser contre moi. Il a réussi à quitter ses habits sans que je m'en aperçoive !

Mes doigts parcourent sa peau : frôlant ses épaules larges, ses pectoraux gonflés, puis s'ancrant sur ses hanches marquées avant de se refermer plus bas autour de lui, le faisant se contracter.

Il prend possession de mes seins pendant que j'entame des mouvements de va-et-vient. Suivant le rythme, le dieu de la lune bouge son bassin contre moi et retient son souffle qui, comme le mien, devient frénétique.

Plus les secondes passent, plus je le sens perdre le contrôle. J'accélère la cadence, ce qui lui arrache un râle qui m'électrise.

Avant que j'aie le temps de jouer plus longtemps avec lui, il écarte mes cuisses et s'apprête à s'engouffrer dans le désir. *Je n'attends que ça.*

Toujours les yeux fermés, et consciente qu'il ne voit rien, je souffle sur sa bouche, appelant ses lèvres sur les miennes. Il m'embrasse puis se colle contre moi, accentuant la pression de son sexe sur le mien.

Il se positionne à l'entrée. Je le sens sourire lorsqu'un gémissement m'échappe. Il commence à me pénétrer, et je lui mordille la lèvre inférieure, lui volant un grognement.

Comme pour me rendre folle, il s'immobilise. Mes mains agrippent ses fesses et appuient sur celles-ci pour qu'il entre plus, mais il résiste. *A-t-il décidé de me torturer ?*

Je souris et ouvre les yeux, l'espionnant à son insu. Je griffe ses fesses, le sentant se contracter davantage, mais il résiste encore.

— Tu joues à un jeu dangereux… soufflé-je contre ses lèvres.

J'ondule sous lui, le faisant entrer un peu plus.

— Bordel, Nott !

Je ricane et reprends le même mouvement, de manière plus appuyée. Je referme les yeux quand il se mord une lèvre.

— Tu as gagné… souffle-t-il avant de progresser en moi d'un coup de hanche.

Alors que je gémis de plaisir, un grand bruit retentit dans le couloir de mon immeuble. Effrayée, je m'accroche aux épaules de Mane qui se retire et attrape la couette pour que je m'y enroule.

Alors que le jour revient autour de nous, le bruit se fait de nouveau entendre. C'est quelqu'un qui frappe à ma porte.

— Qui a oublié que je devais venir lui donner ses cours ? s'exclame une voix de l'autre côté du battant.

— Oh merde… soupiré-je. C'est Ella, une amie de la fac.

Mane se redresse et s'éloigne de moi.

— J'étais si bien parti… râle-t-il en se rhabillant en vitesse.

Je lui fais un clin d'œil avant de répondre à Ella.

— J'arrive ! m'exclamé-je en m'habillant en hâte.

— Putain, ma queue ne va jamais vouloir se calmer ! Tu as intérêt de l'expédier !

Ella tambourine à la porte en même temps que je ricane.

Mane s'enferme aux toilettes, et j'ouvre à mon amie.

— Nola, mais pourquoi t'as mis autant de temps à venir ouvrir ? s'exclame Ella dès qu'elle franchit le seuil de mon appartement. J'ai envie de faire pipi depuis que je suis descendue du métro !

Sans que j'aie le temps de lui dire que c'est occupé, elle fonce vers la salle de bains après avoir balancé ses affaires sur mon lit.

Alors qu'elle pose la main sur la poignée, Mane sort de la pièce, l'obligeant à s'arrêter sous son nez.

Il a baissé la tête pour la regarder, et elle lève la sienne si doucement que je la devine en train de le détailler. D'autant plus qu'il n'a pas remis son haut et que ses tatouages nous sautent aux yeux.

— Je peux sortir ? demande-t-il froidement.

Connaissant le tempérament d'Ella, elle risque de l'envoyer se faire voir en beauté, alors j'interviens avant que leur rencontre vire au drame.

— Mane, je te présente Ella ; Ella, voici Mane…

…mon copain. Enfin, je crois. Mais la fin de ma phrase n'a pas le temps de franchir mes lèvres. Mane repousse Ella pour pouvoir sortir de la salle de bains. Elle lui lance un regard outré qu'il ignore pour aller se réfugier sur le petit bout de toit qui me sert de balcon. Il s'assoit après avoir sorti ses cigarettes de sa poche et se désintéresse de nous.

Ella disparaît dans la salle de bains.

Bon… Ça va, ils n'ont pas mis le feu à mon appartement !

Ella réapparaît, visiblement soulagée. Elle fait un signe de tête vers Mane qui regarde ailleurs. Je hausse les épaules avec un petit sourire. Elle penche la tête puis m'adresse une courbette bien basse. Comprendre « Félicitations, il est magnifique ! », dans le langage corporel de ma meilleure amie. Je ne peux retenir un rire.

— Oh ! Mec, on dit bonjour à la dame ! envoie-t-elle à Mane.

— Je ne vois aucune dame dans les environs, répond-il du tac au tac.

— Et ta sœur, c'est une dame ?

— Absolument pas, c'est une emmerdeuse, réplique-t-il en tournant la tête vers elle.

— Euh… Je…

Je m'interromps. Une guerre oculaire est visiblement en cours.

Je comprends qu'entre Ella et Mane, tout va se jouer dans les secondes à venir. J'aimerais que le courant passe entre eux, car ils sont importants pour moi, et je refuserais de tourner le dos à l'un pour l'autre. Mais ils sont si différents…

Un éclat de rire brise soudain le silence. C'est celui d'Ella. Mane n'en est pas à ce stade mais il sourit en secouant la tête, ce qui, dans son état, doit vouloir dire qu'il est mort de rire.

— Je l'aime bien, Nola ! s'exclame mon amie en s'installant par terre près de la table basse. Alors, les tatouages, c'est pour quoi faire ? demande-t-elle en direction de la fenêtre.

Mane lui lance un coup d'œil avant de baisser les yeux sur ses avant-bras.

— Pour ne pas oublier par quoi je suis passé… répond-il, plus bas.

— Est-ce que c'est le moment où je te dis que peu importe ce par quoi tu es passé, tu as plutôt intérêt de faire attention à ce que tu fais subir à Nola ?

— Sinon ? soupire Mane avec un air moqueur.

— Sinon ta vie pourrait s'achever dans d'atroces souffrances ! Je sais ce par quoi Nola est passée avant toi et ce qu'elle mérite comme homme dans sa vie. Fais-moi confiance pour le lui rappeler.

Mane ricane en baissant la tête. Assis en tailleur, le soleil hivernal chauffe assez pour qu'il ne remette pas son sweat-shirt et me laisse ainsi admirer les dessins sur sa peau. Il me suffit de m'attarder sur lui pour que mon cœur tressaute de bonheur dans ma poitrine. *Il est bien là. Et si Ella n'était pas venue, nous serions dans une tout autre position…*

— Le jour où tu en sauras plus que moi sur elle, tu m'appelles, dit-il soudain.

— Sérieusement ? Depuis quand tu la connais ?

— Tu n'étais pas née.

Ella cligne des paupières plusieurs fois. Visiblement, il est le premier à parvenir à la faire taire.

— Personne ne peut mieux la connaître que moi... ajoute-t-il.

Le silence qui suit laisse le temps à Ella de me lancer un regard soutenu. *Oui, je sais... Il est fou amoureux.*

— On peut dire que vous vous êtes trouvés, tous les deux... souffle-t-elle avec un petit sourire.

Mane me lance un regard dans lequel je ne décèle ni haine ni peine. Il est au contraire empli de ce que je cherche depuis que j'ai fui le manoir en le laissant derrière moi : d'amour.

17

Nola

♦♦♦

Ella et Mane discutent depuis plus de cinq minutes en m'ignorant royalement. Ou, plus exactement, Ella fait subir un véritable interrogatoire à Mane, qui répond de la manière la plus évasive possible en me lançant par instants des coups d'œil qui montrent clairement que s'il avait encore ses pouvoirs, mon amie dormirait depuis bien longtemps.

Mon regard tombe sur mon sac à main qui a fini au sol lorsque nous avons franchi la porte de manière précipitée avec Mane. Je distingue la broderie du morceau de voile offert par la plus jeune des Nornes qui en dépasse.

Mais oui ! Enfin, je me souviens où j'ai déjà vu ce logo. C'est au musée, sur un tableau, plus précisément. Je vais donc devoir y retourner pour comprendre ce que la Norne a voulu me dire.

— Alors elle est allée te chercher dans ton trou ? demande Ella à Mane lorsque je me reconnecte à leur conversation.

— Mmh… Je ne pouvais pas sortir sans elle, répond Mane.

Ella me lance un regard complice. Elle doit prendre ça pour une magnifique déclaration d'amour alors qu'il parle simplement d'un fait : sans moi, il était bloqué dans le manoir.

— Ah ! L'amour et sa beauté… soupire ma meilleure amie. Que ça te serve de leçon, SuperMane ! Tu n'as pas intérêt à lui briser le cœur.

— Aux dernières nouvelles, c'est elle qui ne cesse de me quitter, rétorque-t-il en fronçant les sourcils.

Aïe !

— Et tu es toujours là, assène-t-elle, comme si sa remarque était malvenue.

— Ouais… À croire que sans Nott, mon existence n'a plus de sens…

Je baisse la tête, trop honteuse pour soutenir les regards combinés du dieu de la lune et de ma meilleure amie.

Soudain, une sonnerie résonne dans mon petit appartement.

— Et ce sera le mot de la fin ! J'ai des tas de trucs à faire, les gars, annonce Ella en coupant la sonnerie de son portable.

Sauvée par le gong !

— Bonne soirée, les amoureux… Je vous laisse retourner à ce que vous faisiez quand je suis arrivée ! envoie Ella, déjà à la porte d'entrée après avoir récupéré son manteau et son sac.

— Il était temps, s'exclame Mane en riant.

Ella explose de rire et referme la porte sans rien ajouter.

Avant qu'elle ait atteint les premières marches de l'escalier, Mane est rentré dans l'appartement, et je me retrouve allongée sur le clic-clac, son avant-bras sous ma tête. Je sais ce qu'il s'apprête à faire : reprendre les choses là où elles ont été interrompues par Ella. J'en meurs d'envie également, mais un sentiment plus fort s'impose à moi.

— Je suis désolée, Mane. Pour tout ce que j'ai fait depuis que tu es revenu, et même avant.

Je ferme les yeux. *Ça y est, je l'ai dit.*

Il s'immobilise un instant et semble réfléchir. Je sens une boule me monter dans la gorge. Comment réagirai-je s'il me repousse ?

Mettant fin à mes questions, Mane roule sur le côté et fourre son nez dans mes cheveux avant de prendre une grande inspiration. Il se redresse ensuite et me fait tourner la tête vers lui.

— Tu es revenue… souffle-t-il pour seule réponse.

Je plonge dans son regard, et c'est sa bouche qui trouve la mienne. *Ce qu'il m'a manqué…*

Il plaque ses hanches contre les miennes, et je me mets à rire. *Reprenons là où nous en étions !*

Mes vêtements ne font pas long feu, les siens non plus. Je l'embrasse jusqu'à ce qu'il me prive de ses lèvres, qui partent dessiner un chemin de baisers sur ma peau. Mes seins subissent une attaque en règle, m'envoyant des éclairs d'excitation incontrôlable. C'est comme si Mane allait trop vite et trop lentement en même temps.

Il descend encore, sans que sa bouche me quitte. Ses dents mordillent la peau de ma hanche, sa paume empoigne ma cuisse et m'oblige à l'écarter.

Enfin, après une torture interminable, il arrive au point culminant de mon désir. Sa bouche affamée s'écrase sur mon bouton tandis que deux de ses doigts s'enfoncent en moi. J'avais peur de ne pas être prête à l'accueillir, et pourtant, mon corps n'attend que ça.

Ses aller-retour rythmés, sa langue douce qui appuie au bon endroit au bon moment, j'atteins bien trop vite l'orgasme que j'essaie de freiner.

Je saisis ses cheveux de mes doigts pour tirer dessus et je resserre mes cuisses autour de sa tête.

— Arrête !

Mon cri est une alerte et un gémissement de plaisir en même temps. La seule raison pour laquelle je veux attendre, c'est que je ne veux pas jouir sans lui.

— Viens, s'il te plaît ! supplié-je.

Il s'arrête, sourit, fier de lui, et remonte s'emparer de ma bouche avant de s'enfoncer en moi en gémissant. Ses mouvements vifs et autoritaires reprennent la grâce solitaire qu'il vient de m'offrir, et j'aime ça.

Son assurance me conduit droit sur la voie de la jouissance, et je le lui fais comprendre en mordant dans l'épaule qui va et vient près de ma bouche et en enfonçant mes talons dans ses fesses contractées sous l'effort. Je gémis sans me retenir, et mes ongles griffent son dos. Je me contracte, traversée par des décharges de plaisir. Mane jouit en enfonçant son nez dans mon cou. Il gémit, fort, et j'aime ça.

Quand la tempête entre nous se calme, il se redresse et repousse une mèche de mes cheveux pour me regarder.

— Pas mal pour un homme, non ? crâne-t-il.

— On aurait presque dit un dieu, répliqué-je.

Il s'approche pour m'embrasser.

— J'ai le droit de dormir, maintenant ? Pour récupérer comme un humain ?

— Oh que oui…

Je me love dans ses bars, et me laisse gagner par le sommeil, un sourire aux lèvres.

♦♦♦

Lorsque je sors de la douche, sous laquelle j'ai filé après m'être réveillée, Mane roule sur le dos en grognant, et je souris de bonheur. Du moins jusqu'à ce que je vois l'heure qui s'affiche sur mon micro-ondes. *Si je veux retourner au musée, il est temps que j'aille prendre mon poste !*

— Je vais devoir y aller…

Il grogne de nouveau, mais de mécontentement, cette fois-ci.

— Je me suis souvenue où j'ai vu ce symbole sur le voile des Nornes… Il apparaît sur un tableau ancien du musée. J'ai besoin d'aller le voir de plus près. Je me souviendrai peut-être de quelque chose, expliqué-je à Mane.

— Mmh… répond-il. Je vais encore dormir un peu en t'attendant, murmure-t-il.

Je ricane en enfilant mon manteau.

— Fatigant de faire l'amour comme un homme… murmuré-je avec un sourire en coin.

J'aperçois son majeur se lever. Je ris à nouveau.

— J'ai assuré, marmonne-t-il depuis le lit, blessé dans son orgueil.

Je n'ai qu'une envie : me blottir contre lui au lieu d'aller bosser. Il me manque déjà alors que je n'ai pas encore franchi le pas de ma porte.

— C'est vrai… mais rien à voir avec la source des elfes, rétorqué-je en souriant.

Il se redresse sur ses avant-bras et me regarde avec les yeux qui papillonnent.

— Rien à voir avec la source… abdique-t-il.

— On y retourne quand ? demandé-je avec un intérêt non dissimulé.

— Dans un an, quand elle apparaîtra de nouveau.

J'ouvre la bouche en fronçant les sourcils.

— Tu déconnes ? envoyé-je.

Il fait non de la tête pour me répondre.

— Oh la torture… marmonné-je.

— Attends que je t'emmène au septième ciel entre deux !

J'attrape mon sac et m'approche pour l'embrasser avant de quitter l'appartement.

— À tout à l'heure !

Il saisit mon poignet et tire dessus avec force. Je me laisse entraîner et me retrouve affalée sur lui, sur le clic-clac.

— Reste avec moi… susurre-t-il près de mon oreille.

Je me contracte en serrant les fesses. *Il bande à nouveau ? Ce type est increvable ! Il y a dix secondes, il s'endormait !*

Je dépose mes lèvres dans son cou. Il frissonne et se presse contre moi, comme pour me faire comprendre ce que je loupe en partant.

— Viens me rejoindre plus tard… Il y a un endroit là-bas que tu n'as pas encore vu… dis-je.

Suis-je vraiment en train de lui proposer de faire ça sur mon lieu de travail ? Il me fait faire n'importe quoi tant il éveille en moi un désir incontrôlable.

Il mordille le lobe de mon oreille.

— Ok…

Je me redresse tant bien que mal, l'embrasse et recule. *Allez, Nola, sors d'ici maintenant, sinon, tu ne partiras jamais.*

Il me fixe, une main sur son entrejambe et l'autre derrière sa tête. Il presse la première de manière explicite en se mordant la lèvre sans me quitter du regard. Je détaille son torse parsemé de tatouages, sa bouche encore humide et ses doigts autour de son membre de nouveau tendu. *Bordel, est-ce que je deviens nympho ?*

— Bébé, j'ai mal à la queue… souffle-t-il.

Je ferme les yeux, reprends mon souffle et défais le premier bouton de mon manteau.

— Tu fais chier, je vais être en retard, lancé-je en retirant mon pantalon.

Il sourit et m'attrape lorsque je me jette sur lui.

18

Nola

♦♦♦

Je pousse la porte du musée avec vingt minutes de retard. *Ça aurait pu être pire !* Mane a réussi à être bref, mais ça n'a rien enlevé à l'intensité de l'orgasme qu'il m'a offert. *Rien que d'y penser, j'en frissonne encore !*

— Sérieusement, Nola ? entends-je alors que je relève le nez vers le comptoir d'accueil.

Ma collègue de jour m'attend avec les mains sur les hanches. *Oups…* Léo arrive en me lançant un regard noir. *Ok…* L'ambiance ici me donne envie de faire demi-tour tout de suite pour aller retrouver mon dieu lunatique.

C'est la première fois que je suis réellement en retard en deux ans. Je m'attendais à un peu plus de compréhension, surtout après avoir passé un coup de fil pour prévenir une fois en bas de chez moi.

— Je suis désolée, j'ai loupé mon métro et…

— C'est toi qui vas payer l'heure en plus à la nounou ? me coupe-t-elle. Non. Alors, ne dis rien, s'il te plaît !

— Euh, ok, je…

Je ne sais pas quoi dire, c'est la première fois qu'elle m'envoie chier comme ça. Elle est agréable, d'habitude. D'autant que je n'ai jamais rien dit quand elle quittait son poste quelques minutes plus tôt…

Léo lui passe une main dans le dos en posant son regard sur moi, comme s'il voulait que je le voie faire. *À quoi joue-t-il ?*

Peu importe, je l'ignore délibérément et tente un sourire vers ma collègue lorsqu'elle me passe devant avec ses affaires.

— Vraiment désolée, commencé-je en tournant sur place pour la suivre du regard. Ça ne se repro…

— Tout ça pour un mec qui va te larguer encore une fois ! coupe-t-elle avec dégoût.

Elle quitte le musée en me laissant pantoise. *Mais qu'est-ce qu'elle raconte ?*

J'attends de ne plus la voir et je tourne les talons vers le comptoir d'accueil. Léo, toujours planté là, appuie un coude sur le meuble en me dévisageant bizarrement. *Qu'est-ce que je fais ? Je l'ignore ou je lui demande de quoi pouvait bien parler notre collègue ?* S'il y en a bien une qui ne connaît rien de ma vie, c'est elle. Je ne vois donc pas ce que ma situation amoureuse vient faire là.

Je contourne le comptoir sans parvenir à affronter le regard de mon voisin que je sens dans mon dos.

Je retire mon manteau dans un silence pesant puis le pose sur le dossier du fauteuil. Et comme d'habitude, mon sac termine par terre. Je reste debout sans trop savoir quoi faire. Pourquoi reste-t-il planté là ? Il devrait rejoindre le PC sécurité.

Je finis par relever le nez vers lui, puisqu'il se tient juste là où un client est censé se présenter. Il ne m'a même pas saluée.

— Ça va ? demande-t-il quand je le fixe depuis quelques secondes.

— Oui... Et toi ?

Il penche la tête sur le côté. Son regard est plein de haine, et, au lieu de m'intimider ou me faire culpabiliser comme ça aurait pu il y a quelques semaines, ça m'énerve assez pour que je lui tienne tête sans détourner le regard.

— C'est quoi, ton problème ? envoyé-je sèchement.

Il fronce les sourcils et serre les dents.

— Tout l'immeuble t'a entendue, finit-il par répondre.

— Entendu quoi ?

— Te faire sauter par ton connard de mec.

Mes mains se crispent, et je dois me retenir de lui en envoyer une en plein visage.

En plus de sentir la honte monter en moi à la vitesse de la lumière, j'enrage en constatant que ce n'est pas de la haine que son regard renvoyait il y a un instant mais du dégoût. Et que penser du fait qu'il a visiblement raconté ma vie à notre collègue ?

Le talkie grésille, mais je ne lâche toujours pas mon voisin du regard.

— Nola ? Tu me reçois ? interroge la voix de Luc dans le talkie.

Je ne bouge pas, fixant Léo qui me reluque de haut en bas en tournant doucement les talons. Il ne lui reste plus qu'à me dire quelque chose comme « Mais regarde-toi, pauvre fille... » pour que l'effet dramatique de son départ soit réussi.

— Je t'emmerde, Léo, lui adressé-je en haussant le ton.

Il ne répond pas et disparaît dans le couloir des visites.

— Nola, tu me reçois ? redemande Luc.

J'attrape le talkie, et un détail me perturbe. Tout est en noir et blanc autour de moi, y compris ma main qui atteint l'appareil. *Quand est-ce que j'ai fait tomber la nuit ? Je ne m'en suis même pas rendu compte !*

— Oui, Luc. Laisse-moi deviner, on a une coupure de jus ?

— Ouais, et j'appelais parce que Léo n'a pas son talkie. Il est avec toi ?

— Non, il n'est plus là. Je suis certaine que les lumières vont revenir vite, réponds-je.

Je ferme les yeux et m'assois lentement. *Respire, Nola… Calme-toi.* Je pense à Mane, au sentiment de sécurité qui m'enveloppe lorsque je suis dans ses bras.

Je rouvre les yeux et constate que les lumières sont revenues, et les couleurs avec.

La porte du musée s'ouvre brusquement, et Kyle entre avec un air affolé. *Merde, qu'est-ce qu'il se passe ?*

— Nola ? Tout va bien ? demande-t-il en courant vers moi.

— Ouais, plus ou moins… Qu'est-ce que tu as ?

— Bordel, tu viens de mettre les neuf mondes dans le noir ! envoie-t-il en prenant garde de ne pas parler trop fort.

— À ce point-là ?

— Mane est dans tous ses états ! On doit partir d'ici, vite !

Sans me laisser le temps de réagir, il attrape mes affaires et me tire vers la sortie.

— Kyle, attends, je dois aller voir un tabl…

Trop tard, il ne m'a pas écoutée, et son don nous aspire. Le décor du musée disparaît autour de nous.

À peine arrivée chez moi, encore en train de chercher à retrouver mon équilibre, je sens les mains de Mane encercler mes joues et m'obliger à relever la tête pour m'observer.

— Mais qu'est-ce qu… commencé-je.

— C'est pas normal, ce qu'il vient de se passer, dit une voix que je reconnais être celle de Sol.

Ils sont tous là. Ça y est, je panique aussi.

— Ça va, je vais bien, assuré-je.

— Tu n'as jamais fait ça, même dans les pires moments. Qu'est-ce qu'il s'est passé ? me demande Mane.

Ses mains quittent mes joues mais restent sur moi : l'une encercle un de mes poignets, et l'autre prend place sous mon oreille, laissant son pouce sur mon lobe.

— J'ai eu une petite explication avec Léo… Rien de grave, mais je n'ai pas bien géré.

— Le type de l'autre fois ? interroge aussitôt Mane.

J'acquiesce d'un signe de tête en évitant son regard. Je ne veux pas lui donner plus de détails pour éviter que ça s'envenime inutilement.

— Vous pouvez m'expliquer ce qu'il se passe ? Je ne comprends rien ! demandé-je, agacée.

Ce n'est pas la première fois que je fais tomber la nuit. Pourquoi est-ce différent, cette fois ?

— On n'a pas le temps, il faut y aller… Fais-nous confiance, me dit Mane en m'inquiétant encore davantage.

— *TA NUIT A ÉTÉ SI VASTE QU'ELLE A CERTAINEMENT FAIT UN ÉCHO JUSQU'À ODIN. MANE A PEUR QUE LES WALKYRIES S'EN PRENNENT À TOI, PARCE QUE TU N'ES PAS CENSÉE ÊTRE TOUJOURS ACTIVE. IL VEUT TE CONDUIRE DANS UN LIEU SÛR,* m'explique Sol sans ouvrir la bouche. *MAIS JE NE T'AI RIEN DIT, OK ?*

Je hoche la tête, aussi bien pour Sol que pour Mane.

— Qu'est-ce qu'on fait ? demande Kyle en regardant dehors.

— L'idéal est d'être mobile. Il aura plus de mal à nous repérer.

— Je dois retourner au musée d'abord, dis-je en les coupant dans leur élan.

— Quoi ? réplique Mane avec un air incrédule.

— Je n'ai pas eu le temps d'aller voir le tableau avec le symbole !

— On s'en fout. Tu oublies, envoie-t-il.

Je lance un regard à Sol et Kyle qui parlent à voix basse entre eux.

Si je me déplace avec ma nuit, ça ne me prendra que quelques secondes.

Je vérifie si j'ai bien mon portable pour prendre la toile en photo et je me concentre pour que ma nuit m'enveloppe.

— Nola, qu'est-ce que tu fous ? s'exclame aussitôt Mane.

Il se précipite sur moi, mais c'est trop tard. Je disparais trop vite pour qu'il m'attrape.

J'arrive exactement là où je voulais, dans un recoin à l'abri des regards.

Je longe les murs jusqu'à la section concernant la mythologie nordique et je trouve rapidement le tableau pour lequel je suis là. Je le prends en photo sans même le regarder, j'aurai le temps plus tard pour ça.

Je me concentre, et mon brouillard noir s'enroule de nouveau autour de moi pour me ramener près de Mane.

Lorsque mes pieds retrouvent le sol, j'ai les yeux ouverts, mais ma nuit met du temps à se dissiper.

Après quelques secondes, ce qui m'entoure se dessine enfin, et ce n'est de toute évidence pas dans mon appartement que j'ai atterri. Le lieu est immense, et les murs argentés.

19

Mane

♦♦♦

Le brouillard nocturne de Nott se dissipe, laissant un vide là où elle se trouvait auparavant. Je déteste la voir partir sans moi. Le doute qu'elle ne revienne jamais restera toujours ancré en moi. Kvasir s'affole. Moi, j'essaie de contrôler ma rage d'être coincé là, impuissant. *Ça me rend dingue !*

— Mais qu'est-ce qu'elle fout ? enrage Sol.

— Quand nous sommes allés chez les Nornes, la gamine lui a filé un morceau de tissu en douce. Il y avait une broderie dessus, un symbole que Nola était persuadée avoir déjà vu sur un tableau du musée. Elle a voulu aller vérifier… réponds-je en serrant les mâchoires.

Les minutes passent sans que Nola réapparaisse. *Pourquoi est-ce si long ?* Je tourne dans son appartement comme un lion en cage. *Elle devrait déjà être de retour.*

— Ok, je l'appelle, souffle Sol en sortant son portable.

Elle pose l'appareil sur son oreille, et son regard se perd dans le vide un instant avant qu'elle fronce les sourcils.

— Quoi ? la pressé-je.

— Elle semble… hors réseau, annonce-t-elle. Je vais voir au manoir, elle a peut-être atterri là-bas.

Mes doigts tatoués agrippent mes cheveux tandis que je souffle pour me calmer. Sol disparaît dans mon dos.

Je la sentais mal dès le départ, cette histoire de musée !

— Kvasir, t'as essayé avec ton portable ? On ne sait jamais.

Il lance immédiatement un appel en haut-parleur. Alors que la sonnerie n'a même pas encore retenti, un message automatique résonne dans le petit appartement. *Ok, elle n'est plus sur Midgard !*

J'essaie de reprendre de l'air, mais c'est comme si mes poumons ne fonctionnaient plus. Kvasir, qui me dévisage avec inquiétude, trouve un paquet de clopes et m'en propose une.

— Non, grogné-je.

Il ouvre la bouche mais est interrompu avant de pouvoir dire quoi que ce soit par le retour de Sol. Sa lumière m'éblouit.

— Mane, tu vas garder ton calme, ok ? me dit-elle, peu sûre d'elle, alors que je cligne des paupières pour me réadapter à la luminosité.

— Accouche, Sol. Qu'est-ce qu'il y a ?

— Je suis passée par le Drakkar pour voir si quelqu'un l'avait aperçue ou savait quelque chose. Et tout le monde dit qu'Odin a convoqué Nott et que les walkyries ont traversé les cieux.

Calme-toi, mec. Nott sait se défendre… Elle s'en sortira très bien sans toi… Elle n'a jamais eu besoin de toi pour prendre sa défense... Mais ça, c'était avant qu'elle perde la mémoire, et moi, mes pouvoirs.

— Mane, tu m'entends ?

Je relève le nez vers ma sœur. Elle est inquiète mais tente de le dissimuler du mieux qu'elle peut. En vain, car je la connais.

— Il n'a rien contre elle. Je pense qu'il veut juste s'assurer qu'elle n'est pas un danger pour les neuf mondes...

— Si elle était en danger, la nuit serait tombée, mec, articule Kvasir. Elle a encore trop peu de contrôle sur tout ça. Je suis certain qu'elle va bien.

Je ne rétorque rien et tente d'ordonner mes pensées.

Odin n'a rien contre Nott. En principe, c'est après moi qu'il en a. Mais il est tout à fait capable de s'en prendre à elle pour m'atteindre. Tout dépendra de ce qu'il sait déjà. S'il me pense toujours au manoir, Nott devrait pouvoir s'en sortir... Mais je connais trop ce vieux fou pour savoir qu'il est retors et surpuissant. Nola n'est pas encore de taille.

— Elle ne revient pas. Emmène-moi chez Odin, balancé-je soudain à Kvasir.

— Ce n'est pas une bonne idée... coupe ma sœur. Hors de question que tu te jettes dans la gueule du loup.

— Kvasir, lancé-je vers lui d'un ton menaçant.

Il secoue la tête de droite à gauche. Ça m'aurait étonné ! Kvasir ne contredit jamais Sol. *Qu'il s'achète une paire !*

— Vous savez de quoi il est capable, alors bougez-vous !

— Ça ne servirait à rien. Aucun de nous n'est assez fort, et tu n'as même plus de pouvoirs. Qu'est-ce que tu comptes faire, au juste ? envoie ma déesse du soleil de sœur.

Toujours à me dire ce que je ne veux pas entendre, celle-là !

Je lui tourne le dos pour me frotter le visage. Sans pouvoirs, je suis impuissant et frustré.

— Aller là-bas serait du suicide. Odin ne doit pas être au courant que tu es sorti du manoir. Sinon, il serait déjà venu te chercher en personne… Et tu sais ce qui t'attend, dans ce cas. Je refuse d'assister à ça…

La voix de ma sœur se brise sur ses derniers mots. Elle a beau être la personne la plus forte que je connaisse après Nott, la menace de la sentence d'Odin à mon encontre la terrifie.

Ça me rend dingue de l'admettre, mais ils ont raison. Je dois faire confiance à Nola, sur ce coup.

— Elle sait se défendre… Elle ne contrôle pas bien, mais quand il faut, elle réagit. Fais-lui confiance.

Je me casse sur le toit qui sert de balcon. *On en revient toujours à la confiance !* En réalité, au-delà d'avoir une peur illimitée pour sa sécurité, je lutte contre l'idée qu'elle soit partie encore une fois. J'ai laissé mon cœur foncer tête baissée entre ses bras sans penser à me protéger.

J'aimerais réussir à me dire que, si elle ne revient pas, j'avancerai sans elle. Mais en réalité, m'imaginer sans elle revient à chuter sans fin dans un puits plongé dans le noir. Nola Nott est la seule à qui je peux m'accrocher. Depuis toujours, le simple fait de la regarder me fait me sentir exister. Et même si parfois j'enrage de dépendre d'elle, sans la nuit, personne ne voit la lune…

— Mane… souffle Sol près de mon épaule.

Je tourne la tête à l'opposé pour essuyer les larmes qui ont coulé sur mes joues. *Garce d'humanité !*

— Tiens !

Une clope apparaît dans mon champ de vision. Je la saisis des mains de ma sœur et la plante entre mes lèvres. Elle s'allume aussitôt.

— Je sais qu'elle va bien. Je le sentirais, s'il lui était arrivé quelque chose. Comment crois-tu que je l'ai retrouvée la première fois ?

Je ne réponds pas. À la place, je tire sur la cigarette avec trop de force et j'avale la fumée plus vite que mes poumons ne peuvent le supporter. Résultat, je tousse à en avoir la vision troublée par des larmes. *Quel con !*

Je balance la clope dans le vide sous mes pieds.

— Ça va, mec ? envoie Kvasir dans mon dos, inquiet.

D'un signe de main, je lui réponds qu'il ne faut pas m'emmerder. *Je m'étouffe si je veux !*

Je reprends mon souffle et essuie mes joues. *Peut-on tomber plus bas ?*

Je tente de respirer calmement. *Elle va revenir...*

20

Nola

♦♦♦

Je n'ai jamais vu l'endroit où je viens d'atterrir, ou du moins, je n'en ai aucun souvenir, mais l'homme assis en face de moi, sur ce grand trône, je le reconnais. C'est Odin, fidèle aux portraits qu'on peut trouver de lui dans les livres de mythologie.

— Déesse Nott... Quel plaisir de te revoir, prononce-t-il à mon intention.

Comment suis-je arrivée ici ? J'ai pourtant bien pensé à mon appartement !

— Je te prie d'excuser mon intervention un peu brusque, mais... je me dois de contrôler les perturbations de l'Yggdrasil afin de préserver l'équilibre des neuf mondes.

Je me sens démunie, comme une proie sur le point de se faire attaquer. C'est Odin, celui qui a retiré ses pouvoirs à Mane et l'a emprisonné au manoir. Je dois faire très attention à ce que je vais lui dire.

— Bonjour, réponds-je de manière laconique.

Il me fait un sourire engageant. À le regarder ainsi, on lui offrirait son âme de bon cœur. Il a l'air si gentil…

— Je vais aller droit au but. As-tu recouvré tes pouvoirs ? demande-t-il. Je sais que la perte de tes souvenirs t'en avait privée…

— En effet… Je suis en train de reprendre le contrôle sur eux. Ce qui vient de se passer ne se reproduira donc pas, dis-je en pensant à Sol qui m'a aidée à m'entraîner avant notre départ à la source de Mimir.

Odin se penche un peu en avant et me fixe droit dans les yeux.

— Mmh… C'est Sol, la déesse du soleil, qui t'aide… C'est une bonne chose… songe-t-il à voix haute.

Je fronce immédiatement les sourcils. *Comment peut-il savoir un truc pareil ?*

— Et qu'en est-il de Mane, son frère ? m'interroge-t-il en plantant son regard dans le mien.

Il est désormais si proche de moi que je peux voir les reflets d'un bleu argenté qui strient son iris. J'essaie du mieux que je peux de chasser de mon esprit les souvenirs que j'ai avec Mane et de dissimuler ce qu'Odin ne doit pas découvrir : la fuite du dieu de la lune.

Je vois un fin filin doré quitter mon esprit pour avancer progressivement vers Odin. *Est-ce un souvenir ? Non ! Il ne doit pas l'atteindre !*

Comme mue par un instinct primitif, je me concentre et vois apparaître un filin noir qui vient s'enrouler autour du doré avant de pénétrer dans l'unique œil d'Odin.

Le vieil homme penche la tête sur le côté puis fronce les sourcils. Son regard se voile très brièvement, comme si ma nuit était passée là une fraction de seconde.

— Tu as quitté Mane… Encore une fois ?

Quoi ?

Odin recule. Les doigts de sa main gauche partent s'entre-croiser avec ceux de la droite, et il respire longuement.

Que s'est-il passé ? Ma nuit a-t-elle la capacité d'impacter l'esprit des gens ? De les manipuler ?

— C'est un choix difficile que tu as eu à faire, mais tu as agi comme il le fallait. Je n'en attendais pas moins de toi.

— Je me suis rappelé ce qui m'avait poussée à laisser Mane derrière moi… Cette destruction des mondes…

Il sourit, visiblement satisfait.

— Je t'accorde ma clémence, pour cette fois ! Mais apprends à contrôler ta nuit, sinon, je serai obligé de t'en priver… Midgard est fragile. Tu devras être plus que vigilante.

— Je ne mettrais l'Yggdrasil et Midgard en danger pour rien au monde.

— Pas même pour Mane ? Tu sembles pourtant savoir ce qui vous a unis…

— Ces liens l'unissaient à une autre moi… Il appartient à mon passé. Ma réincarnation sur Midgard est mon avenir, et il n'en fait pas partie.

Je n'aime pas mentir, mais c'est un cas de force majeur. Un voile passe à nouveau dans le regard d'Odin, et il secoue la tête avant de se lever.

— À très bientôt, déesse de la nuit, prononce-t-il avant de se courber en avant.

Je lui adresse un sourire et le remercie, puis je me laisse happer par mon brouillard sombre.

Je comprends de mieux en mieux comment fonctionnent mes pouvoirs. Mes pensées et mes émotions y sont pour beaucoup. Et je me jure que Léo ne me fera plus péter un câble comme il l'a fait. Sa crise a failli me coûter bien plus que son amitié.

Comment Mane va-t-il m'accueillir ? Il aurait le droit de m'en vouloir, je suis sûre qu'il a eu peur de ne pas me voir revenir.

— Nola ! s'exclame-t-il justement dès que mon brouillard se dissipe, alors que je suis de retour dans mon appartement.

Il m'attrape avec force et me plaque contre lui dans un geste possessif. Je crois que j'aime plus que je ne pensais ce côté de sa personnalité : il n'a pas honte d'être accro. Il ne se soucie pas du regard des autres quand il s'agit de savoir si je vais bien.

— On n'a pas de temps à perdre. On doit partir d'ici ! asséné-je sans leur laisser le temps de me poser des questions.

— Mais pourquoi tu as fait un truc pareil ? rugit Mane.

Ok, c'était mal le connaître que de penser qu'il me suivrait sans rien dire !

— Il fallait que j'aille voir ce tableau au musée ! J'ai réussi, d'ailleurs. Mais quand j'ai voulu revenir ici, je ne sais pas ce qu'il s'est passé, je me suis retrouvée chez Odin.

— Il t'a convoquée à cause de la nuit que tu as fait tomber sur les mondes ? demande Sol.

— Il m'a prévenue que si je ne contrôlais pas mieux mes pouvoirs, il devrait intervenir. Je ne sais pas vraiment comment j'ai fait, mais je pense que j'ai réussi à le tromper sur ce qu'il s'est passé ces derniers jours. Je crois qu'il a tenté de lire dans mes pensées, mais j'ai fait quelque chose, et c'est comme si j'avais réussi à lui faire croire ce que je voulais… Mais je ne sais pas si ça va tenir, expliqué-je rapidement en attrapant mon sac qui contient le voile des Nornes. Il n'a pas vu que Mane n'était plus au manoir, ni que nous étions ensemble.

— C'est quoi, ce tableau ? me demande Kyle en revenant au sujet initial de ma disparition.

— Je suis certaine qu'une des Nornes a voulu nous faire passer un message. Regardez, je ne sais pas encore ce que ça signifie mais…

J'extirpe mon portable de ma poche et le morceau de voile donné par la petite fille de mon sac. Kyle et Sol se penchent dessus et regardent le drôle de symbole qui y est brodé, puis ils se plongent sur l'écran pour découvrir le détail du tableau que j'ai pris en photo.

— Ah ! Bien vu, Nott ! envoie Sol.

— Mec, regarde ça ! Vous allez devoir y aller, ajoute Kyle à l'intention de Mane.

Dans son coin, les bras croisés sur le torse, le dieu de la lune ne semble pas vouloir se mêler à nous. Je décide d'ignorer cette crise qui couve et je m'approche de lui pour lui montrer l'écran. Il baisse les yeux dessus et pince un peu les lèvres.

— Eh merde… marmonne-t-il.

— Qu'est-ce que c'est, alors ? interrogé-je.

— C'est le sanctuaire sacré des elfes, là où se tient la cérémonie du thé, dans le monde du Svartalfheim*. Et là, au fond de la pièce qui est peinte sur ce tableau, il y a un autre miroir à prédiction, comme celui des Nornes…

— Tu penses que si je pose ce morceau de voile dessus, je verrai autre chose ?

— Il faut essayer.

— Les elfes ? Comme ceux de la source ?

La tête que fait Mane balaie mes espoirs. C'est bien chez les elfes qui m'ont attaquée au bar que nous allons devoir nous rendre.

— Ok. Sol et moi, on retourne au manoir. Si Odin cherche à savoir si Mane y est toujours, on doit pouvoir se débrouiller pour vous faire gagner du temps, explique Kyle.

— Vous, vous allez directement chez les elfes… Essayez de rester le moins statique possible, ajoute Sol.

J'acquiesce d'un signe de tête et lance un regard vers Mane.

— Il a eu peur, mais il a tenu bon… je ne l'ai jamais vu prendre sur lui comme ça ! Être humain a du bon, tout compte fait… souffle Sol dans mon esprit.

Moi aussi, j'ai eu peur…

En quelques secondes, Sol et Kyle ont disparu.

Je réunis mes affaires pendant que Mane s'habille dans un silence approximatif.

— Comment on va chez les elfes ? interrogé-je.

— Tu vas nous y emmener, dit-il.

— Euh… T'es sûr de toi ?

— Je te fais confiance, déesse.

— Mais je ne sais pas où c'est, chez les elfes.

— Moi, je sais. Tu me fais confiance ?

Je plante mon regard dans le sien.

— Quelle question… Bien sûr que je te fais confiance !

Je crois voir passer un petit sourire sur ses lèvres mais je n'en suis pas certaine. Je me cramponne à son dos, mes bras faisant le tour de son buste pour l'emprisonner.

— Excuse-moi… Je n'ai pas réfléchi, dis-je.

Il attrape mes mains et m'oblige à reculer pour tourner sur lui-même et me faire face.

— Ne fais plus jamais ça, articule-t-il durement.

Je me hisse sur la pointe des pieds pour déposer mes lèvres sur les siennes. Il répond, mais je le sens encore sur la défensive. On n'a pas le temps pour l'instant, mais on va devoir revenir sur tout ça à un moment donné.

— Prête ? me demande-t-il en m'enserrant dans ses bras.

— Prête ! réponds-je, déterminée.

— Alors, c'est parti ! Fais tomber ton brouillard, déesse, et laisse-moi te guider.

Je lui obéis et nous fais disparaître de Midgard. Dans l'entre-deux mondes, je sens la présence de Mane autour de moi qui m'attire dans une direction. C'est naturel, comme s'il me tendait la main et que je n'avais qu'à le suivre.

Si je ne savais pas que nous allions atterrir chez ces saloperies d'elfes noirs, je pourrais apprécier le moment pleinement.

21

Nola

♦♦♦

Lorsque nous reprenons pied sur la terre ferme, la poigne de Mane autour de moi se relâche aussitôt, me privant de sa chaleur.

Il fait nuit, ici, à Svartalfheim ; une lune parfaitement ronde apparaît derrière une falaise et nous éclaire assez pour que je découvre le paysage autour de nous. C'est désolé et désertique, il fait chaud, et aucune brise ne nous parvient pour rendre l'air plus respirable. L'horizon est encombré de rochers, et le terrain escarpé annonce un voyage compliqué jusqu'à la cité des elfes où nous nous rendons. *Je sens que nous allons encore devoir marcher… Et après, Mane se plaindra de prendre le métro sur Midgard…*

Je sens soudain mon dieu de la lune vaciller et le vois grimacer, comme s'il était pris d'une douleur intense.

— Mane, qu'est-ce que tu as ?

— R… rien. Ça va… Je… Bordel, grince-t-il.

— Ne dis pas n'importe quoi, je vois bien que ça ne va pas.

— Je crois que le voyage m'a fait plus de mal que prévu... Voyager avec Kvasir n'était déjà pas facile, et tu as moins d'expérience. Cela m'a demandé beaucoup d'énergie de te montrer la voie. On va devoir se poser un moment pour que je reprenne des forces.

Je n'aime pas le voir si mal, encore plus lorsque c'est à cause de moi. Mais n'est-ce pas toujours à cause de moi ?

Je lance un regard circulaire autour de nous et repère au loin un renfoncement dans une paroi qui pourra nous servir d'abri jusqu'au lever du jour.

— Viens, je vais t'aider à marcher... murmuré-je.

Après une progression compliquée, Mane vacillant sur ses jambes à chaque pas, il s'écroule contre le sol sableux de la petite grotte dans laquelle nous venons de pénétrer. Je me laisse tomber près de lui, essoufflée.

Je repousse ses cheveux de son front avec inquiétude. Il est gelé.

— J'ai juste besoin de dormir... marmonne-t-il.

— D'accord, je reste là. Repose-toi.

Il ferme les yeux, et je laisse mon regard le parcourir. *Aimer quelqu'un à ce point est-il possible ?* Chacun de ses traits me plaît : le coin de ses lèvres, la finesse de ses sourcils, ses mâchoires carrées qui portent parfaitement cette barbe ni trop courte, ni trop longue. Quant au reste de son corps, sa seule pensée provoque une drôle de sensation dans mon bas-ventre.

Je détache mon regard de lui pour scruter autour de nous. Nous sommes seuls dans un monde qui m'est inconnu mais dans lequel je sais ne pas être la bienvenue, et Mane est privé de ses pouvoirs. Quoi qu'il nous arrive, je devrai faire face pour deux, et cet endroit ne m'inspire rien de bon...

Mon attention est attirée par un mouvement sur ma droite. Je distingue deux petites silhouettes déambuler entre les rochers. Je reconnais aussitôt les êtres qui vivent ici.

Alors que je suis prise de panique, un voile sombre semble émaner de moi pour s'étendre autour de nous. *Merde, mais qu'est-ce que c'est ?* Je tends la main et passe mes doigts dessus. C'est léger et fin, comme une bulle prête à éclater.

Je m'immobilise et retiens mon souffle quand je me rends compte que les deux elfes se sont dirigés droit sur nous. Ils tournent leurs horribles têtes vers nous mais ne semblent pas nous voir.

— Génial ! chuchoté-je en comprenant que je viens de découvrir un nouvel aspect de mes pouvoirs.

Les elfes disparaissent je ne sais où, et je retrouve une respiration normale. Nous sommes à l'abri jusqu'au lever du jour, et j'ai aussi besoin de reprendre des forces. Je me cale contre Mane qui m'enlace dans son sommeil et je ferme les yeux.

♦ ♦ ♦

Lorsque mes paupières se mettent à papillonner, je comprends qu'il ne fait plus nuit. Le jour s'est-il déjà levé ? *Je n'ai pourtant pas l'impression d'avoir dormi longtemps.*

Je suis allongée sur une pelouse fine et tiède. C'est si agréable que j'hésite à me redresser.

Je comprends où je me trouve avant même de reconnaître l'endroit : c'est le jardin du monde où Mane m'entraîne lorsque je dors. J'aperçois même le petit passage entre les arbustes qui conduit au lac où l'on parle sans filtre.

Un sourire étire mes lèvres, et j'aspire une grande bouffée d'air. Je me sens bien ici. Rien à voir avec le sentiment d'insécurité de l'endroit dans lequel se trouve mon corps.

La silhouette du dieu de la lune traverse les arbustes et avance dans ma direction.

— T'es là ? s'étonne-t-il.

Mon sourire s'évanouit face au ton qu'il emploie. Il le remarque et semble vouloir se reprendre.

— Je pensais pas que t'allais t'endormir aussi…

— J'ai réussi à mettre une bulle étrange autour de nous, dis-je.

— Ah ! Oui, je vois… Tu t'en sors de mieux en mieux avec tes dons…

— Ouais…

Le silence revient, et doucement, l'ambiance se tend étrangement. J'ai même l'impression que le temps se dégrade un peu. Un petit frisson causé par un vent froid qui vient caresser ma nuque me parcourt. Mane me lance un regard que je ne parviens pas à décrypter puis il continue sa route.

— Tu vas où ? demandé-je.

— À la plage.

Il n'ajoute rien, et je n'aime pas ça. Je le suis mais j'ai le sentiment de m'incruster, ce qui me fait horreur.

Mane semble savoir où il va. Il déambule avec aisance dans la flore dense des lieux, qui se transforme au fur et à mesure que nous progressons.

La pelouse sous nos pieds laisse peu à peu place à du sable fin et doré. Lorsque je relève le nez devant moi, Mane se pousse sur le côté et me laisse contempler le paysage. Je fais face à une plage idyllique, un décor de carte postale dans toute sa splendeur.

— Wouah…

— C'est ici que je garde mon sable.

Je tourne un regard surpris vers lui.

— C'est vrai ? questionné-je, véritablement étonnée.

Il se met à ricaner en faisant non de la tête. Même quand il se moque de moi, je ne peux pas m'empêcher de le trouver beau.

— Tu m'imagines venir prendre un sac de sable ici chaque fois que j'en ai besoin ?

Je le pousse en boudant.

— Tout est si dingue dans les mondes que je m'attends à tout, maintenant… marmonné-je. Regarde Kyle et sa manière de recharger ses batteries… On va se baigner ? demandé-je pour changer de sujet.

— Non.

Il s'éloigne sur la plage en me laissant sur place.

— Oh ! Mais qu'est-ce que tu as ?

Il ne me répond pas, et j'active le pas pour le rattraper.

— Tu me fais la tronche… asséné-je comme un constat évident.

— Ce n'est pas un endroit pour faire trempette. C'est la mer des rêves. Ici flottent les rêves de chaque être. Ça nous rendrait fou d'y plonger.

Il essaie de détourner mon attention de sa mauvaise humeur. Si c'est ce dont il a besoin pour se calmer…

— Il y a aussi une mer des cauchemars ? demandé-je pour poursuivre la discussion, comme pour maintenir une porte ouverte et qu'il me dise ce qui le travaille.

— Oui, c'est cet endroit, lorsqu'il fait nuit… C'est toi la responsable en chef des mauvais rêves, Nott.

Je m'arrête au milieu de la plage.

— Bon, qu'est-ce que tu as, à la fin ? m'exclamé-je.

Il s'arrête si brusquement que je manque de chuter en arrière.

— Je t'en veux, bordel ! Est-ce que tu imagines ce que j'ai ressenti en voyant que tu ne revenais pas ?

Mon souffle se bloque lorsque mon cœur se serre.

— Mais je suis revenue… Et je t'avais dit que j'allais juste au musée.

— Je crois que je n'arriverai jamais à oublier, que j'aurai toujours peur que tu disparaisses à nouveau.

Les larmes me montent aux yeux, mais je fais tout pour les retenir.

—Je suis désolée, je crois que…

Je m'interromps avant de finir ma phrase, surprise par un phénomène inattendu. Quelques flocons de neige descendent doucement du ciel, très vite suivis par d'autres. Mane s'approche et pose une de ses mains sur ma joue droite.

— Le ciel réagit à ton humeur, explique-t-il. Il est le reflet de tes sentiments.

Une larme s'échappe sur ma joue. Je l'essuie en vitesse en détournant le regard. À quoi bon me cacher si le ciel me trahit ?

—Je ne sais pas quoi faire pour qu'on dépasse ça, Mane… avoué-je. Je suis revenue, pour toi, même en sachant que nous pourrions provoquer la fin des mondes. C'est toi que je choisis, parce que c'est au-dessus de mes forces de vivre sans toi.

D'un mouvement, il m'oblige à le regarder droit dans les yeux. Je les vois briller d'émotion.

— Promets-moi de tout me dire, toujours. N'oublie rien.

— C'est promis. Je n'ai rien à cacher.

Je m'approche pour l'embrasser et, lorsque je recule, je constate que la neige ne tombe plus. Mane me fait un sourire que je lui rends sans chercher à retenir les larmes qui coulent sur mes joues.

— Tu veux toujours de moi ? demandé-je.

—Je voudrais toujours de toi… Être avec toi, ce n'est pas un choix, c'est une nécessité. Sans toi, je ne suis rien, je ne sais plus où aller ni quoi faire. Et ça me réduit à moins que rien quand tu agis sans me consulter…

— Tu parles du musée ?

Il fronce les sourcils, s'éclaircit la gorge et se redresse un peu.

— Oui. Et ta promesse commence maintenant. Que s'est-il passé au musée pour que ta nuit soit si vaste ?

Mon cœur manque un battement. Lui raconter ce qui m'a mise dans cet état ne va pas être simple, mais il a le droit de savoir.

— Ok… Alors à toi de me promettre quelque chose.

Il semble surpris mais se reprend vite.

— D'accord, je t'écoute.

— Ne t'énerve pas, quoi que je te dise.

Il fronce immédiatement les sourcils.

— Tu me fais confiance, tu te rappelles ? le coupé-je.

— Ouais… Bon, vas-y !

Je sais que Mane est d'une jalousie maladive. Même Kyle a une fois refusé mon invitation de l'héberger par peur de sa réaction. Alors comment va-t-il prendre cette relation étrange qui s'est tissée entre Léo et moi ?

— Tu vois qui est Léo ? Mon voisin…

— Qu'est-ce qu'il vient faire là ? demande-t-il, les dents serrées.

Il ferme les yeux et respire un coup, comme s'il s'attendait à ce que je lui annonce que j'ai fauté avec lui.

— Il travaille aussi au musée et il était là quand je suis allée travailler. Mais laisse-moi raconter, si tu veux comprendre.

Il rouvre les yeux et plante son regard dans le mien.

— Donc, avec Léo, on se connaît depuis un an. Il a toujours eu un comportement un peu ambigu. Je savais qu'il attendait plus que ce que je lui donnais, mais… mais je ne sais pas, ça ne le faisait pas pour moi.

Mane me fixe toujours avec attention, attendant la suite de mes explications.

— Ce n'est peut-être pas bien, mais je n'ai jamais réussi à lui dire clairement que ça n'irait pas plus loin. Parfois, il m'exaspère, mais le plus souvent, il me fait de la peine… Je crois que je ne voulais pas le voir malheureux.

— J'aime pas sa tronche, de toute façon, assène Mane comme une conclusion évidente.

Je ne peux pas en dire autant… *Mais même si on s'est promis de tout se dire, je vais garder ce minuscule détail pour moi. Léo est vraiment séduisant. Il m'est même arrivé de me demander ce qu'il me trouvait.*

— Il ne s'est jamais rien passé entre nous, mais...

— « Jamais rien passé » ? rugit-il. Nola, je l'ai vu t'embrasser sur ce quai de métro !

Je me crispe pour faire face au douloureux souvenir de ce moment d'égarement. Alors il était bien là...

— Léo m'a prise de court, ce soir-là. Je n'ai absolument pas répondu à son baiser et je ne l'ai pas du tout apprécié.

Mane soupire et s'étire la nuque.

— Ok... Donc pourquoi ta nuit a tout envahi ? Il t'a pelotée ?

— Quoi ? Non, pas du tout ! Son comportement a changé dernièrement. Il est devenu amer, presque agressif... Il semblait en colère sans que je comprenne pourquoi, et il m'a balancé au visage que tout l'immeuble nous avait entendu faire l'amour. C'est idiot, je devrais n'en avoir rien à foutre, ce n'est que de la jalousie de sa part, mais...

— Ok. Tu n'as qu'un mot à dire, et je me le fais à l'ancienne : un poing dans le nez, envoie Mane.

J'éclate de rire et m'avance vers lui pour l'embrasser.

— Je crois qu'il a déjà la leçon qu'il mérite : je suis amoureuse d'un autre. Alors tu n'as pas à être jaloux, Mane...

— J'ai toujours été jaloux, et tu ne m'as jamais aidé sur le sujet. Tu ne t'en souviens pas mais tu avais un ami avant, Delling. Il me rendait dingue, même si je voyais bien qu'il ne se passerait jamais rien entre vous.

Je grimace.

— Ah oui, Delling...

Mane me dévisage avec étonnement.

— Tu te souviens de lui ?

Il insiste sur le dernier mot, comme si j'avais pu tout oublier de lui mais me rappeler ce Delling.

— Non, non, panique pas ! Mais dans le souvenir qui m'est revenu, celui du moment où je suis allée chez les Nornes, j'ai vu quelqu'un qui m'accompagnait. Je savais juste que c'était mon meilleur ami, et Sol m'a expliqué que ça devait être Delling.

Le dieu de la lune ferme les yeux et respire longuement. Ok, je suis fière de lui, il est en train de faire ce que je lui ai demandé : ne pas s'énerver.

— Sol m'a expliqué que tout le monde pensait que j'allais finir avec lui, pas avec toi… ajouté-je.

— Ouais… On a même pris Odin de court, sur ce coup. Il était le premier à défendre le couple que tu devais soi-disant former avec Delling. Il a dû se réjouir quand il a appris que tu avais décidé de disparaître de ma vie. C'était peut-être pour préserver l'équilibre des mondes, mais je suis sûr que ce vieux fou s'en est frotté les mains. Plus j'y pense et plus je me dis qu'il était au courant de cette prophétie bien avant toi. Il nous a mis tellement de bâtons dans les roues pour que nous ne nous mariions pas…

— Peut-être… Mais tu te trompes sur un point. Nott est partie pour la même raison que moi, et ce n'était pas pour préserver les mondes. C'était te voir mourir toi qui lui était insupportable.

Je vois des larmes pointer au coin des paupières de Mane.

— Elle a eu peur… Elle aurait sacrifié les mondes pour toi, si on lui avait laissé le choix. Je le ferais…

Je tique. C'est la première fois que Nott et moi ne sommes plus qu'une seule personne dans ma tête. Comme si je prenais conscience que plus je rejetterai cette part de moi, moins j'avancerai. Il n'y a pas de Nott et de Nola, de déesse et d'humaine, il n'y a que moi depuis le début.

22

Nola

♦♦♦

Mon regard est attiré par l'eau qui vient s'échouer par petites vagues non loin de nos pieds. Je me perds un instant dans la contemplation de la splendeur de ce monde. C'est idyllique !

— Sol n'arrête pas de me répéter qu'il existe neuf mondes dans l'Yggdrasil. Visiblement, elle n'est pas au courant de l'existence de celui-ci…

— C'est normal, toi et moi l'avons créé ensemble. Personne d'autre n'en connaît l'existence.

Mon regard continue d'admirer la nature qui nous entoure.

— Nous sommes les seuls à pouvoir y venir ?

— Non, on peut y croiser des rêveurs… mais eux ne nous voient pas. Ici, l'inconscient est maître. Sans le monde des Songes, personne ne rêverait, et je ne t'aurais pas revue chaque fois que je fermais les yeux pendant ton absence.

Le souvenir de mes courtes nuits peuplées de cauchemars dans lesquels il me terrifiait me revient brusquement en tête.

— C'est ici que tu étais quand… je t'avais oublié ?

— Non.

— Ah ! Je pensais que… Comme tu étais toujours là…

Un silence passe, et il n'ajoute rien. Alors, je demande :

— Tu étais où ?

— Au Helheim…*

Il baisse la tête et regarde ses pieds qui s'enfoncent dans le sable.

— Au Helheim ? répété-je avec surprise.

— Mmh, acquiesce-t-il. Le monde des Morts. Personne ne veut se retrouver là-bas. Pourtant, j'y suis allé de moi-même. Il caille, et t'as toujours faim…

Je m'arrête pour le regarder.

— Mais, c'est sérieux ? interrogé-je.

— Et il y a Hel… La cinglée qui règne là-bas… Elle est… Laisse tomber, c'est pas possible de la décrire. Tout ce qu'il faut savoir sur elle, c'est qu'elle tentera de faire sortir le plus mauvais de ceux qui passent par chez elle. Pour qu'ils lui ressemblent…*

— Merde, j'en ai froid dans le dos…

— C'est le mot approprié ! L'ambiance là-bas est glaciale. Aussi dingue que ça puisse paraître, Hel rêve d'amour. Cette folle attend désespérément qu'un homme tombe amoureux d'elle.

Il s'arrête net, et je le regarde avec les sourcils froncés. J'ai peur de comprendre…

— Elle t'a fait des avances ? lancé-je.

— Non, non…

Je le fusille du regard en sentant qu'il me ment.

— Ok, si. Mais ne flippe pas, même après ta disparition, la seule à laquelle je pensais, c'était toi. Hel a fini par le comprendre. Je pense que c'est pour ça qu'elle m'a laissé partir…

J'allais justement lui demander comment il en était ressorti !

Je m'avance vers lui et passe mes bras autour de son cou. Il plaque les siens au bas de mon dos, et nous nous rapprochons l'un de l'autre.

— Tu as résisté à la déesse des morts... dis-je à voix basse.

— Tu étais dans ma tête, et je te retrouvais ici chaque fois que je fermais les yeux...

Il repousse une mèche de cheveux de mon visage pour la glisser derrière mon oreille.

— Tout ça est derrière nous, mon amour... Maintenant qu'on s'est promis de tout se dire, rien ne pourra nous séparer...

J'acquiesce sans détacher mon regard du sien.

Ses yeux accrochent ma bouche, et je sens son attitude changer. Il passe sa langue sur sa lèvre inférieure et m'adresse un sourire coquin. Je hausse les sourcils et penche la tête sur le côté.

— Mais dis-moi... tu ne penses qu'à ça ?

Il se met à rire et m'attrape par la taille pour me soulever contre lui.

— Attends. Si ça se trouve, on n'a plus le temps, le coupé-je.

— Le jour n'est pas levé à Svartalfheim. On a encore le temps de profiter de cet endroit... murmure-t-il soudain plus près de moi.

Ses mains passent dans le bas de mon dos et me plaquent davantage contre lui. Ma poitrine se colle à ses pectoraux musclés.

— Vraiment ? Alors qu'est-ce que tu attends ?

Il rit et m'embrasse. Ses lèvres se collent aux miennes, les libèrent puis les emprisonnent à nouveau.

— Tu as aimé le faire à la source de vie ? Attends de voir ce que ça donne ici, murmure-t-il.

Mieux qu'à la source ? C'est impossible !

La seconde suivante, nos corps sont propulsés dans les airs.

— Tu ne t'es jamais demandé d'où vient l'expression « atteindre le septième ciel » ? envoie-t-il plus fort.

Je vois la plage et ses palmiers disparaître sous nos pieds, puis, très vite, nous ne sommes plus qu'entourés de nuages. C'est comme être dans l'espace. J'ai le sentiment que mon corps ne pèse plus rien, que je ne peux pas retomber en chute libre jusqu'à la plage qu'on vient de quitter.

Mane laisse ses paumes glisser jusqu'à mes fesses et les malaxe avec force.

— Mmh… Quoi qu'il se passe entre nous, déesse, rien ne peut nous retirer ça. Même après tout ce temps, ça ne perd pas en intensité…

— T'es en train de dire que le sexe nous rattrape toujours, c'est ça ?

Il acquiesce en riant. Je l'embrasse, laissant naître en moi ce picotement qu'il est le seul à provoquer. Je ne peux rien faire contre ça parce que mon cœur appartient à Mane, et ce même lorsque mon esprit l'oublie.

Mes hanches ne peuvent pas être plus proches des siennes. Dommage que nos vêtements nous empêchent d'aller encore plus loin, je le laisserais avancer.

Mes lèvres sont attirées par la peau tatouée de son cou. Je la goûte et sens un frisson le parcourir. Je longe sa clavicule en parsemant ma route de coups de langue. Je tire sur le col de son haut pour avoir plus de peau à disposition. J'aimerais que ses vêtements disparaissent sans que j'ai besoin de m'arrêter !

Il m'a suffi d'y songer pour que ça arrive. Je sens désormais la peau de Mane contre la mienne. Il est nu, et moi de même. J'en deviens électrique. Je peux enfin le caresser librement, et lui en fait autant. Cette sensation de n'exister que pour cet instant est propre à ce monde. J'ai le sentiment d'enfin retrouver l'homme à qui j'ai donné mon cœur il y a bien longtemps.

Son nez s'enfonce dans mon cou alors que mes cuisses trouvent la route autour de ses hanches, et l'osmose est complète. Je ne sais plus si je suis allongée ou debout. Peu importe.

Ici, les corps n'existent plus. C'est juste nous, et le plaisir qui nous consume, sans le temps ni le reste du monde.

Mane maîtrise. Il sait quoi faire au bon moment pour que mon plaisir augmente sans arriver trop vite, et pourtant, ma délivrance déferle sur moi comme une vague qui me submerge. Je le sens sur le point de craquer à son tour. Je l'entends gémir et se contracter contre moi, ce qui fait redoubler mon plaisir.

Ses doigts se perdent dans mes cheveux, m'obligeant à lui offrir mon cou dans lequel il vient mordre. Ses lèvres sucent si fort ma peau qu'il me restera des marques. Mes ongles griffent la sienne tandis que mes cuisses, écrasées par l'orgasme qui m'embarque, se resserrent autour de ses hanches, l'emprisonnant alors qu'il s'envole lui aussi. Pas au sens propre du terme, cette fois.

Lorsque je rouvre les yeux, c'est pour trouver sa bouche, que j'embrasse avec douceur.

— Merci… dis-je.

Il rit et me serre contre lui, sans retrouver sa liberté.

— Pourquoi, merci ?

— Parce que je me sens enfin entière depuis que tu existes vraiment…

Il m'embrasse et caresse ma joue en me regardant.

— Il est temps de se réveiller, mon amour, annonce-t-il.

— Oh non… Pas déjà ?

— Le jour se lève, et on a de la route jusqu'au sanctuaire des elfes…

Je soupire, et il m'embrasse.

— À tout de suite, déesse…

Il disparaît d'un coup, et moi, je chute aussitôt. Hurlant, sans rien pouvoir faire pour me rattraper, je me vois arriver à une vitesse folle sur la plage. Je vais m'écraser dans le sable, complètement nue !

Le choc est imminent. Je ferme les yeux en l'attendant.

♦♦♦

Je me redresse d'un bond dans la grotte dans laquelle nous nous sommes réfugiés à Svartalfheim. À côté de moi, Mane est mort de rire.

— Bébé, tes fringues sont revenues ! Tu peux te détendre !

Je baisse les yeux sur mon corps. Mes bras tentent de cacher ma féminité, mais je ne suis plus nue comme il y a quelques secondes dans le monde des Songes.

— C'est la pire fin de rêve que j'ai connue… marmonné-je.

Mane grimace en se levant.

— Ça ne va pas mieux ? le questionné-je, inquiète.

— Je ne suis pas au top, mais ne t'inquiète pas, cette nuit m'a fait le plus grand bien. Allez, en route, avant qu'il ne fasse trop chaud !

L'instant suivant, nous sommes de nouveau à l'extérieur, et je découvre le paysage désertique en plein jour.

♦♦♦

On marche depuis des heures, ce que Mane semble apprécier autant que moi.

— Au fait, où sont les elfes ? Ça fait des plombes qu'on avance, et je n'en ai croisé aucun !

— T'es pressée ? répond Mane avec un regard amusé.

— Ah non…

— Ils ne sortent que la nuit. En principe, on devrait être tranquilles jusqu'au sanctuaire. Mais je crois qu'on commence à arriver sur les terres habitées…

— Ok, ça m'arrange. J'en ai vu deux cette nuit, ils sont vraiment hideux, y'a pas d'autre mot !

Alors que j'ai à peine terminé ma phrase, un petit bruit d'éboulement s'élève, et quelque chose percute mon front si fort que je m'arrête en poussant un cri.

— Merde ! Mais qu'est-ce que… Mane, est-ce que je saigne ?

Il m'analyse puis fait non de la tête.

— Qu'est-ce que c'était ? Ça fait un mal de chien !

— Je crois que c'était un… débute le dieu de la lune.

Un autre bruit se fait entendre, et cette fois, je vois le projectile arriver. Un petit caillou siffle près de mon oreille et disparaît dans mon dos. Je m'apprête à crier, mais Mane pose une de ses mains sur ma bouche.

— Bébé, baisse le volume… me dit-il si bas que je dois tendre l'oreille.

Je lui fais signe que j'ai compris, et il me relâche. Il se glisse dans mon dos, collant son corps au mien et me montre je ne sais quoi en face de moi.

— Regarde bien entre les deux rochers là-bas, chuchote-t-il.

Je me concentre et observe.

— Quoi ? Je ne vois pas ! réponds-je en oubliant de baisser d'un ton.

Un autre caillou percute mon front. *Aïe !*

Je repère enfin cette saloperie d'elfe noir à peine sorti d'un petit tunnel à plusieurs mètres de là. Il va finir son existence à dormir, celui-là ! Je lève une main vers lui, mais Mane interrompt mon geste. Ses doigts tatoués abaissent mon avant-bras puis encerclent mon poignet.

— Mmh… Reste zen, ok ? Au moins le temps qu'on ait ce qu'on veut !

J'acquiesce d'un signe de tête.

— Les elfes noirs vivent sous terre. Nous n'entrons pas dans les tunnels qui leur servent de route, alors nous allons marcher à découvert jusqu'à atteindre Svartalfheim Town. Tu seras tranquille dans le sanctuaire, ils n'auront pas le droit de s'en prendre à toi… Enfin, pas trop… En attendant, reste discrète. Ils sont partout sous nos pieds.

Il glisse ses doigts dans les miens et reprend sa route.

— Quelle horreur, pesté-je tout bas en suivant Mane.

Je reçois un nouveau projectile et me frotte la tempe en rageant en silence. Je serre les dents pour ne pas leur hurler qu'ils ne verront bientôt plus le jour.

J'entends Mane ricaner devant moi et je trébuche. Il ne lâche pas ma main et avance sans me regarder.

On marche un certain temps sans se parler. Je me remémore encore l'histoire que m'a racontée Sol. C'est vrai que Nott n'a pas épargné les elfes noirs, mais c'était il y a longtemps. Ils sont beaucoup trop rancuniers.

♦♦♦

— Nous y voilà, annonce Mane.

Je relève les yeux devant moi. Il n'y a rien de plus que ce qui nous passe sous les pieds depuis tout à l'heure : des rochers et du sable rouge. Le paysage est même encore plus escarpé. Des parois abruptes se dressent un peu plus loin sur notre droite.

— T'es sûr qu'on y est ? demandé-je en chuchotant.

— Oui. Viens.

Un grand brouhaha retentit et le sol se met à vibrer. Des cailloux roulent sous nos pieds, des rochers plus gros aussi, et tous filent dans la même direction, vers la falaise abrupte la plus proche. Lentement, une fissure se forme dans celle-ci puis devient une fente, et, enfin, un passage étroit apparaît.

Mane tire sur mon bras tandis que les roches qui roulent au sol forment un genre d'escalier qui conduit directement à la fine ouverture.

— Attends, on ne va pas aller là-dedans ?

— Si. Comment veux-tu entrer à Svartalfheim Town autrement ?

Ailleurs qu'entre deux montagnes qui bougent, par exemple…

Le sol ne vibre plus. Le Marchand de sable lâche ma main et se faufile difficilement dans l'interstice. Il est trop large, alors il progresse de profil.

Au secours… J'essaie de respirer de façon régulière mais j'angoisse à l'idée de rester coincée.

— Déesse ! l'entends-je m'appeler.

Il a déjà disparu dans l'obscurité.

Allez, Nola ! Tu es moins large que Mane ; s'il passe, tu passes.

Je me lance et me faufile exactement comme Mane entre les deux parois rugueuses de pierre froide.

Je ne vois rien, j'avance donc lentement. L'étroit couloir ne s'élargit pas plus loin. Au contraire, j'ai l'impression qu'il devient plus fin. Et s'il se refermait ? *Arrête de stresser, Nola !*

J'avale ma salive et continue d'avancer. *Si les parois bougent, je me servirai de ma nuit pour fuir !*

J'évolue difficilement, les mains plaquées sur la paroi devant moi et mon dos complètement appuyé sur celle derrière moi. L'étroitesse m'empêche même de reprendre mon souffle comme il faut.

— Mane ?

Je ne l'entends plus, c'est bizarre !

Ma voix ne résonne pas du tout. Je me demande même si elle a quitté ma gorge.

Mane ne m'aurait jamais conduite dans un endroit dangereux…

La vibration qui parvient à mes pieds me fige sur place. Le bruit qui a retenti quand la falaise s'est ouverte pour laisser apparaître ce passage se fait de nouveau entendre. *Au secours !*

— Mane ! appelé-je à l'aide.

Pas de réponse.

La pierre vibre sous mes paumes, et, brusquement, tout bouge autour de moi.

— Mane ! m'égosillé-je.

Je commence à faire demi-tour, mais la sortie est bien trop loin maintenant, c'est inutile. J'arrive à peine à respirer. Les parois me compriment.

— Non… Mane !

Je reprends ma route aussi vite que je peux. Le rayon de lumière offert par l'entrée de cette merde commence sérieusement à diminuer. *Vite !*

23

Nola

♦♦♦

Alors que je me crois perdue et que je me vois déjà finir de la pire des manières, écrasée dans ce monde que je déteste, la main du Marchand de sable apparaît dans mon champ de vision et me tire avec force en dehors du passage qui se referme brutalement derrière moi.

Je suis projetée contre son torse, et ses bras massifs viennent m'enlacer.

— Hé ! C'est bon. Respire, déesse, tout va bien, je suis là, me murmure-t-il à l'oreille.

Je serre mes bras tremblants autour de lui et me plaque de toutes mes forces contre son corps. J'ai eu la peur de ma vie. J'ai tellement paniqué que ma nuit ne m'a servi à rien.

— Ça va ?

— Je vais tous les tuer, grogné-je.

Il ricane alors que je m'écarte de lui et laisse ses mains glisser sur mes bras.

Je prends soudain conscience que ma nuit recouvre tout autour de nous. *C'est pour ça qu'il ne me lâche pas. Il ne voit plus rien !*

— Pas tout de suite… Dis, tu rallumes la lumière ? me demande-t-il en caressant ma joue.

Je me concentre, mais la lumière ne revient pas.

— Déesse… murmure-t-il.

— J'y arrive pas, marmonné-je.

Son pouce trouve la peau de mon poignet et y effectue de petits cercles, doux et délicats. Je ferme les yeux pour chasser le frisson que ça provoque et je les rouvre. Mane a retrouvé ses couleurs.

Mon regard est attiré derrière lui où une véritable armée d'elfes moches nous observe d'un œil mauvais. *Oups…* Mane se retourne alors qu'une pluie de cailloux s'abat sur nous. *Un caillou, ok… mais des centaines, ça va faire mal.*

Je me protège le visage par réflexe et attends l'impact.

Ne sentant rien arriver, j'écarte mes mains pour découvrir une brume sombre dressée tel un mur entre nous et les projectiles, stoppant leur trajectoire.

En à peine quelques secondes, le calme revient. Les tirs cessent, mais ceux qui nous font face ne perdent rien de leur rictus mauvais.

Creusée à même les parois d'une grotte si immense que je n'en vois pas le bout, une ville se déploie sous un plafond de longues stalactites tranchantes qui pointent dangereusement vers le sol. Pour seul éclairage, des torches sont dispersées sous la voûte.

— Dieu de la lune, tu as volontairement transgressé une des règles de notre ville ! prononce une voix qui résonne partout dans la grande caverne.

Mane soupire à côté de moi avant de lever les yeux au ciel puis de s'agenouiller. *Mais qu'est-ce qu'il fout ?*

Je fronce les sourcils en l'observant. Dans cette position, il semble sur le point de demander en mariage la foule d'elfes devant nous.

— Mane…

— Rejoins-moi, déesse, et fais ce que je te dis, me coupe-t-il.

J'hésite. *Se fout-il de moi ?*

Je l'entends grogner à mon intention. Je l'imite puis murmure dans sa direction :

— On fait quoi, là ?

— On attend.

— Je vais perdre patien…

Aïe ! Je n'ai pas eu le temps de finir ma phrase qu'un caillou a percuté ma tête. Je me redresse, mais Mane plaque une de ses larges mains sur ma nuque.

— Reste là, m'ordonne-t-il.

Je souffle de mécontentement mais n'insiste pas.

On attend comme des cons, à genoux façon chevaliers, devant une foule compacte d'êtres issus d'un mauvais croisement entre Gollum[8] et des cochons. *Pourquoi, au juste ?*

La seconde suivante, une cascade provenant de je ne sais où s'abat sur nous. Il ne s'agit pas de cailloux, cette fois-ci. C'est liquide, et ça sent fort.

— Vous voici purifiés ! s'exclame une petite voix criarde. Annoncez maintenant le motif de votre venue.

— On vient se recueillir au sanctuaire sacré des elfes, annonce Mane en se redressant lentement.

Je fais de même et tourne la tête vers lui. Ses mâchoires sont contractées, et il grogne en se relevant. Je l'ai déjà vu

---

8. Personnage fictif créé par J.R.R. Tolkien (*Le Hobbit*, *Le Seigneur des anneaux*).

faire cette tête, et c'était cette nuit, pendant que je parlais et qu'il prenait sur lui.

Je secoue mes cheveux. *Quelle horreur ! On est trempés !* De quoi exactement, je ne saurais le dire. C'est chaud… *Ne me dites pas que c'est de la pisse !*

J'essore mes cheveux en grimaçant. Je crois que je vais vomir.

— Veuillez me suivre jusqu'au sanctuaire ! ordonne un elfe noir qui vient se planter devant nous.

Nous nous mettons en route et pénétrons dans la ville de pierre alors que je chasse le liquide encore sur mes bras.

— C'est du thé, me dit Mane en se penchant en avant pour secouer ses cheveux.

— C'est infect.

— Ouais… Dès qu'on en a fini avec eux, tu me les endors pour longtemps.

Un caillou fuse aussitôt vers lui, mais Mane a plus de réflexes que moi et l'intercepte avant de le recevoir en plein visage.

On traverse l'immense grotte pour arriver devant une minuscule table ronde en pierre. Les elfes nous font signe de prendre place sur des tabourets en bois bancals bien trop petits pour nous. Ça n'a rien d'une invitation, c'est un ordre, que Mane exécute, et moi à sa suite. *Je sens que mon corps ne va pas du tout apprécier la position !*

Derrière la table se dresse une immense porte forgée dans un métal sur lequel la lumière diffusée par les torches de la grotte se reflète. Elle est bien trop grande pour avoir été créée pour les êtres qui vivent ici. Et sur celle-ci est gravé le symbole du voile des Nornes. Voici donc notre destination ! C'est dans cet endroit que trône le miroir dont on a besoin pour lire l'avenir.

Assis en face de nous, des elfes qui paraissent plus vieux que les autres se mettent à échanger entre eux dans leur dialecte incompréhensible. Je suis certaine qu'ils parlementent sur le fait de nous autoriser ou non à entrer dans ce lieu sacré.

♦♦♦

Les elfes discutent depuis des heures maintenant. Mane les observe avec patience. *Comment fait-il ? Peut-être qu'il comprend ce qu'ils se disent, lui…*

Je me penche pour lui poser la question. Le petit siège en bois sur lequel je suis assise bascule, et je m'écrase sur l'épaule du Marchand de sable. Rapidement, je me rattrape, et mon tabouret retrouve ses appuis en claquant sur le sol de pierre avec force. Mane tourne doucement la tête vers moi, et son regard assassin me transperce.

— Mais qu'est-ce que tu fous ? grogne-t-il.

— Qu'est-ce qu'il se passe ? demandé-je à voix basse.

— Ils se mettent d'accord pour qu'on entre ou non !

Ça, je l'avais deviné !

— Certains veulent respecter la tradition : quiconque demande à pénétrer dans le sanctuaire doit y être autorisé. D'autres s'y opposent en raison de ton passif dans ce monde. Ils craignent pour la sécurité du lieu… Maintenant, tais-toi, parce qu'ils vont tout recommencer à zéro avec tes conneries.

C'est pas vrai…

— Et je ne peux pas simplement faire tomber la nuit, et on se tire ?

— Non, il faut qu'ils déverrouillent la porte !

♦♦♦

Mane est aussi immobile qu'une statue, pourtant je le sens sur le point d'exploser. Ses poings sont entre ses jambes, dont les genoux dépassent largement au-dessus du plateau de la table, et ses phalanges sont blanches tant il les serre.

— Le conseil a pris une décision, annonce l'un d'eux.

J'attends une suite à cette déclaration, mais elle ne vient pas.

— Peut-on la connaître ? questionné-je d'un ton sec.

Ma patience a pris la fuite depuis un moment !

J'entends sa langue claquer sur son palais, et ses dents crochues se dévoilent. Je recule légèrement, de peur de le voir se jeter à ma gorge.

— Le dieu de la lune pourra pénétrer dans le sanctuaire, mais la déesse de la nuit restera avec nous. Elle se soumettra à la cérémonie du thé pour expier ses fautes passées.

C'est hors de question ! Je ne me séparerai pas de Mane ! Et je ne boirai rien de ce qu'ils me donneront !

— Ça ne va... débuté-je avant d'être interrompue par un regard furieux de Mane.

— C'est entendu, reprend-il plus fort.

Quoi ? Jamais de la vie !

— Qu'il en soit ainsi. Amenez le thé sacré pour la déesse et ouvrez les portes du sanctuaire, ordonne une autre voix autour de la table.

Aussitôt, plusieurs minuscules silhouettes se mettent en action.

Mane se redresse et tend une main dans ma direction. Je fronce les sourcils, en colère, mais me lève pour me lover dans ses bras. *Il semble savoir ce qu'il fait...*

— Dès qu'ils ont ouvert la porte, tu me fais tomber la nuit sur ces saloperies, me souffle-t-il à l'oreille.

Ah ! Voilà le Mane que je connais !

J'acquiesce d'un très léger mouvement de tête et reprends place devant la table en signe de soumission à la décision des elfes.

Mane s'éloigne, entouré d'une troupe d'elfes qui lui arrivent au genou, et je vois un autre groupe approcher avec un plateau sur lequel trône une théière fumante. *Ça n'a pas traîné ! Quand ils veulent, ils sont capables de se bouger les fesses !*

Une tasse est remplie et finit son chemin sous mon nez, sur la minuscule table.

Mane, bouge-toi ! Il est hors de question que j'avale ce truc !

Je tends une main vers la tasse, saisis l'anse en porcelaine et monte le récipient à mes lèvres tout en tournant la tête pour voir où en est le Marchand de sable.

Il est au pied de la porte, et l'un des elfes souffle sur celle-ci. *Va-t-elle s'effondrer à cause de son haleine ?*

Alors que l'odeur du thé infect parvient à mes narines et me donne un haut-le-cœur, j'entends un grincement sonore. *Enfin !*

Je ferme les yeux et me concentre pour faire tomber la nuit. Lorsque je les rouvre, les couleurs ont disparu, et les elfes dorment tous sur place. *Ouf !*

C'est une chance que ma nuit les fasse dormir à tous les coups. Il n'y a qu'avec eux que cela produit cet effet !

— Il était temps, balancé-je à Mane en me levant pour le rejoindre.

— Amène-toi, déesse ! S'ils se réveillent, on est cuits !

— On dit « merci, chérie » quand on est poli ! rétorqué-je, agacée.

— Quand on est quoi ?

— Laisse tomber… râlé-je devant sa mauvaise foi en lui prenant la main pour le guider.

Nous passons l'immense porte à peine entrouverte, et je découvre la même pièce que celle représentée sur le tableau au musée. Au fond de celle-ci se dresse le miroir qui nous intéresse.

— C'est bon, on y est, soufflé-je en plaçant Mane devant le miroir.

— Ok. Bouge pas, bébé, dit-il en ouvrant mon sac à dos.

Il en sort le morceau de voile donné par la petite Norne.

— Tu ne vas pas pouvoir maintenir la nuit et découvrir la prédiction… Est-ce que tu crois que tu peux retirer ta nuit, mais uniquement pour moi, que je puisse voir le miroir ?

— Je vais essayer…

Je me concentre. Dans mon esprit, je visualise Mane en couleurs au milieu de ce décor en noir et blanc. Rien ne se passe, puis soudain, il retrouve toutes ses couleurs. Il me fixe avec un grand sourire.

— Putain, t'as réussi ! s'exclame-t-il avant de déposer un baiser sur mon front.

On se tourne en même temps vers le grand miroir.

— Maintenant, concentre-toi sur ta nuit. Elle ne doit pas se terminer avant qu'on soit sortis… Mais attention à ce qu'elle ne dépasse pas Svartalfheim !

— Très bien, chef !

Il m'embrasse et s'avance vers le miroir. Il dépose le voile dessus. Rien ne se passe. J'attends. Il fixe la glace sans bouger.

— Pourquoi il ne se passe rien ? demandé-je.

Il ne répond pas, mais sa main bouge dans ma direction pour me signifier d'attendre. Il blêmit soudain, et sa respiration devient plus rapide. *Mais que voit-il dans ce miroir ?*

24

Mane

♦♦♦

Mon reflet ensanglanté me fait face. Derrière moi, ce n'est plus le sanctuaire des elfes qui s'étale mais le palais d'Odin, à feu et à sang.

Est-ce ce que Nola a vu chez les Nornes ? La fin des neuf mondes ?

Nott est là. Elle me tend la main et me regarde avec un sourire en coin. Sol et Kvasir se tiennent plus loin et échangent un regard qu'il m'est impossible à décrypter. Sont-ils apeurés ou, au contraire, déterminés ?

Nola a parlé de notre mort à tous. Ce que je vois est-il le début de la fin des mondes ? Ce qu'il se passe au commencement, avant que nous mourrions tous ?

La déesse de la nuit me dit quelque chose que je ne saisis pas, mais je lui réponds que je suis prêt. *Prêt pour quoi ?*

Elle regarde derrière nous, et je fais de même. Par-dessus mon épaule, je vois une masse immense s'approcher de nous : les vieillards et les malades qui la composent gagnent du terrain et nous dépassent en scandant une litanie entêtante, comme s'ils allaient à la guerre.

D'un même mouvement, nous nous mettons à courir. L'armée qui nous entoure ne nous veut aucun mal, nous avons l'air d'être ensemble. Et c'est le palais d'Asgard que nous visons.

Le décor du sanctuaire réapparaît brusquement puis laisse à nouveau place à la vision du miroir qui se répand partout autour de moi et me plonge dans une ambiance de combat où Odin chute. Il plonge dans un trou béant dont il ne peut ressortir. Il articule quelque chose juste avant de disparaître, mais je suis incapable d'en comprendre le sens.

Il y a du sang et des corps partout… Je ne comprends pas d'où vient celui dont je suis recouvert. Est-ce le mien ? Je ne me sens pourtant pas blessé.

Les murs du palais commencent à s'effondrer sous l'effet de mes papillons et de la puissance de Nott. Elle maîtrise si bien ses pouvoirs que ça ne peut être qu'elle avant qu'elle perde la mémoire.

Des flashs qui me désorientent me montrent que les autres mondes de l'Yggdrasil vont bien. Celui-ci n'est donc pas encore tombé. Mais d'après la prédiction de Nott, ça ne saurait tarder.

Soudain, tout s'arrête. Le miroir ne renvoie plus que mon reflet, et le morceau de voile donné par la sale gamine des Nornes part en fumée sous mes yeux.

— Mane ? appelle Nola à côté de moi.

— Bordel… murmuré-je en me frottant le visage.

— Ça va ?

— Je m'attendais pas à ça… Je t'expliquerai tout dès que nous serons sortis d'ici, lui dis-je en tournant la tête vers elle.

— Ok… répond-elle avec un air inquiet sur le visage.

J'attrape sa main et l'attire contre moi avant de l'embrasser tendrement pour écarter la vision d'horreur à laquelle je viens d'assister.

— On doit y aller, ta nuit ne tiendra pas éternellement ! Tu peux me replonger dans le noir, si c'est plus facile pour toi. Tu me guideras.

— D'accord, acquiesce-t-elle alors que mes yeux scrutent de nouveau l'obscurité. On doit repasser par la faille ? interroge-t-elle.

— Oui… Tu passeras en premier, cette fois-ci.

Elle s'agrippe à moi et prend les commandes. J'adore ça. C'est elle qui contrôle tout ce que je suis quand sa nuit nous enveloppe.

— On va sortir du sanctuaire, m'informe-t-elle.

— Ok… Tu tiens le coup ?

— Mmh… Je suis fatiguée. Vivement qu'on sorte d'ici.

Merde, j'espère qu'elle ne va pas flancher.

— Ça y est, on est sortis. Bordel, il y a des elfes endormis partout sur le chemin jusqu'au passage dans la falaise. Je vais devoir les pousser du pied parce qu'ils sont entassés les uns contre les autres !

— On s'en fout, marche leur dessus ! envoyé-je.

— Je ne vais pas faire ça ! réplique-t-elle en riant.

J'entends qu'elle les pousse pour nous libérer le passage. Nous progressons peu à peu.

Nous ne devons plus être loin…

Je la sens soudain perdre l'équilibre et je la rattrape comme je peux.

— Merde, ça va ? demandé-je.

Je retrouve brusquement la vue.

— Oh non ! s'exclame-t-elle, paniquée.

La seconde suivante, une pierre fuse à côté de ma tête. Je ne cherche même pas d'où ça vient. J'attrape la main de Nott et cours, l'entraînant à ma suite.

J'entends les elfes se réveiller et hurler de colère. Ils ont compris tout de suite qu'on les avait bernés !

Je repousse du pied ceux qui tentent de s'en prendre à nous pendant que Nola évite ceux qui l'assaillent. Des rangées de dents brillent sous la lumière des torches de la caverne.

— Ne t'arrête pas ! m'exclamé-je en tirant d'un coup sec sur son bras pour l'attirer vers moi.

Le bruit qui résonne au-dessus de nos têtes ne me rassure pas du tout. D'un coup d'œil, je vois une pluie de pierres nous arriver dessus comme une armée de flèches.

— Cours ! hurle Nott par-dessus le brouhaha des rochers qui percutent le sol.

Je regarde autour de moi pour distinguer notre seule issue.

— Là-bas ! s'exclame ma déesse en montrant la gauche.

J'envoie un grand coup de pied dans l'elfe noir qui déboule dans mes jambes, et enfin, on atteint l'entrée étroite dans la falaise.

Je laisse Nola passer devant moi et m'engouffre à sa suite. Nous longeons les parois abruptes, et je la protège du mieux que je peux des projectiles lancés par les elfes. *Si seulement j'avais encore mes pouvoirs !*

J'avance aussi vite que l'espace restreint me le permet. La pierre vibre à nouveau, et les parois commencent à se resserrer. Je sens Nola paniquer. Son souffle irrégulier percute le mur de roche avant de me parvenir.

— Respire, déesse, lui soufflé-je.

— Oui…

Sa voix tremble. Sans voir son visage, je sais que des larmes doivent le dévaler. Je ne peux rien faire de plus pour l'aider.

Brusquement, je me rends compte du silence oppressant qui nous entoure. Par-dessus la tête de Nola, j'entrevois la sortie.

— On y est presque. Continue comme ça !

Enfin, on parcourt les derniers mètres qui nous séparent de la sortie, et, brusquement, je retrouve l'air libre. Nous dévalons l'escalier d'accès au lieu. Je trébuche et entraîne ma déesse dans ma chute. J'enroule mes bras autour de sa taille fine, et nous nous écroulons ensemble sur le sol chauffé par le soleil.

— Bordel… On l'a fait, souffle-t-elle.

Je roule sur elle avant de l'embrasser. Ma déesse ne m'est revenue qu'à moitié, mais j'aime de plus en plus la nouvelle elle…

J'essuie ses joues des larmes qui y ont coulé.

— Tu as été parfaite… pour une déesse en apprentissage !

Un rire lui échappe, et nous nous redressons.

Objectivement, on a réussi. J'ai vu ce que la gamine Norne voulait nous révéler. Mais à bien y réfléchir, sommes-nous plus avancés ? L'avenir que j'ai vu semble correspondre aux craintes de Nott. C'est main dans la main que nous provoquons la fin du monde en marchant sur Asgard.

Je reste optimiste et je vois les choses différemment. Maintenant que nous connaissons le départ de cette catastrophe, nous allons pouvoir l'éviter. *Nola et moi n'avons qu'à nous tenir loin d'Asgard !* Quoique, si je veux récupérer mes pouvoirs, je serai bien obligé de m'y rendre. Mais j'irai seul et je négocierai avec le vieux fou, qui reste le plus puissant des dieux…

— On se casse d'ici, bébé ! envoyé-je en prenant conscience que nous ne devons pas traîner. Les elfes finiront par sortir de leur tanière, et Odin peut s'apercevoir de ma fuite du manoir à tout instant.

J'enlace Nola, et elle glisse ses bras autour de mon cou pour me plaquer contre elle.

— En route, mon amour, souffle-t-elle dans mon oreille.

Un sourire étire mes lèvres et se répercute jusqu'à mon cœur. Je me penche pour l'embrasser mais je suis interrompu par un énorme bruit qui résonne autour de nous. Des sabots semblent labourer le sol non loin, le faisant vibrer de plus en plus fort. *Les walkyries arrivent !*

— Nola, écoute-moi, lui dis-je, très sérieux. Tu dois t'en aller, seule. Rentre chez toi. C'est le plus sûr, pour l'instant.

Je la retrouverai plus tard. Enfin, je l'espère.

— Quoi ? Pourquoi t… commence-t-elle, affolée.

— Vas-y ! coupé-je.

— Attends, Mane. Viens avec moi !

Le bruit devient assourdissant.

Si Nola reste, Odin saura qu'on est ensemble ! Si ce n'est pas déjà le cas…

— Dégage, Nola ! hurlé-je.

Elle fait non de la tête mais m'obéit tout de même et s'éloigne avant de revenir sur ses pas.

Je n'ai pas le temps de lui tourner le dos que ce que je devine être une walkyrie apparaît derrière moi. Je vois Nola hésiter et je lui crie de fuir, mais elle s'avance d'un coup et se jette sur moi alors que sa nuit s'étend pour changer de monde.

— Nola, non !

25

Nola

♦♦♦

J'atterris lourdement en sentant ma tête me lancer. Je suis à bout de forces. Passer de monde en monde avec Mane m'épuise. J'espère que nous serons en sécurité à Midgard pour un moment.

Ce n'est que lorsque le brouillard se dissipe autour de nous que je comprends mon erreur. Nous ne sommes pas dans mon appartement comme je le voulais. La walkyrie avait déjà la main sur Mane avant que je m'éclipse, et j'ai été aspirée avec eux. Je reconnais l'endroit et je sais que nous risquons gros, si ce n'est tout.

J'ai tout juste le temps d'échanger un regard avec Mane et de voir l'horreur dans ses yeux avant qu'Odin apparaisse brusquement sur son trône en face de nous.

Ma nuit se déploie aussitôt autour de nous pour que nous nous enfuyions, mais quelque chose cloche. Je ne parviens pas à entraîner le dieu de la lune avec moi.

Suis-je trop faible ? Ou est-ce Odin qui agit ? *Non ! Je ne peux pas le laisser ici !*

Je suis bloquée ici, refusant de laisser Mane derrière moi. Je ne sais pas ce qui lui passe par la tête, mais il lâche ma main, et je suis emportée par mes pouvoirs. *Non ! Mane !*

Tout se mélange dans ma tête, je ne sais même pas où je vais. J'entends juste Mane qui hurle le prénom de sa sœur.

Lorsque je reprends pied dans la réalité, c'est pour perdre l'équilibre. Je percute une première surface dure, recouverte de livres semble-t-il, puis une seconde, plus froide. *Aïe ! Mes côtes...*

— Nola ?

J'ouvre les yeux sur le visage de Sol, penchée au-dessus de moi. Je bats des paupières pour stabiliser sa silhouette qui tangue dangereusement devant mes iris. Je ne suis pas loin du malaise.

— Qu'est-ce que tu fais là ? Où est Mane ?

— On est où ?

— Dans mon bureau, à la fac.

Je me redresse, ignorant les douleurs qui me transpercent de partout. L'urgence de la situation me saute à la gorge. Je me relève en faisant encore tomber je ne sais quoi.

— Odin sait pour Mane ! Des walkyries... On était... Enfin, elles nous attendaient... Et puis le sanctuaire des elfes, quand j'ai voulu...

— Attends, attends ! Vas-y doucement, je comprends rien ! Qu'est-ce qu'il s'est passé, au juste ?

— Mane est chez Odin. Des walkyries l'ont emmené là-bas, et je les ai suivis. Mais je n'ai pas réussi à revenir avec lui ! Je ne sais même pas ce que je fais ici. Il a crié ton prénom et... et me voilà.

— Ok. Nola, tu as besoin de repos, et ce d'urgence : tu as une mine affreuse. Ça doit être pour ça que tu n'as pas pu prendre Mane avec toi.

— Merde, qu'est-ce qu'on fait pour lui ?

Je lutte contre les larmes. Je ne peux pas me permettre de me laisser aller maintenant.

— Toi, tu ne vas rien faire du tout ! me répond Sol en ramassant des feuilles volantes et des classeurs par terre pour les reposer sur le bureau.

Visiblement, c'est là que j'ai atterri.

— Remets-toi tranquillement de ton atterrissage et rentre chez toi.

— Rentrer ? Mais t'es dingue ! Je ne peux pas rester sans…

— Je vais chercher Mane, ok ? Ne panique pas. Odin ne me fait pas peur, et il n'a rien contre moi. Alors je vais chercher mon frère, et toi, tu rentres. Et à pied. Économise-toi. Ça fait peu de temps que tu uses de ta nuit à nouveau.

Le silence revient, et une foutue larme coule sur ma joue. Je la chasse d'un revers de main.

— Ok. Je fais quoi ensuite, une fois chez moi ? Je vous attends ?

— Oui. Mange, dors et prends une douche. Tu sais que le temps ne s'écoule pas pareil là-bas. Ça peut être long.

J'acquiesce d'un signe de tête.

— Ok, allez… dit-elle.

Elle semble plus se motiver qu'autre chose, ce qui ne me rassure pas du tout.

— Oh ! Et si ça prend feu, tire la sonnette d'alarme et va-t'en ! ajoute-t-elle.

J'ai tout juste le temps de froncer les sourcils que sa lumière incandescente traverse le sol jusqu'au plafond, et elle disparaît.

Quelques feuilles n'ont pas aimé le départ de la déesse du soleil. Je les piétine pour éteindre les flammèches naissantes et, une fois que tout est en ordre, je me dirige vers la porte de la petite pièce. Je m'immobilise, la main sur la poignée. *Allez, Nola, Sol va le protéger. Et il est fort, même s'il est humain.*

Je respire un bon coup et j'ouvre la porte.

Je fais un bond sur place en tombant nez à nez avec Ella.

— Bordel ! Nola, tu m'as foutu une de ces peurs, s'exclame-t-elle.

— Tu rigoles ? C'est toi qui me sautes à la gorge comme une walkyrie ! répliqué-je.

— Qu'est-ce que tu fais là ? Je t'ai pas vue en cours.

— Ah... Justement, j'étais venue voir la prof, mais elle n'est pas là...

Je me force à sourire, espérant que ça donne le change à Ella.

— Merde... Bon, je vais laisser ça sur son bureau alors. Elle verra plus tard.

Elle entre avec un dossier à la main et le pose sur le meuble en regardant le merdier que je viens de provoquer.

— Non, mais regarde-moi ça, c'est pas humain d'être aussi bordélique... marmonne-t-elle. Et je suis certaine qu'elle se grille des clopes ici. Ça sent toujours un peu le cramé !

Je ne réponds pas parce que, quoi que je dise, je devrais mentir.

— On rentre ensemble ? me propose-t-elle.

— Ouais, ok.

On quitte le bureau. Je referme la porte et je la sens qui me reluque.

— Quoi ? dis-je.

— Qu'est-ce que t'as foutu de ta journée ? T'es dans un état…

Je baisse immédiatement les yeux sur mes vêtements et constate l'ampleur de la catastrophe : jean déchiré aux genoux, bottines pleines de poussière, et je ne parle même pas de mes ongles qui sont aussi crades que si j'avais fait du jardinage toute la matinée.

— Ah ! C'est rien, j'ai trébuché tout à l'heure dans le parc de la fac, et un gros buisson m'a accueillie à bras ouverts !

Elle explose de rire et m'entraîne à sa suite pour remonter le long couloir qui nous conduira à la sortie.

— C'est tellement toi, de trébucher… Moi, ça m'est pas arrivé depuis 1995 !

Je me force à sourire, mais en moi, c'est la panique. *J'espère que Sol et Mane s'en sortent là-haut…*

J'aimerais rentrer chez moi en courant et laisser Ella sur place, mais si je fais ça, elle va me demander des explications que je ne peux pas lui donner.

— En tout cas, si on laisse de côté la propreté, j'adore ton nouveau look, dit-elle. Je trouve que ça te correspond beaucoup plus, me confie mon amie alors qu'on sort de la fac.

— Ah oui… Je me sens aussi plus moi depuis quelques semaines, réponds-je.

Elle me lance un coup de coude complice accompagné d'un petit regard en coin.

— Et ça, c'est grâce à Monsieur Mane… me taquine-t-elle.

Un sourire jaune s'affiche sur mes lèvres en entendant le prénom de mon dieu. J'essaie de ne rien montrer à Ella, mais ma panique prend le dessus.

Je suis certaine que je vais trouver le métro trop lent pour rentrer ! Je ferais mieux de courir jusqu'à chez moi, ça empêcherait au moins mon esprit de partir dans tous les sens.

♦♦♦

On est en train de descendre dans le métro. Je fouille mes poches mais n'y trouve pas ma carte de transport pour passer les portiques.

— Au fait, vous m'avez caché un truc, Mane et toi, me lance soudain ma meilleure amie.

— Quoi ? Attends, je ne trouve pas ma carte et…

— Ah ! La poisse ! Elle n'est pas dans ton sac ?

Mon sac ? Ah oui ! J'ai toujours le sac à dos de mon expédition chez les elfes noirs !

— Non, elle était dans ma poche ! J'ai dû la perdre quand euh… je suis tombée dans le parc… Je vais la chercher. Continue sans moi !

— Passe avec moi. Y'a jamais de contrôleurs, ici.

Eh merde ! Je tenais le moyen de ruminer seule ma hantise…

Je passe finalement le portique en me collant à Ella, et on descend sur le quai.

Le train arrive dans quatre minutes, soit une éternité, de mon point de vue.

— Donc, je disais, vous m'avez caché un truc, Mane et toi !

— Ah bon ? demandé-je, les sourcils relevés.

— Bah ouais, Mane… Nott… C'est grillé, votre affaire.

Je la dévisage, perplexe.

— Mais de quoi tu parles ?

— Vous êtes des dieux !

Je reçois une véritable gifle mentale. *Comment sait-elle ça ?* Mon cœur se crispe, et mon souffle s'affole. *C'est la catastrophe ! Qu'est-ce que je peux bien lui répondre ?*

— Hein ? Je ne comprends rien ? feinté-je.

— Nott et Mane ? T'as vraiment un problème avec ces cours de mythologie nordique ! Mane, le dieu de la lune, et Nott, la déesse de la nuit !

Je hoche la tête avant d'ouvrir la bouche.

— Ah ouais ! C'est dingue…

— En plus, Mane est lunatique comme pas permis ! Je vais demander à Mademoiselle Sol si vous pouvez faire une apparition en cours, qu'on rigole ! Enfin, dans la mythologie nordique, c'est avec Delling que tu termines, ma petite ! Le dieu du crépuscule, c'est classe, aussi !

Je tique aussitôt et referme la bouche.

— C'est vrai, ça. Nott finit avec Delling, normalement… Je lui laisse. Impossible qu'il soit plus beau gosse que Mane, balancé-je en forçant un sourire.

— Vous raconterez ça à vos gosses et leur ferez croire que vous êtes des dieux à la retraite et tout…

Le train se pointe et m'évite de fondre en larmes en entendant cette phrase. Heureusement que mes pouvoirs sont affaiblis. Il y a moins de risques que je fasse tomber la nuit sur tout Paris, voire sur toute la France.

On grimpe dans le premier wagon qui se présente et on trouve rapidement des places assises.

— T'as des nouvelles de Léo, au fait ? Tu m'en parles plus, me demande-t-elle une fois les portes fermées.

Encore huit stations…

— C'est parce que je ne lui adresse plus la parole…

— Ah ? Pourquoi ?

Je me remémore la dernière fois qu'on s'est croisés tous les deux. J'ai un pincement au cœur. Je ne pensais pas que ça finirait comme ça entre lui et moi.

— Il n'a pas supporté que je choisisse Mane… dis-je.

— Ah ! La jalousie… En même temps, je te comprends. Léo est pas mal, mais Mane… Enfin, il ne fait pas le poids, le petit gardien de musée !

— Ouais… Mais ça va plus loin qu'une question de physique. Je préfère le caractère de Mane. Il s'énerve vite, mais au moins, il est honnête et dit toujours ce qu'il a sur le cœur.

— C'est vrai. Même si je l'aime bien, j'ai toujours trouvé Léo pas franc du collier, ajoute-t-elle. D'ailleurs, il est où, ton mec ?

J'avale difficilement ma salive.

— Il avait un truc à faire… avec sa sœur. Ils devraient me rejoindre plus tard.

♦♦♦

Je pousse la porte de mon appartement avec une boule au ventre et le souffle court. L'ascenseur fonctionnait, mais j'ai préféré monter à pied. J'ai une seconde d'espoir en me disant que Mane et Sol m'attendent peut-être chez moi, mais celui-ci est balayé d'un coup d'œil. C'est complètement vide, pas une trace de Mane ou de Sol.

Me voilà seule à attendre de savoir si je vais revoir Mane ou non. Il n'y a pas pire sentiment d'impuissance que celui-ci.

Je n'arrive pas à suivre les conseils de Sol. Je n'ai pas faim et j'ai encore moins la force d'aller prendre une douche. Je me retrouve vite assise au pied de mon clic-clac à regarder dehors. Je replie mes genoux contre moi et passe mes bras autour. *Mane, je t'interdis de ne pas revenir !*

26

Mane

♦♦♦

— Comment une déesse si faible peut-elle vous échapper ? hurle Odin, furieux, sur les walkyries.

Ma déesse a réussi à s'éclipser à la barbe du vieux et de ses chiennes de garde, ce qui le met hors de lui. Je crois qu'il pense Nola encore aux prises avec des dons immatures. Je ne peux retenir un petit ricanement qui me provoque un haut-le-cœur. Les voyages avec d'autres dieux ne sont décidément pas faits pour moi !

— Comment un type tel que toi peut encore apprendre des choses ? envoyé-je à l'intention du roi des dieux. Je pensais que tu avais sacrifié un œil pour tout savoir...

Il se retourne, me dévisage et désigne une des walkyries du menton.

— Mettez-le-moi au cachot ! Le dieu de la lune sera peut-être moins enclin à plaisanter après ça !

Il serre les dents et, d'un geste de la main, me chasse de la salle du trône.

♦♦♦

Je percute un sol dur et humide. Je viens d'atterrir au fond d'un cachot d'Asgard, dans lequel la seule ouverture et source de lumière se trouve être une grille métallique.

Je me relève, attends que la walkyrie qui m'a jeté ici quitte les lieux, puis m'acharne sur les barreaux avec l'espoir que ça fonctionne. Je pousse, tire de toutes mes forces et tente même de soulever la grille. Rien à faire, elle ne bouge pas, et moi, je m'épuise inutilement.

Cette cellule doit avoir été conçue pour retenir un dieu. Un humain n'a donc aucune chance… Tant pis, ma rage a besoin de s'exprimer.

J'essuie la sueur qui vient me brûler les yeux et je recule pour prendre de l'élan. Je fonce dans la grille, envoyant une épaule la percuter. La douleur qui se répand en moi ne fait qu'accentuer ma colère.

Après je ne sais combien de tentatives, je finis par cesser mon manège. J'essuie le sang sur mes poings que j'ai martelés contre les murs et j'arrête de hurler. Personne ne peut m'entendre d'ici. *À quoi bon perdre davantage mon énergie ?* Nola doit être en sécurité à Midgard, sinon, Odin se serait déjà pavané devant moi. J'espère juste qu'elle m'a entendu et qu'elle a pu prévenir Sol de la situation. Ma sœur reste ma seule chance de récupérer mes pouvoirs.

Je m'adosse contre le mur en face de la sortie, me laisse tomber jusqu'au sol et ferme les yeux en grimaçant. *Je crois que j'ai les côtes dans un sale état avec mes conneries !*

♦♦♦

— Oh ! Mec…

Lorsque j'ouvre les yeux pour voir qui me parle, je suis ébloui par la lumière projetée par l'ouverture dans le cachot.

— Mane, réveille-toi !

Un type est planté de l'autre côté de la grille et me mate de travers. Je distingue mal son visage, mais il me semble connaître cette voix. *Qui est-ce ?*

— Alors, tu ne me reconnais pas ? Ça fait pourtant pas cinq ans que t'es là-dedans. Enfin, pas encore… Tu l'as bien mis en rogne, le vieux !

Je cligne plusieurs fois des paupières et, enfin, je comprends qui me fait face. Je me redresse à une vitesse peu raisonnable pour mon état, et mes poings passent à travers les barreaux pour attraper le col de mon visiteur avant qu'il ne comprenne ce qu'il se passe.

Je l'attire vers moi, et, sans avoir eu le temps de résister, il s'écrase sur les montants de fer. J'ai peut-être perdu mes pouvoirs mais pas ma force, et lui en a toujours été dépourvu.

— Meili… Si tu savais depuis combien de temps je te cherche, grogné-je.

Il avale sa salive et me sourit, les poings fermés sur les barreaux de chaque côté de mon visage. Voilà exactement le genre de comportement qui me fait vriller. Ce type et moi n'avons jamais pu nous entendre. Il est trop fourbe pour ça !

— Alors, quoi de neuf ? demande-t-il, la bouche déformée par la position que je lui impose.

— Tu as volé quelque chose qui ne t'appartient pas… soufflé-je de manière acerbe.

— Quelque chose ? C'est-à-dire ?

— Tu sais très bien de quoi je parle ! m'exclamé-je en lui faisant percuter la grille avant de le coincer à nouveau contre elle.

— Ok, ok ! T'énerve pas ! Je n'ai rien volé. Nott est venue me trouver d'elle-même. Et ce n'est pas moi qui ai ses souvenirs.

Je le dévisage pour juger de son honnêteté. *Est-ce qu'il se fout de moi ?*

— Tu ne les as peut-être plus, mais t'es le seul à pouvoir les prendre ! Alors, où sont-ils ?

— Je ne sais...

J'augmente la pression de son visage contre les barreaux pour le mettre en garde. *S'il me ment, il est mort !*

Lorsque je vois ce connard sourire, je tire d'un coup sec sur son col, et son front part percuter le métal.

— Ok ! Après tout, je n'ai rien à gagner à te cacher ça... Je compte sur toi pour te rappeler que je t'ai donné cette information le moment venu. C'est mon père qui les garde, mec. Du moins, s'il ne les a pas détruits. J'ai juste fait ce qu'on me demandait...

Je relâche cette ordure qui change d'allégeance au gré des opportunités. Surpris, Meili trébuche et tombe en arrière.

Je lui tourne le dos pour souffler un coup et réfléchir. Je ne comprends pas l'intérêt qu'a eu Odin à voler les souvenirs de Nott.

— Pourquoi Odin est-il toujours sur ma route, dans cette histoire ?

— Et si c'était Nott et toi qui étiez sur la sienne ? me questionne le dieu de l'oubli.

Est-il au courant de quelque chose que j'ignore ?

Je suis persuadé qu'Odin a appris le contenu de la prophétie vue par Nott. Peut-être est-elle allée en personne lui en parler en revenant de chez les Nornes, juste après avoir mis un terme à notre relation. Ou avant... Il aura pris peur en découvrant que nous risquions de provoquer la chute des mondes, d'où sa volonté de nous tenir éloignés l'un de l'autre.

— J'avais refusé, au départ…

Je suis extirpé de mes pensées par Meili, toujours là, affalé par terre.

— De quoi tu parles, encore ?

— Elle m'a supplié de faire disparaître l'ensemble de ses souvenirs car elle savait qu'elle ne pourrait pas vivre loin de toi en les conservant…

Je serre aussitôt les dents. Il me parle de Nott. De celle qui m'a quitté la première fois et n'est jamais revenue.

— Elle souffrait à un point… Je n'avais jamais vu ça chez un dieu, avant. Le seul moyen pour qu'elle t'oublie a été de faire revenir son corps à sa plus tendre enfance et de lui masquer son statut de déesse. Elle savait dans quoi elle mettait les pieds. C'est elle qui a choisi Midgard.

Je prends une bouffée d'air avant d'ouvrir la bouche. Ce que je m'apprête à faire risque de me détruire.

— Montre-moi, demandé-je. Tu n'as peut-être plus ses souvenirs, mais tu as les tiens. Je veux voir ce qu'il s'est passé !

Il fronce les sourcils mais s'exécute tout de même. Il lève une main et claque des doigts à hauteur de mon visage.

Aussitôt, ce qui m'entoure se dissout, et je vois Nott, recroquevillée contre un mur je ne sais où. Elle pleure à chaudes larmes, les bras autour des genoux. Elle relève doucement la tête.

— Je n'y arriverai pas… murmure-t-elle, le visage levé vers moi. C'est au-dessus de mes forces. Une vie sans lui, c'est trop me demander. Et je refuse de le voir perdre la vie par ma faute… Plutôt mourir immédiatement ! Je t'en supplie, Meili, efface-le de ma mémoire. Libère mon cœur !

Je vois le dieu de l'oubli s'avancer vers elle. Le décor se dessine à mesure qu'il approche.

— Tu sais ce que ça implique ? Tu oublieras tout de tes pouvoirs, de tes amis, de ta vie actuelle…

— Fais-le ! hurle-t-elle. Il faut que ça s'arrête ! J'oublierai le dégoût que j'ai lu dans ses yeux en le quittant, j'oublierai ma peine… Odin a donné son accord, alors accepte de faire ça pour moi.

Meili hésite, et Nott blêmit. C'est comme si elle mourait un peu plus chaque seconde. Je vois le mal que notre rupture lui a causé. Je vois ce qu'elle a été capable de sacrifier pour me protéger. Je vois l'enfer qu'elle a traversé…

Un claquement de doigts résonne à mes oreilles, et le présent revient brusquement. Il n'y a plus personne de l'autre côté de la grille. Meili a disparu. Je reprends difficilement mon souffle.

♦♦♦

Toujours perdu dans mes pensées, songeant à ce que Nott a accepté d'endurer pour oublier la peine de notre séparation, je ne comprends pas ce qu'il se passe lorsque je suis arraché à ma prison par une puissante main cerclée d'une armure dorée.

Le sol d'argent de la salle du trône du palais d'Odin me réceptionne brutalement. Je me redresse aussi vite que je peux pour faire face au roi des dieux qui me toise depuis son trône.

— Mane, grogne-t-il.

À son air, je comprends qu'il ne doit pas avoir mis la main sur Nola. C'est étrange, Midgard est le premier endroit auquel il a dû penser… Mais peut-être se dissimuler aux dieux est-il un pouvoir que Nola a développé à son insu.

Il fait un geste de la main, et un bocal apparaît sur l'accoudoir à sa droite. Il contient une nuée d'insectes rouges qui dansent dans tous les sens avec fureur. *Mes papillons !* Ils sont si près et pourtant inaccessibles...

Je les appelle à moi, mais la paroi de verre les retient.

– Les walkyries sont encore en train de chercher Nott... Dès qu'elle réapparaîtra, elle sera à ma merci...

– Abrège, le vieux, coupé-je.

Je connais son talent pour manipuler les gens et ne veux pas lui laisser le temps d'instiller un quelconque doute en moi.

– J'ai un marché à te proposer... Je n'ai pas de temps à perdre. Ta déesse est un danger pour le monde. En échange de ta coopération pour la faire venir ici, je te rendrai donc tes insectes.

Il me prend vraiment pour un imbécile !

Le choix est évident. C'est non. Nola se jetterait dans son piège, et il ne me rendrait jamais mes papillons. Et même s'il tenait parole, le jeu n'en vaut pas la chandelle. Nott sera toujours plus précieuse que mes pouvoirs.

Je ricane pour seule réponse. *Pour en arriver à ce stade, Odin doit être vraiment désespéré.*

– Très bien... Tu ne pourras pas dire que je ne vous ai pas laissé une chance. Voilà donc la promesse que je te fais, dieu de la lune. Si ta déesse n'est pas ici avant la tombée de la nuit, son âme ira rejoindre le Niflheim*... Si nous la trouvons avant cela, c'est la tienne qui ira y croupir.

Je serre les dents. Je ne souhaite même pas à mon pire ennemi de subir ça, alors imaginer Nola une seconde là-bas me vrille l'estomac. Je n'ai connu pour ainsi dire que l'antichambre de l'horreur lors de mon séjour chez Hel. Le Niflheim est encore plus profond et morbide. Il annihile les âmes qui y entrent et se délecte de leur souffrance. Personne n'en est jamais revenu.

— Odin, la déesse de la nuit est à Asgard ! annonce une walkyrie qui vient de franchir les portes de la salle du trône.

Le roi des dieux esquisse un sourire satisfait et fait apparaître une vision du manoir sur un des pans de mur de la pièce. Nola s'apprête à en franchir les portes. *Mais que fait-elle là-bas ? Pourquoi Sol ne l'a-t-elle pas mise en sécurité ?*

— Bien ! Qu'on l'amène ici ! jubile Odin.

Plusieurs walkyries se mettent en route dans la seconde, et je panique. Nola ne pourra rien faire contre elles, elle n'est pas de taille.

Je fixe mon regard sur le bocal qui contient mes insectes. *Ils sont ma seule chance d'aider Nola !*

Ma réflexion est interrompue par l'apparition d'un rayon blanc qui brûle tout sur son passage en traversant la salle de part en part. Ma sœur apparaît non loin de moi, plus furieuse que jamais.

— Pas facile d'entrer quand on n'est pas... invitée ! rugit-elle en envoyant directement sur Odin un rayon incandescent.

J'essaie d'éviter les gardiennes qui se précipitent immédiatement sur moi, mais c'est peine perdue. Aucun homme ne leur arrive à la hauteur, et, sans pouvoirs, elles me tombent dessus violemment. Je ne sais même pas comment j'arrive à rester debout.

Sol s'en prend à Odin de manière ininterrompue même si elle ne parvient pas à l'atteindre. Elle s'acharne sur lui, envoyant des jets de lave brûler tout ce qu'ils croisent, y compris les walkyries qui ont immédiatement pris position autour de leur chef pour le protéger.

Dans la vision qui s'affiche toujours de ce qu'il se passe au manoir, Nola est rejointe par Kvasir, qui s'affole en entendant le martèlement des sabots des guerrières en approche.

J'ai tout juste le temps de les voir paniquer quand elles se matérialisent devant eux avant qu'un bruit de verre brisé attire mon attention. Sol a atteint le bocal où étaient retenus mes papillons, et ils me foncent dessus avant de faire disparaître le palais d'argent autour de moi.

Je vais retrouver ma déesse. *Moi vivant, Odin ne la touchera pas !*

27

Nola

♦♦♦

Mane n'est toujours pas revenu. Ma panique est à son summum.

Je ne peux pas rester ici les bras croisés à me morfondre une seconde de plus. J'attrape mes affaires et laisse ma nuit m'envelopper.

J'atterris dans le jardin du manoir.

— Kyle ! appelé-je de toutes mes forces.

Pas de réponse. *Il doit pourtant être ici !* J'avance en vitesse jusqu'à l'immense porte d'entrée, et, enfin, il apparaît sur le seuil.

— Nola ? Mais qu'est-ce que tu fais là ?

— J'ai pas de nouvelles de Mane ni de Sol. Elle devait aller le chercher chez Odin !

— Elle a dû avoir du mal à pénétrer dans le palais, même un dieu n'y entre pas si facilement. Mais elle le ramènera, Nola. Fais-lui confiance !

La confiance est au-delà de mes capacités. J'ai besoin de faire quelque chose pour Mane. C'est ma faute s'il se retrouve dans cette situation. *J'aurais dû avoir la force de l'emmener !*

Un bruit tonitruant se fait entendre depuis le ciel, et je vois les traits du visage de Kyle se déformer sous l'effet de la peur. La terre sous nos pieds se met brusquement à vibrer.

— Nola, rentre ! s'exclame soudain Kyle en me poussant derrière lui.

La vibration s'accélère, et on entend des sabots marteler le sol. *Les walkyries arrivent. Pour moi, sûrement...*

— Cours ! me hurle mon ami.

Mais il est trop tard. En une seconde, six chevaux immenses nous encerclent, enfonçant la terre sous leurs sabots dorés. Pour la première fois, je peux détailler ces guerrières redoutables : vêtues d'une armure, elles portent une grande épée sur le côté, et un arc est accroché dans leur dos, avec un carquois rempli de flèches d'or.

Kyle attrape un de mes poignets et m'attire contre lui.

— Vide tes poumons ! m'ordonne-t-il.

Je n'ai pas le temps de le faire qu'il est projeté en avant, les genoux à terre, les mains dans le dos comme s'il était menotté. Il se débat mais semble être entravé par de puissants liens invisibles. Il pousse un cri de rage.

— Nola ! Fuis !

Avant que je ne puisse esquisser le moindre mouvement, une vive douleur éclate dans mes côtes, et mes genoux s'écrasent dans l'herbe, comme Kyle avant moi.

Alors que je nous crois perdus, une nuée rouge apparaît dans le ciel, et Mane se matérialise devant moi. *Il a récupéré ses pouvoirs !*

Je suis toujours immobilisée par les walkyries, comme Kyle que j'entends rugir plus loin. Je ne vois qu'un carré de pelouse devant moi et lutte pour redresser la tête afin d'observer la scène qui se déroule à quelques pas de là. Mais plus je m'obstine, moins je parviens à respirer, alors j'arrête. Je me contente d'écouter.

— Mane, dieu de la lune, tu as enfreint les règles de ces royaumes. Tu dois laisser Odin accomplir sa tâche.

— Qu'il vienne ! Vous ne la toucherez pas ! rugit-il.

À la place de la réponse que j'attends, des éclairs fusent au milieu d'un brouhaha assourdissant.

J'entends Kyle qui hurle le prénom du Marchand de sable. Je sens les papillons de Mane voler partout, tranchant l'air, défendant leur maître de leurs ailes transformées en lames de rasoir.

Si je faisais tomber la nuit, ça aiderait peut-être Mane ! Je ferme les yeux, essayant d'oublier ce qu'il se passe autour de moi, mais brusquement, une détonation si violente que mes cheveux volent dans tous les sens retentit. *Quelqu'un d'autre qu'un dieu peut-il survivre à une telle puissance ?*

La bataille qui faisait rage cesse dans une dernière déflagration. Les papillons rouges de Mane interrompent leur ballet endiablé. J'arrive enfin à redresser la tête. Mane est là, à genoux, devant Odin portant un cache-œil. Une paume tendue vers Mane, il tourne doucement la tête vers moi.

— Tu connaissais la sentence, dieu de la lune… La nuit n'était pas encore tombée, c'est donc toi qui paieras pour vous deux…

Pour toute réponse, Mane serre les poings. Il semble lutter lui aussi contre des liens invisibles.

Je quitte très brièvement Odin du regard. Kyle n'a pas bougé. Il est toujours à genoux, les mains dans le dos.

Sa respiration rapide m'indique qu'il lutte encore. Autour de nous, les cavalières bloquent la moindre chance de fuite.

Je reste sur le qui-vive, figée d'effroi en voyant soudain du sang goutter du bout des doigts de Mane pour aller tacher l'herbe.

Odin tourne sa paume, un mouvement très léger, et Mane se crispe en grimaçant de douleur. J'entends d'ici son souffle se couper puis reprendre difficilement.

Soudain libéré de ses entraves, mon corps s'élance de lui-même. Mes genoux percutent une nouvelle fois la terre, près de mon dieu, cette fois. Je le prends dans mes bras alors qu'il s'écroule sur le côté.

— Mane… l'appelé-je dans une plainte désespérée.

Qu'est-ce qu'Odin lui a fait ? Un si petit geste peut-il avoir eu raison du dieu de la lune ? Non, c'est impossible ! Pourtant, Mane n'ouvre pas les yeux lorsque je caresse son front.

— Mane, réveille-toi. Je t'en prie.

Mais ma supplique reste vaine.

Je finis par l'enlacer et laisser mes larmes couler. Ma joue contre la sienne, mes cheveux tombant dans son cou, je voudrais prendre son mal, échanger ma place avec la sienne.

— Nola… murmure-t-il contre mon oreille, si bas que j'ai l'impression qu'il est dans ma tête. Va-t'en.

— Non, relève-toi. On va…

— Je ne suis déjà plus.

Quoi ?

— Va-t'en, maintenant.

Je me redresse d'un bond et, alors que le paysage se déchire autour de moi et que mes gestes sont ralentis par le temps qui subit une secousse anormale, on m'attrape avec force, m'arrachant à Mane, qui reste inerte et froid.

— Non ! Mane ! hurlé-je à en perdre la raison.

Mon hurlement ne résonne pas. Le temps reprend son cours, et tout disparaît.

♦♦♦

— Nola ?

Cette voix familière qui m'appelle me brise le cœur.

— Mon amour, je suis là…

Mane ? *Mes yeux s'ouvrent brusquement pour se perdre directement dans les siens. Il me faut une seconde pour comprendre que c'est lui qui est penché sur moi, et non l'inverse.*

Mes bras s'accrochent autour de son cou, et il me soulève du sol où j'étais apparemment allongée. Ses mains passent dans mon dos, et il me serre contre lui à m'en étouffer.

Je voudrais à la fois me fondre en lui et le repousser. Cette manière qu'il a de s'agripper à moi est comme un aveu d'échec, comme une dernière étreinte avant la mort.

— Ma déesse… murmure-t-il contre mon oreille.

— Que s'est-il passé, Mane ?

— Pas grand-chose… Je t'ai manqué ?

Il me ment, je le sais. Mais lorsque je sonde son visage, il semble si amoureux que je suis incapable de le lui faire remarquer. Comme si je savais que je devais préserver à tout prix chaque seconde d'un moment que je pressens comme le dernier.

J'ai l'impression de voir le Mane de mes souvenirs, ou plus exactement, de ceux de Nott. Même si sa peau est toujours tachée d'encre. Il m'observe en attendant que je lui réponde, et les mots sortent tout seuls d'entre mes lèvres.

— Oui. Je n'aime pas quand tu n'es pas là…

J'ai tout juste le temps de sentir son souffle sur mes lèvres qu'elles n'ont plus de place pour bouger, pressées contre les siennes. Sa langue ne cherche pas à se mêler à la mienne.

Pas de désir, ici, juste de l'amour, et un besoin obsessionnel de l'autre.

Mes doigts se perdent dans ses cheveux avant de redescendre pour que mes paumes entourent sa nuque.

— Toi aussi, tu m'as manqué, Nola Nott, me dit-il alors qu'une larme coule sur sa joue.

— Qu'est-ce qu'il va se passer, maintenant ? demandé-je.

Je vois un voile passer devant ses yeux, et il évite mon regard. Une de mes mains agrippe son menton pour l'obliger à me regarder.

Ses bras me quittent, mes pieds touchent à nouveau le sol. Un vent glacial vient percuter mon dos, et le soleil qui nous chauffait tendrement la peau disparaît derrière un épais nuage.

— N'aie pas peur… me chuchote Mane alors que ses mains glissent sur mes joues. Tu es la personne la plus forte que j'ai jamais connue. Tu le seras toujours.

Ses pouces caressent mes pommettes tandis qu'un autre coup de vent me glace le sang. Mane regarde le ciel en fronçant les sourcils. D'autres nuages arrivent et assombrissent tout autour de nous.

Il pose son front doucement contre le mien et plonge son regard dans mes yeux avec une intensité inédite. Mes mains agrippent son sweat, comme pour me cramponner à sa présence.

— Nola Nott, tu seras à jamais mon tout. Celle qui m'affronte. Ma lumière quand je tombe. Mon monde.

— Nous sommes dans le monde des Songes ? lui demandé-je confirmation pour mettre fin à des mots que je refuse de comprendre.

Pourquoi ai-je le sentiment qu'il ose cette déclaration avec la certitude qu'elle sera sa dernière ?

Il acquiesce d'un faible signe de tête.

Je tire sur son haut. Il m'embrasse, me serre contre lui, et d'autres larmes viennent s'immiscer entre nous.

— Tu seras encore là quand je vais revenir ? demandé-je à voix basse. Tu seras toujours là ?

— Je serai là, mon amour, répond-il alors que sa main appuie sur mon cœur.

Je secoue la tête, refusant de comprendre ce qu'il me dit. Je ne veux pas qu'il vive en moi. Je veux qu'il vive avec moi.

Je ferme les yeux.

— Où est mon corps ? demandé-je, la voix écorchée par tout ce qui m'assaille.

— Chez toi, à Midgard. Kvasir t'a déposée dans ton lit.

— On va se retrouver là-bas, assuré-je, une boule douloureuse dans la gorge. Tu m'attendras dans mon appartement quand je me réveillerai !

Il m'embrasse de nouveau, de manière impérieuse, et un goût salé s'infiltre dans ma bouche, celui de ses larmes.

— Non… me détrompe-t-il.

Sa voix n'est qu'un souffle.

— Si ! Je vais me réveiller, et tu seras là, Mane !

Un violent coup de tonnerre fait écho à ma voix, aussi violent que la douleur qui me transperce.

— Tu dois ouvrir les yeux, Nola, insiste Mane. Il faut que tu retournes à la réalité.

Je refuse. Je ne veux pas me réveiller sans lui ! *Mon cœur se débat. Il me fait mal, comme s'il sautait dans le vide, s'écrasait et recommençait chaque fois que je laisse la réalité s'infiltrer dans mon rêve.* Non ! Mane va bien ! Il va bien ! Il ne peut rien lui arriver !

— Déesse, réveille-toi !

— Non ! Non… Comment je vais faire sans toi ?

Il me sourit.

— La Lune peut s'arrêter de briller, la nuit reste…

Je contiens difficilement un sanglot qui menace de m'échapper.

Il touche ma main, et je sens le tissu de son haut me glisser entre les doigts, comme du sable qui s'effrite et que je ne peux retenir. Non !

Des ombres arrivent dans son dos et commencent à le recouvrir. Je hurle, et il me fixe d'un regard plein de tristesse. Il articule un « désolé » déchirant, et ses muscles se contractent, faisant danser ses tatouages. Je peux deviner la douleur qui le traverse.

Un nuage rouge explose brusquement autour de lui, puis ses papillons retombent sur le sol comme des feuilles mortes.

28

Nola

♦♦♦

Mon cœur bat si fort dans ma poitrine que mon souffle en pâtit. Mes mains tremblent. J'essuie mes paupières alourdies par de grosses larmes brûlantes et je parviens enfin à regarder autour de moi. Je suis dans mon appartement, à Paris.

Je repousse la couette sous laquelle je me trouve et je me lève. Je suis prise d'un vertige mais je lutte et avance sans but précis.

— Mane ! appelé-je avec une pointe d'espoir.

Ce n'était qu'un mauvais rêve. Ça n'a pas vraiment eu lieu !

Je cours jusqu'à la salle de bains en l'appelant encore. Personne.

— Nola !

Je sursaute et fais demi-tour rapidement. Kyle entre dans mon appartement depuis le morceau de toit qui me sert de balcon.

— Il est où ? m'affolé-je.

Kyle avance dans ma direction et tend une main vers moi.

— Nola, calme-toi…

Je le repousse et fronce les sourcils de colère. *Je ne veux pas de son réconfort, je veux des réponses !* Il recule de quelques pas, sous le choc, mais revient aussitôt à la charge.

— Où est-il ? lui hurlé-je au visage.

Il ne tient pas compte de mes bras qui le repoussent. Il me prend dans les siens et, d'une main derrière ma tête, dirige ma joue sur son épaule.

— Je suis désolé…

Sa voix tremble, et moi, je hurle. Mon souffle s'arrête. Si Mane n'est plus là, je ne respirerai plus jamais vraiment.

— Tu dois rester forte… chuchote Kyle.

À ses mots, je m'effondre.

♦ ♦ ♦

Les bras serrés fort autour de mes jambes, je n'arrive pas à arrêter de frissonner. Kyle revient s'installer à côté de moi sur le lit et passe la couettc autour de mes épaules. Il ne dit rien. Depuis mon réveil, il est très silencieux. Moi aussi. Je n'ai pas réussi à dormir. Ça n'a pourtant pas été faute d'essayer. Je voulais rejoindre le monde des Songes, m'assurer que Mane y était, tout en étant persuadée du contraire.

Les coudes sur les genoux, Kyle fixe l'écran de mon ordinateur sur lequel il a lancé une série que ni lui ni moi ne regardons. Ses mains tremblent un peu par moments, mais il ne dit rien de ce qu'il ressent. Je ne pourrais pas l'aider, de toute façon.

Il finit par se laisser tomber en arrière en m'attirant contre lui. Une larme coule sur ma joue quand j'atteins son épaule, et je ferme les yeux avec l'espoir cette fois encore d'aller retrouver mon dieu dans cet autre monde, notre monde. Mais il semble que ce soit réel : le Marchand de sable ne passera plus.

♦ ♦ ♦

Je sursaute et rouvre les yeux. *J'ai dormi sans rêver ?*

Je me redresse, et Kyle, qui semble aussi s'être assoupi, me lance un regard inquiet. *Qu'est-ce qui nous a réveillés ?*

Un grand bruit contre ma porte d'entrée nous indique ce qui nous a sortis du sommeil.

Kyle a à peine le temps de se lever que le battant vibre avec force et cède sous les coups de son assaillant. Un rayon de lumière plus tard, Sol déboule devant nous. Elle me fixe, puis lance un regard à Kyle. Une seconde passe, puis il fait non de la tête en baissant les yeux.

— Où il est ? demande-t-elle après un instant de concentration.

Sa voix tremble. Elle lutte de toutes ses forces. Les miennes m'ont abandonnée depuis longtemps, et les larmes coulent sur mes joues en silence.

— Odin n'a pas mis à exécution sa menace ? Il n'a pas vraiment fait ça ? Mane n'est pas au Niflheim ?

Kyle la regarde sans ouvrir la bouche. Sol semble comprendre, et elle nous tourne le dos avant de s'asseoir au pied du lit. J'essuie mes joues d'une main.

— Remonte le temps ! On doit pouvoir faire quelque chose... Si je n'avais pas été retenue au palais quand Mane est parti, peut-être qu'il aurait pu s'en sortir... Quelques heures à peine, tu pourrais le faire !

— Tu sais très bien que ça ne sert à rien, lui répond Kyle. C'est Odin qui a choisi. Il nous a laissés partir, Nott et moi. Sans ça, on serait morts nous aussi.

— Mane n'est pas mort, rétorque Sol. Le Niflheim, c'est pas la mort, rectifie-t-elle.

— Qu'est-ce que ça change ? La sentence d'Odin est sans appel !

Sol grimace avant de nous tourner le dos à nouveau, et je la vois s'essuyer le visage.

Ne comprenant pas de quoi Kyle parle en évoquant la sentence d'Odin, je demande doucement :

— Qu'est-ce qu'Odin lui a fait exactement ?

Kyle se redresse, mal à l'aise. *Je m'attends au pire. Mais peut-il exister pire que la mort ?*

— Il y a deux sentences qu'on peut infliger à un dieu. La première le bannit dans un monde choisi par Odin. Il peut alors décider d'un retour à Asgard, s'il estime que le dieu le mérite. Mais dans le second cas… dans le pire des cas, Odin sépare l'âme du corps du dieu et envoie l'âme au plus profond du monde des Morts… au Niflheim. C'est pire que de perdre la vie. Une souffrance éternelle pour une conscience en perdition…

Le silence revient, et avec lui, cet air résigné sur les visages de mes amis.

Je ne peux accepter que ça s'arrête comme ça, encore moins de rester à pleurer sans rien faire.

— Il est déjà sorti une fois du monde des Morts… dis-je à voix basse.

— En effet… Mais Hel l'avait laissé sortir. Cette fois, elle ne peut rien faire, enchaîne Sol.

— Alors j'irai le chercher ! envoyé-je.

— *Tu es folle !* pense Sol.

— Nola, on parle du Niflheim ! S'y rendre, c'est du suicide ! réplique Kyle.

Il a certainement raison, mais qu'est-ce qu'il me reste d'autre comme option, maintenant ? Vivre sans Mane est un enfer, de toute façon, alors pourquoi ne pas tenter ma chance ?

Je me lève et attrape mon manteau.

— Tu vas où ? demande aussitôt Sol.

— Je vais le chercher.

— Nola, on vient de te dire que…

— Et je vous ai entendus ! Seulement, si vous arrivez à vous résoudre à sa disparition, de mon côté, c'est impossible. Et que vous veniez ou non ne change rien à ma décision.

J'enfile mon manteau et quitte mon appartement pour aller appeler l'ascenseur. La cabine finit par arriver et se présente à moi. J'entre et, l'instant suivant, je quitte le hall de mon immeuble.

C'est probablement la dernière fois que je marche sur ce trottoir. Je m'arrête et regarde autour de moi. Mane n'est plus là, mais la vie continue.

Et maintenant, je vais où ? Comment atteint-on le monde des Morts ?

— Tu sais comment y aller ? lance soudain la voix de Kyle.

Il se place à côté de moi avec un petit sourire.

— Non… mais je trouverai bien !

— Moi, je sais où c'est, envoie Sol qui arrive dans mon dos.

J'échange un regard avec eux.

— Si je comprends bien, vous êtes aussi cinglés que moi !

Les deux acquiescent d'un même mouvement. Kyle passe son bras autour de mes épaules.

— Prête ? me demande-t-il.

— Bien sûr ! Mane le mérite, réponds-je.

— Il le mérite… souffle Sol.

La seconde suivante, Kyle lève une main vers la rue, et je vois chaque chose en mouvement ralentir pour finir par s'arrêter.

— On peut y aller ! annonce-t-il.

Sol part la première, puis Kyle m'emmène.

On va le retrouver. On est une famille, après tout !

29

Nola

♦♦♦

Merde… C'est dingue !

Nous venons d'atterrir dans un endroit à la fois magnifique et terrifiant. J'en ouvre la bouche de surprise. On se trouve sous terre, c'est certain, mais c'est si grand qu'en face de nous, de l'autre côté d'un pont pas rassurant du tout, se dresse un château d'un blanc immaculé. *Est-ce qu'il est fait de glace ?*

— C'est là qu'on doit aller ? interrogé-je en tournant la tête vers Sol à mes côtés qui contemple l'édifice avec dégoût.

— Ouais. Enfin, je ne sais pas si on va aller bien loin…

Pourquoi dit-elle ça ? Le chemin me semble simple, pourtant : on franchit le pont et on pousse les portes de ce château.

— Bordel… articule Kyle en reculant d'un pas, comme effrayé.

Est-ce le château qui les met dans un état pareil ? Je dois encore ignorer quelque chose d'important. Comme toujours.

— Ce clebs ne nous laissera jamais passer, ajoute-t-il.

— C'est Garm*, le chien de garde de Hel, explique Sol.

— Hein ? Mais de quoi vous parlez ?

Je ne comprends rien ! *Un chien ? Mais il n'y a aucun chien ici !*

— Tu ne vois pas le chien sur le pont ? me demande Kyle.

— UN ÉNORME CHIEN, CONTRE LEQUEL NOS POUVOIRS N'ONT AUCUN EFFET, QU'ON ENTEND GROGNER DEPUIS ICI ET DONT J'IMAGINE DÉJÀ L'ODEUR, VU SON APPARENCE ! précise Sol dans ma tête.

— Non... Pour moi, le pont est vide...

— Ça doit vouloir dire que tu peux passer... mais pas nous, me dit-elle en me lançant un regard effrayé. Hel doit t'attendre. Elle sait toujours tout. Elle a dû nous voir arriver... Nola, on peut encore rebrousser chemin...

J'inspire un grand coup et me redresse. *Tu peux le faire ! Pour Mane !*

Je regarde mes amis et leur fais un sourire.

— Merci... de m'avoir aidée, dis-je. J'espè...

Sol m'envoie un coup d'épaule, m'empêchant de dire que j'espère revenir.

— FAIS-NOUS DES ADIEUX ET JE TE RASE LA TÊTE ! me menace-t-elle.

Je ris nerveusement. Elle a raison. Je vais revenir avec Mane !

— Ouais, pardon. N'importe quoi ! Bon, à tout de suite. Avec Mane.

— Oui, on vous attend tous les deux, dit Kyle. Ne traînez pas, sinon Sol va être insupportable.

Je fais un premier pas sur ce pont suspendu au-dessus d'un trou sans fond, puis j'avance sans me retourner pour éviter de voir les mines effrayées de mes amis.

J'ai suffisamment peur de ce qui m'attend et de ne pas retrouver Mane pour lire en plus l'angoisse dans leurs yeux.

Lorsque j'arrive de l'autre côté du pont sans avoir croisé aucun chien, je dois contourner une fontaine, vide, avant de me retrouver au pied de deux immenses portes. Peut-être étaient-elles en bois jadis. Aujourd'hui, je parierais sur de la glace.

J'hésite à frapper, de peur qu'elles ne s'écroulent sur moi. Mourir comme ça dans le royaume des Morts serait le truc le plus con que j'ai fait après claquer ma porte en laissant les clés à l'intérieur. *Au moins, le premier était gratuit !*

Je reste donc plantée là en attendant de trouver le courage de faire quoi que ce soit.

— Si tu ne pousses pas les portes de Helheim, elles ne s'ouvriront jamais…

Je sursaute si fort que je manque de glisser sur le sol gelé. Une femme d'une rare beauté est penchée au-dessus de mon épaule.

— Entre donc… Je t'attendais avec impatience ! ajoute-t-elle.

Une mini tempête de neige fait rage juste à côté de moi, et celle que je devine être Hel, la déesse qui règne ici, disparaît.

Je reprends une grande bouffée d'air puis je pousse, une main sur chaque paroi glaciale. Les immenses battants s'ouvrent dans un enchaînement de craquements peu rassurants.

Le décor qui m'accueille froidement est surprenant. Tout tombe en ruine… Il y a, au centre de cette immense entrée, une table assez longue pour réunir deux familles nombreuses. Mais il n'y a qu'une seule personne assise au bout.

La déesse des morts me regarde avec un sourire, la tête légèrement penchée sur le côté. Je ne la distingue pas bien.

— Entre, je t'en prie, envoie mon hôte.

Mane m'a parlé d'elle. Je dois me méfier et rester lucide.

Je mets mon corps en route pour rejoindre la table. Cette dernière semble sur le point de s'effondrer sur elle-même, alors je ne prends pas le risque de la toucher ou de m'asseoir sur une des chaises installées autour.

— Avant toute chose, aurais-tu faim ? J'ai préparé de délicieuses pâtisseries, mais personne ne souhaite y goûter !

Il fait si froid que je suis parcourue de tremblements légers contre lesquels je n'arrive pas à lutter.

Sur le plateau de la table, une multitude de gâteaux qui semblent appétissants me tend les bras, mais je ne suis pas là pour ça. Et la seconde moitié du visage de Hel que je viens de découvrir suffit à me couper l'appétit.

Maintenant que je suis plus proche d'elle, je la vois parfaitement et je tente de ne pas laisser paraître mon dégoût. Une partie de sa tête est intacte, magnifique même, mais l'autre me retourne l'estomac car elle est décomposée. Sa joue est trouée, son œil semble pouvoir sortir de son orbite d'une seconde à l'autre. Je croise justement son regard et me détourne en vitesse, de peur de la gêner.

— Rien ne te tente ? demande-t-elle.

— Non, merci… Je suis ici pour Mane, dis-je. Il a été envoyé chez vous par Odin…

— Je sais.

Le silence revient sans qu'elle explique quoi que ce soit.

J'avance de quelques pas et m'immobilise de peur en découvrant un nouvel élément du château. Le faible éclairage m'avait jusque-là dissimulé la horde de zombies postée derrière la propriétaire des lieux. Se tenant difficilement debout ou tournant sur eux-mêmes, ils semblent ne pas pouvoir l'approcher, ce qui m'arrange, car elle fait barrière entre eux et moi.

— N'aie crainte, ce sont d'adorables serviteurs. Mais malheureusement, pas de délicats palais ! Ils se mangent entre eux quand ils ont faim. Ce qui n'est pas bien grave puisqu'il en arrive tous les jours. Si tu savais le nombre de personnes qui finissent chez moi… Je me demande comment ils font pour être toujours plus mauvais. J'ai d'ailleurs plus souvent des hommes que des elfes noirs ou des géants…

— Les Enfers ont un franc succès à Midgard, croyez-moi…

Elle applaudit en riant.

— Tu m'en vois ravie ! Cette magnifique bâtisse peut être d'un ennui mortel si on s'y trouve seule. Je me réjouis de ta présence ici. Toi et moi avons toujours eu beaucoup de points communs…

— Vraiment ? Je n'en vois pas, pourtant, répliqué-je aussitôt.

Elle m'adresse un sourire victorieux.

— Mane, pour commencer… Et Odin…

Cherche-t-elle à me rendre jalouse ? À me faire croire qu'il s'est passé des choses entre eux ? Mane m'a affirmé le contraire, et je le crois. Ou tente-t-elle plutôt de me faire passer un message sur Odin ?

— Tu te souviens de celui que tu aimais plus que toi-même mais pas de celui à qui tu as voué une haine sans limite…

Je secoue la tête et lance un regard surpris vers Hel.

— Vous aimez Mane ?

— Si je suis capable de ressentir de l'amour, alors certainement. Mais à mon plus grand désespoir, Mane n'a jamais voulu de moi... Tu es la seule qu'il voit et qu'il verra toujours. Vous êtes faits pour être ensemble. Seul un idiot ne le verrait pas. Mais j'ai d'autres priorités... Je rêve de voir Odin pousser lui-même les portes de Helheim pour ne plus le laisser ressortir. Je me demande si mes serviteurs mangeraient le roi des dieux... songe-t-elle tout haut.

Elle pique dans un morceau de cake avec un ongle et le porte à sa bouche. Elle tourne la tête pour mâcher, en cachant de sa main sa joue ouverte, consciente qu'une partie de la nourriture ressort par ici.

— C'est un véritable handicap... finit-elle par préciser.

Je pince les lèvres. C'est dingue d'être à la tête d'une armée de zombies cannibales et d'être gênée pour une joue en décomposition...

— Les Nornes prétendent pourtant que si Mane et moi restons ensemble, nous causerons la fin des mondes.

— Et pourquoi cela irait-il à l'encontre du fait que vous soyez destinés à être ensemble ? Mais quoi qu'il en soit, c'est faux. La véritable prophétie des Nornes n'était pas ce que tu as vu. Vous causerez bien la fin de quelque chose, mais pas des dix mondes...

Je hausse les sourcils de surprise. Elle connaît l'existence du dixième monde et de la prophétie des Nornes ? Elle prétend même que je n'ai pas vu la véritable prophétie ?

— Je vois tout d'ici... Il me suffit de lever la tête, ajoute-t-elle face à mon air étonné.

— De quoi va-t-on causer la fin, alors ?

Elle hausse les épaules mais ne me répond pas.

Je n'insiste pas et reprends discrètement mon souffle. Le contrôler me demande un effort. Entre le froid et ma peur, mon corps vit une épreuve.

— Mane est dans le coin ?

— Dans le coin, oui… C'est exactement cela ! ricane-t-elle en adressant un signe de tête derrière moi.

Je fais demi-tour et découvre avec horreur que Mane est assis là, contre le mur. Il ne me faut qu'une seconde pour le rejoindre.

— Mane ? l'appelé-je en sentant une vague d'espoir déferler en moi.

Le retrouver peut-il être aussi simple ?

Je pose une main sur son avant-bras avant de me rétracter. Il est complètement froid et dur. Comme s'il était… *Non, je refuse !*

Je me tourne vers Hel. Elle n'a pas bougé et mâche autre chose avec toujours autant de pudeur. Elle ne me regarde que lorsqu'elle a terminé. Ses longs cils papillonnent.

— Tu devrais me remercier d'avoir gardé son corps… À toi de trouver son âme, maintenant… Puis tu feras un peu de couture. Je ne peux pas le faire à ta place.

— Son âme ? Comment dois-je faire ?

Elle me fixe sans répondre.

Je me tourne à nouveau vers Mane. Il ne me sera d'aucune aide pour comprendre ce qu'elle veut dire. Ce n'est qu'une enveloppe vide.

J'avale la boule qui se forme dans ma gorge et je me redresse avant de faire face à la déesse des morts.

— Quoi que tu veuilles en ce lieu, tu devras affronter tes démons… précise-t-elle.

— Quoi ?

— Passe les épreuves, et le dieu de la lune sera à nouveau…

La seconde suivante, elle disparaît, ne laissant plus que la table pleine de nourriture entre moi et la horde de zombies visiblement affamés. Et aucune pâtisserie ne semble leur faire envie. Ils se dirigent droit sur moi.

30

Nola

♦♦♦

Les êtres en décomposition m'atteignent avant que je ne puisse esquisser le moindre geste. L'un d'eux se jette sur moi, me forçant à me débattre pour me débarrasser de lui. Un craquement retentit lorsque je le repousse d'un coup de coude en plein buste. Au lieu de rencontrer une surface résistante, je m'enfonce dans sa cage thoracique avec dégoût. Il recule néanmoins sous la force de mon coup. Ses congénères poussent des cris déformés qui me hérissent.

Je reprends mon souffle sans bouger, prête à faire face à un nouvel assaut, mais mes assaillants tanguent sur place en faisant craquer leurs os. Ce n'est que lorsque mon regard se porte sur le corps inerte de Mane, que je distingue en noir et blanc, que je comprends que ma nuit est tombée sur les lieux. *Ok... Donc si les zombies ne me voient pas, ils ne m'attaquent pas.*

Me sachant relativement en sécurité, je prends le temps de détailler ce qui m'entoure à la recherche d'un indice sur ce qu'il me revient de faire. La déesse qui règne sur les lieux a parlé d'épreuves… Voulait-elle parler d'un combat contre ces créatures ? Non… Ça paraît trop simple. Dois-je m'attendre à pire ? Que va-t-il me tomber dessus d'une seconde à l'autre ?

Quelque chose attire mon regard au fond de la pièce. Alors que j'étais certaine qu'il n'y avait là qu'un mur plein, résistant difficilement à son propre poids, j'aperçois maintenant un escalier qui descend, coincé entre deux murs. Ce qui me perturbe, c'est qu'il est en couleur, lui, comme si ma nuit le révélait plutôt que de le cacher.

Je contourne la grande table où le festin de Hel est toujours étalé tout en prenant garde d'éviter les morts qui semblent attendre le moindre signe de ma part pour se jeter sur moi. J'évite un bras tendu sur la gauche, puis un corps sur la droite et, enfin, j'arrive non loin de l'entrée du passage. *Il ne me reste que quelques mètres !*

Sentant un souffle malodorant près de moi, je me précipite vers les marches mais, dans ma course, je percute un zombie. Aussitôt, ses doigts osseux s'agrippent à mes cheveux, et il émet un hurlement terrifiant, attirant ses congénères.

Je me débats, tentant vainement de m'arracher à sa prise. Je tire de toutes mes forces, voyant les autres rappliquer à une vitesse affolante. Je finis par exercer une telle pression que j'arrache la main qui me tient et je me mets à courir sans regarder en arrière.

Je dévale les escaliers, manque une marche et tente d'éviter la chute en me rattrapant contre le mur pendant que le brouhaha des hurlements sauvages dans mon dos augmente. Cependant, c'est peine perdue : je dérape et me cogne les fesses au pied de l'escalier. Je me redresse aussi vite que mon corps me le permet et je cours sans savoir où je vais.

Je longe un couloir qui se termine par une unique porte. Je suis rapidement à portée de mains, dont la chair s'effrite à vue d'œil. Plusieurs d'entre elles me griffent en tentant de m'attraper.

J'enfonce la porte face à moi et la referme immédiatement en me plaquant contre le battant et en priant de ne pas m'être jetée dans la gueule du loup.

Mon cœur manque un battement lorsqu'une série d'applaudissements retentit plus loin. Hel est là, plantée au milieu d'une grande pièce, le sourire aux lèvres.

— Mes félicitations... Tu as trouvé le Niflheim plus vite que je ne le pensais ! Tes épreuves vont pouvoir commencer ! Prouve-moi que tu en vaux la peine, déesse, et je saurai te récompenser. Si tu échoues, tu seras bienvenue dans ma demeure pour l'éternité. Tu es aussi à mon goût que pouvait l'être Mane !

Elle disparaît à nouveau, me laissant seule dans cet endroit indescriptible. Mon corps me hurle que je n'ai rien à faire là. Y rester trop longtemps corromprait mon âme. Mais je n'ai pas le temps de m'y attarder, car un brouillard sombre apparaît au centre de la pièce et semble aspirer toute la lumière présente.

Il se résorbe, et je recule aussitôt, sans quitter des yeux la personne qui vient d'apparaître. Les cheveux détachés qui descendent en cascade autour de son visage et les yeux lourdement maquillés, c'est mon parfait sosie qui me fait face. Une chose nous distingue cependant : elle dégage une confiance en soi et un charisme qui me font défaut. Voici donc la fameuse Nott, celle qui a quitté Mane...

Elle me fixe sans ciller alors que je fais quelques pas en arrière. Elle lève les bras, et, sans que j'aie le temps de comprendre, une onde de choc m'envoie percuter le mur derrière moi. Je réagis par réflexe en formant autour de moi la même bulle qui nous a protégés, Mane et moi, chez les elfes.

Nott s'acharne sur moi sans relâche jusqu'à ce que ma bulle explose.

Je me relève en poussant un cri de rage. Pourquoi s'en prend-elle à moi ? Et comment peut-elle être là si nous ne sommes qu'une seule et même personne, elle et moi ?

Un voile de nuit s'enroule autour de moi et m'étreint avec tant de force que mon souffle se réduit rapidement. Proche de défaillir, et sans comprendre ce que je fais, j'envoie sur Nott toute l'énergie qu'il me reste. C'est comme si un éclair d'obscurité la frappait en pleine poitrine. Elle vole à travers la pièce en même temps que les liens qui m'empêchent de respirer disparaissent.

Quand son dos percute le sol, une douleur vive se répand le long de ma colonne.

Le combat me semble durer une éternité. Nos forces paraissent égales. Nous pourrions nous affronter pendant des jours. Une chose m'intrigue cependant : chaque fois que je la touche, sa douleur semble être la mienne.

Je me relève encore une fois, les jambes tremblantes. Nott commence à lever les bras, préparant une autre attaque. Je la prends de court en attaquant la première, et elle percute le mur. Lorsqu'elle se redresse, le front en sang, quelque chose coule sur mon front. Un liquide rouge et chaud se répand dans ma paume lorsque je la porte à mon arcade.

— Ça ne sert à rien… Je… je me bats contre moi-même ! m'exclamé-je.

Nott se redresse et me fixe à nouveau sans bouger. Mes plaies sont les siennes, et inversement.

— J'arrête ! crié-je vers le plafond. Hel ! Je ne peux pas battre Nott, parce que je suis Nott ! Si je la tue, c'est moi qui disparaîtrai. Nous ne sommes qu'une !

Je ferme la bouche, et le silence revient sans qu'il ne se passe rien.

Un craquement se fait entendre, et Nott disparaît pour laisser place à Hel.

— Je suis si fière de toi... Tu as réussi la première épreuve ! me lance-t-elle.

Une vive brûlure parcourt mon bras gauche, et je vois avec horreur des taches apparaître sur ma peau, formant très vite des tatouages semblables à ceux que Mane porte sur tout son corps.

— Qu'est-ce que c'est ? m'exclamé-je.

— Chaque démon affronté, chaque épreuve laisse une marque...

Ma peau continue de me brûler, au point que je n'ose pas la toucher. Les dessins bougent nerveusement. C'est douloureux, pourtant, seule une petite partie de mon avant-bras est tachée. Alors, que subit le dieu de la lune, de son côté ?

— Je t'avais promis une récompense, la voici ! prononce Hel, attirant à nouveau mon attention dans sa direction.

La déesse claque des doigts, et un nouveau panorama s'affiche autour de moi.

Je ne sais pas où je me trouve mais je reconnais les trois femmes qui brodent des voiles, assises sur le rebord d'une fontaine. Les Nornes ne semblent pas me voir. Il me faut quelques secondes pour me rendre compte que la plus vieille est moins ridée, que la seconde est plus juvénile et que la petite s'émerveille devant un papillon qui lui passe devant.

— Est-ce tout ce que vous avez à me proposer aujourd'hui ? demande une voix sèche.

Odin ! Les trois femmes ne semblent pas surprises de le voir.

Il attrape un fruit sur le plateau posé entre elles, l'engloutit et le mâche négligemment en prenant place à côté de la plus vieille.

— Nous avons d'autres sortes de fruits, répond-elle sans s'arrêter de broder.

Il se met à rire.

— Je ne parle pas de fruit, vieille femme, et tu le sais. Que peux-tu me dire de l'avenir ?

— Vouloir tout savoir finira par te perdre, rétorque-t-elle.

— Est-ce une prédiction ?

Les Nornes échangent un regard, puis la petite quitte sa place et vient donner à Odin le voile qu'elle brodait.

— Qu'est-ce donc, jeune enfant ?

— Ton avenir, roi des dieux, répond-elle avec un petit sourire en coin.

Odin saisit le tissu et se lève. Je le suis sans le vouloir. Je me retrouve juste derrière lui alors qu'il dépose le voile sur un petit miroir. Aussitôt, des images y apparaissent.

— Sois attentive, déesse Nott, me souffle la voix de Hel.

Mane apparaît, un genou à terre aux pieds de Nott qui prononce un « oui » avec les larmes aux yeux. Dans son dos, un homme est debout, le regard noir. Il observe la scène qui change subitement : le miroir affiche désormais la chute d'Odin face à une armée de morts menée par le dieu de la lune et moi-même.

La prédiction prend fin.

— Donne-moi plus d'explications, petite Norne, ordonne Odin.

Celle-ci l'observe avec fougue.

— La déesse de la nuit a dit oui au dieu de la lune... mais c'était au dieu du crépuscule que le destin la réservait.

— Et en quoi ceci me concerne-t-il ?

— L'union de Nott et Mane finira par causer ta perte, roi des dieux. Ce dieu et cette déesse ensemble sont plus forts que toi... explique la seconde.

Odin attrape le voile et le déchire sous les yeux des Nornes.

— Je ferai donc tout pour les séparer... articule-t-il juste avant que la vision ne s'estompe.

La pièce où je me suis affrontée réapparaît. Hel est adossée contre un mur, plus loin.

— As-tu compris, Nott ? me demande-t-elle.

— Odin a caché cette prophétie, et pour se protéger... il nous a séparés volontairement, Mane et moi, réponds-je, la rage aux lèvres.

— Mais ce n'est pas tout ! s'exclame-t-elle.

Elle frappe trois fois dans ses mains, et je suis de nouveau emportée dans un aperçu du passé.

Je reconnais immédiatement l'endroit. Il s'agit du palais d'Odin, et son propriétaire est installé sur son trône. Ses doigts jouent nerveusement avec un morceau de voile. Il semble pensif.

Soudain, un son dans mon dos attire son attention. Une ombre me frôle l'épaule, puis un jeune homme qui me tourne le dos approche du roi des dieux.

— Roi Odin, salue-t-il.

— Delling, j'ai à te parler de Nott ! enchaîne celui-ci sans prendre le temps de lui retourner la politesse.

— Nott ? Que se passe-t-il ? questionne le jeune homme, la tête penchée sur le côté.

— Elle vient d'accepter d'épouser le dieu de la lune.

Je vois les épaules de celui qui me tourne le dos s'affaisser.

— Je le sais…

— Cela n'aurait jamais dû se produire. Elle t'était destinée ! C'est ce qu'ont prédit les Nornes. Mais elle a pour je ne sais quelle raison décidé de s'unir à Mane…

Il fait une pause et semble sonder l'esprit du dieu devant lui.

— Meilleur ami… Voilà la place qu'elle t'a offerte dans son cœur… articule Odin.

— Elle ne m'a jamais regardé avec l'intensité qu'elle lui accorde. Malgré mes efforts, elle lui a donné son cœur plutôt qu'à moi.

Odin secoue la tête en signe de dénégation.

— Tu finiras avec Nott. Je ferai ce qu'il faut pour m'en assurer. Pour ça, tu dois simplement lui montrer ce qu'il adviendra des mondes si elle ne se sépare pas de Mane.

— C'est-à-dire ?

— Leur union causera la fin de tout, il faut les arrêter. Alors, conduis la déesse de la nuit chez les Nornes, sur Midgard, qu'elle voie elle aussi cet avenir terrible.

Je vois Delling respirer longuement avant de répondre.

— Et ensuite ?

— Nott sera à toi.

Le jeune homme hoche la tête.

— Nott sera à moi…

Ma vue se brouille, et après un battement de cils, je distingue les contours d'un endroit familier : la boutique des Nornes. Je n'entends que des fragments de la conversation qu'elles ont avec le roi des dieux.

— J'accepte, prononce la plus vieille. Pour l'équilibre des mondes…

Odin acquiesce et tourne la tête vers celle de mon âge.

— Et toi ? demande-t-il.

Elle le fixe et finit par sourire, le regard déterminé.

— J'accepte, grand roi Odin... si tu tiens promesse en retour !

— Tu auras ce que tu demandes. Je sais que tu es capable de contrôler le pouvoir... répond-il avant de se tourner vers la petite fille qui le fixe effrontément.

— Je refuse, dit-elle simplement.

— Tu n'as plus le choix, mon enfant, tes sœurs sont déjà d'accord.

— Mentir sur une prophétie est trop dangereux, ajoute-t-elle.

— C'est pour protéger les neuf mondes que nous le ferons, explique la plus vieille.

La petite fille fait non de la tête alors qu'une larme coule sur sa joue.

— C'est mal de faire ça à la déesse de la nuit !

Odin et les Nornes les plus âgées se mettent alors à l'ignorer, comme on fait lorsqu'un enfant se mêle des affaires d'adultes. Elle boue sur place sans parvenir à retenir ses larmes. Odin lui tourne le dos. De sa poche dépasse un voile déchiré. Elle regarde autour d'elle, puis, discrètement, elle le saisit et s'en va avec.

Je reconnais le morceau qu'elle m'a donné lorsque nous sommes venus leur demander des explications avec Mane. *Elle savait tout depuis le départ...* Ce vieux fou d'Odin a eu peur de nous, et il a manipulé tout le monde pour s'assurer que nous ne viendrions jamais accomplir la prophétie.

Mon esprit revient au présent. Hel penche son côté de visage décomposé vers moi.

— Et c'est ici que c'est le plus intéressant... souffle-t-elle en levant un bras pour faire apparaître une autre scène avant de disparaître à nouveau.

— Qui essaie de forcer les portes du Valhalla ? interroge Odin.

Une détonation le fait reculer brusquement, et je vois Mane, la peau dénuée d'encre, s'avancer rapidement vers Odin. Son attitude renvoie tout ce que l'on peut trouver de plus mauvais en lui. La rage et la colère semblent se battre pour prendre le dessus.

— Mane ? Que se passe-t-il ? demande-t-il aussitôt.

— Où est-elle ? s'exclame mon dieu.

Il est fou de rage, de peine et de douleur. *J'ai en face de moi un homme détruit mais qui tient toujours debout...*

— De qui parles-tu ?

Odin est si fourbe que j'en serre les poings de rage.

— Nott a disparu après m'avoir repoussé. Tu es censé savoir où se trouve chacun de tes sujets, alors dis-moi où elle se cache !

Odin fronce les sourcils et fait signe à Mane de pénétrer dans la salle du trône. Les mains de Mane tremblent à peine, mais suffisamment pour que je le remarque. Il contient une douleur qui le consumerait s'il ne se contrôlait pas. Il me manque, et le voir si mal me déchire le cœur.

— Nott est descendue en suivant les racines de l'Yggdrasil, annonce Odin.

— Quoi ? C'est impossible ! rétorque-t-il aussitôt.

— Toi seul peux la ramener sur le bon chemin... Va, et trouve-la !

Mane fronce les sourcils et tourne les talons.

Hel se matérialise à nouveau tout près de moi.

— Quelque temps plus tard, Mane poussait les portes de mon royaume et se rendait compte que tu n'avais jamais mis les pieds ici... chuchote-t-elle comme si nous étions au cinéma.

Les images défilent autour de nous : Mane fou de rage, incapable de ressortir, tentant même de traverser un mur décrépi. Aussi pourri soit ce château, personne ne semble pouvoir en sortir sans l'accord de Hel.

Mes pensées reviennent vite sur ce que je viens d'apprendre, et une question quitte mes lèvres en direction de la maîtresse des lieux.

— Pourquoi Mane ne semble-t-il pas savoir ce qu'Odin lui a fait ? Il ne m'en a jamais parlé...

— Regarde...

Meili apparaît au beau milieu du froid du Helheim, touche Mane au visage et disparaît aussitôt.

— Tout ce qu'il restait à Mane après cela était de la colère contre toi. Il a oublié sa peine pour ne retenir qu'une chose : tu lui avais tourné le dos, et il était enfermé ici... Odin s'est joué de vous avec brio !

Elle disparaît ensuite, me laissant seule voir Mane hurler et tout casser, plusieurs fois. Les mêmes scènes se répètent, me permettant d'entrevoir le cauchemar qu'il a vécu pendant toutes ces années.

Le souvenir s'arrête, et la reine des morts retrouve sa place devant moi.

— Passons à la deuxième épreuve... souffle-t-elle avant de se volatiliser.

31

Nola

♦♦♦

Le sol se dérobe sous mon poids, et je tombe dans le vide en hurlant pendant de longues secondes. La sensation que mon cœur va quitter ma poitrine me coupe le souffle. Je m'attends à encaisser un choc brutal avec le sol, mais je me retrouve brusquement debout sur la terre ferme, devant un immeuble que je connais bien.

Je suis chez ma mère. Celle de Nola. Il y a du vent, je vois les feuilles des arbres du jardin bouger mais je ne ressens rien. Le soleil brille aussi mais ne chauffe pas ma peau. C'est comme être là sans vraiment l'être.

Hel chuchote près de mon oreille sans apparaître.

— Dis au revoir à ton humanité, déesse Nott, à ces souvenirs qui ne sont pas vraiment les tiens. Cette humaine que tu prends pour ta mère, tu dois la laisser t'oublier. Annonce-lui ton départ et tu disparaîtras de son esprit à jamais…

Non, je ne peux pas faire ça !

J'ai le ventre noué. *Que dois-je faire ?*

Je reprends mon souffle. La seule idée que ma mère ne me reconnaisse plus me fait monter les larmes aux yeux.

Quelque chose apparaît dans ma paume. Mon trousseau de clés. Celui où se trouvent celles de l'appartement de ma mère.

Je pense à Mane qui a besoin de moi et je ferme les yeux, faisant rouler quelques larmes sur mes joues. Je les essuie et avance pour entrer dans le petit immeuble.

C'est toute mon enfance qui me revient en plein visage.

Je retire mes chaussures, les laisse sur ce tapis que j'ai presque toujours connu et je me redresse pour regarder vers la cuisine.

— Ma chérie, c'est toi ? appelle une voix familière.

Mon cœur se noue. Je pensais y arriver, comme on tourne une page pour passer à la suivante, mais maintenant que la voix de ma mère résonne, j'ai peur de craquer et d'abandonner Mane à son sort.

Elle va me manquer, je ne l'oublierai jamais...

Parviendrai-je à me pardonner d'avoir fait ce choix ?

Parviendrai-je à pardonner à Mane de l'avoir fait pour lui ?

Elle est mon passé, et lui mon avenir...

Ou est-ce lui qui est mon passé, et elle mon présent ?

— Ah ! Tu es là ? Eh bien, dix minutes d'avance... Qu'est-ce qui t'arrive ? me questionne ma mère en sortant de la cuisine.

Je lui fais un sourire crispé. La simple vue de son visage m'a toujours rassurée, et c'est encore ce qu'il se produit à cet instant.

— Dix minutes, vraiment ? m'étonné-je.

— J'ai cuisiné ton plat préféré, ma fille. Un hachis Parmentier !

— Mmh... Maman, tu es la meilleure.

Elle vient prendre ma veste, comme elle fait souvent quand elle se transforme en tornade et range tout sur son passage, puis tourne les talons pour retourner derrière ses fourneaux. Je la suis en serrant les dents.

Je ne sens absolument rien. Comme le vent dehors tout à l'heure, l'odeur du plat qui finit de cuire ne m'atteint pas.

— Tu mets la table ? dit-elle en sortant le plat du four.

J'ouvre le placard pour saisir les assiettes. *Oups, ce n'est pas le bon !*

— Tu as changé les assiettes de place ?

— Ah oui, elles sont en bas. J'ai des soucis aux poignets, le canal carpien... Bref, je vieillis et j'avais du mal à les prendre en haut ! Et ne te moque pas de ta vieille mère, Nola !

Je tente de lui sourire mais dois retenir un sanglot dans ma gorge, alors je me détourne. *Assiettes, verres, couverts...*

— Alors, cette nouvelle que tu devais m'annoncer ? me questionne ma mère.

Je dépose les verres devant nos assiettes.

C'est comme si Hel avait tout prévu pour que je ne puisse pas reculer. Je me torture l'esprit pour trouver quoi dire à ma mère.

— C'est une bonne nouvelle, en tout cas !

Bravo, Nola ! Tu mens à ta mère ! C'est ce qui s'appelle reculer pour mieux sauter.

— Ah ! Tu me rassures, alors ! Tu es enceinte ? Non, pas déjà ! Je suis trop jeune pour être grand-mère...

Elle voit soudain mes yeux emplis de larmes et s'arrête.

— Mais si c'était ça, je serais bien sûr ravie pour toi. Tu sais, je ne veux que ton bonheur.

— Non, non, je ne suis pas enceinte, maman... Même si j'ai rencontré quelqu'un de bien...

— Oh ! Vraiment ? Tu vas me le présenter ?

— Oui... Il viendra avec moi la prochaine fois...

Non, ça n'arrivera jamais.

— Alors, que t'arrive-t-il ? Crache le morceau, bon sang ! s'emporte-t-elle en servant des assiettes fumantes.

— J'ai reçu une bourse... commencé-je. Je vais pouvoir aller faire mes études aux États-Unis.

J'attends sa réaction. Elle s'immobilise puis me sourit.

— Vraiment ? Mais c'est génial ! s'exclame-t-elle.

Elle me prend dans ses bras puis m'oblige à m'asseoir et à manger. La nourriture n'a aucun goût.

— Je vais devoir partir, maman. Loin... On ne se verra pas avant je ne sais combien de temps...

Elle relève le nez et me sourit sans rien répondre.

Pourquoi ne se passe-t-il rien ? Peut-être n'est-ce pas suffisant au goût de Hel ? Peut-être attend-elle de vrais adieux ? Je ne pourrai jamais faire une chose pareille.

♦♦♦

— Je reviens dans deux minutes, je vais aux toilettes... dis-je après avoir débarrassé la table.

— Ok, tu prendras un thé ? me demande ma mère.

— Un thé ? Quoi ? Non, j'ai toujours détesté ça !

— Ah ! Mince, ok.

Je quitte la cuisine avec les larmes aux yeux et m'enferme dans les cabinets où ma mère a affiché des cartes postales de chatons dans diverses positions. C'est moche, mais j'ai grandi avec, et ils vont me manquer.

Lorsque je ressors, ma mère est plantée dans l'entrée et me regarde bizarrement.

— Vous êtes certaine de ne pas vouloir de thé ?

Mon souffle s'arrête, et je ravale la boule dans ma gorge. *Elle est en train de m'oublier...*

— Oui, certaine...

— Euh... C'est un peu idiot, mais je ne sais plus pourquoi... vous êtes là...

— Je m'en allais... J'avais juste perdu mon chemin.

— Ah ! D'accord, très bien ! dit ma mère en fronçant légèrement les sourcils.

Elle a perdu cette flamme qu'elle a normalement dans le regard quand elle me parle.

J'enfile mes chaussures et ouvre la porte d'entrée.

— J'espère que vous allez retrouver votre route, mademoiselle, dit ma mère alors que je la contemple une dernière fois.

Je lui souris.

— Oui, j'ai trouvé...

Je m'avance et la prends dans mes bras. Les larmes franchissent mes paupières, et ma mère me serre contre elle avec un sourire gêné. Elle ne change pas, profondément gentille même si je suis une parfaite inconnue pour elle.

— Ça va aller ? me demande-t-elle.

J'essuie mes joues.

— Oui... Désolée, j'ai eu une dure journée... Au revoir.

Je dévale les escaliers en vitesse et me jette sur la porte pour sortir.

Ce n'est pas le jardin de l'immeuble qui m'accueille mais le froid du Niflheim. J'essuie encore mes joues et repousse mes cheveux de mon visage.

— Pourquoi se mettre dans un état pareil ? Nott, c'est ainsi que les choses doivent se passer. Tu es une déesse ! Tu dois chasser de ton cœur ces sentiments humains pour retrouver ta force.

— Tais-toi ! m'écrié-je. Je n'ai pas de temps à perdre et encore moins l'envie de t'entendre plus longtemps. Fais-moi passer ta troisième épreuve, qu'on en finisse !

Hel se tait et me fixe sans bouger. Je ne sais pas à quoi m'attendre de sa part, mais je n'ai pas peur. C'est comme si dire au revoir à ma mère et la voir m'oublier si vite venait d'ouvrir une porte dans laquelle je m'engouffre. Je sais enfin où je vais et je n'ai plus peur.

Un grand sourire s'affiche sur le visage de la déesse des morts. Un sourire immonde qui dévoile des dents noircies à travers les trous de la chair décomposée.

— Bravo… Tu viens de réussir ta deuxième épreuve : me prouver que tu sais ce que tu veux et que tu peux à nouveau être celle que Mane a connue… Je te rends tous tes pouvoirs en récompense.

Je ressens une onde légère me parcourir, et c'est comme si j'avais pris quelque chose pour me remettre en forme. Je me sens bien dans mon corps, comme s'il arrêtait de faire obstacle à ce que je veux. Et je sais désormais quel pouvoir je peux utiliser et comment le faire. Odin peut trembler. Dès que j'aurai récupéré l'âme de Mane, j'irai me venger de lui.

Ma joie est de courte durée. La peau de mon bras se remet à me brûler, et de l'encre s'infiltre sous mon épiderme. Hel reprend la parole avant que j'arrive à me faire à cette douleur lancinante et aux dessins qui habillent à présent ma peau.

— Réussis la troisième épreuve, et je mettrai mon armée à ta disposition pour affronter Odin…

32

Nola

♦♦♦

La déesse disparaît à nouveau alors que les murs autour de moi commencent à s'effondrer dans un fracas assourdissant. Lorsque ça s'arrête, mon sang se glace. L'armée de Hel est juste là, prête à fondre sur moi.

J'envoie ma nuit les percuter, et c'est dans un brouhaha d'os qui se brisent et de cris que ce mur de zombies s'immobilise à quelques mètres de moi. Il ne reste pas grand-chose de la troupe qui courait vers moi l'instant précédent.

Mon regard est attiré sur ma droite. Mane est planté là et me dévisage. Je n'attends pas une seconde pour aller le rejoindre, mais je m'arrête avant de me jeter dans ses bras, parce que ce qu'il dégage n'est pas ce à quoi je m'attends.

— Qu'est-ce que tu fais ici ? crache-t-il avec hargne.

— Mane, on doit partir d'ici. Je suis venue te chercher…

Il me toise sans un mot, avec dégoût.

— Ce n'est pas toi que j'attends.

— Qu'est-ce que tu racontes ? Viens, on s'en va !

J'attrape sa main, mais sa réaction me prend de court. Il me repousse et me plaque sur ce qu'il reste du mur le plus proche. Physiquement, je n'ai aucune chance contre lui. Mes dons m'aideraient, mais je refuse de lui faire du mal.

Son visage est près du mien, menaçant. Je sens son souffle enragé percuter ma peau. J'ai peur. On dirait le Mane que j'ai laissé dans mes cauchemars. Il semble prêt à me tuer de ses mains.

— Ce n'est pas toi que j'attends, grogne-t-il.

— Mane, s'il te plaît, calme-toi. On doit partir…

Il m'écrase davantage entre le mur et lui.

— Je ne vais nulle part ! hurle-t-il si près de mon visage que je ferme les yeux en tournant la tête. Je sais que tu n'es pas *elle*. Nott n'a rien à voir avec toi. Tu transpires l'humain par tous tes pores !

Me prend-il pour un démon créé par Hel ?

Le silence revient, et il me relâche soudain. Mes jambes ne me portent plus, et je m'effondre au sol.

— Nott ! hurle-t-il en regardant autour de lui.

Je le vois tourner en rond, ruminer et rager de ne pas la voir arriver.

S'il faut que je m'en prenne à lui pour qu'il comprenne qui je suis réellement, je le ferai !

— Mane ! l'appelé-je pour capter son attention.

Il se tourne brusquement vers moi.

— T'es encore là, toi ?

Une nuée rouge s'échappe de lui et m'arrive dessus. Ma nuit me protège immédiatement, et j'envoie une onde de choc barrer la route aux paires d'ailes tranchantes qui tombent au sol les unes après les autres, à mesure que l'obscurité progresse.

Mane a été projeté plus loin. Il se relève difficilement. Plongé dans le noir, il cherche un appui pour se situer.

— Nott ? appelle-t-il, interloqué.

— Espèce d'abruti… dis-je durement. Peu importe qui je suis, je suis là pour toi !

Un silence passe. Il ferme les yeux et les rouvre.

— Celle que tu connaissais n'est plus. Tu devras te faire à la nouvelle Nott, celle qui transpire l'humain et l'assume pleinement. Je t'aime, Mane, et tu vas maintenant devoir faire un choix. Nott ne reviendra pas. Jamais ! Mais je serai là pour toi, toujours…

J'observe ce grand type baraqué qui laisse ses larmes couler sans les cacher. Il se tient droit, à quelques mètres de moi, et sa respiration est saccadée par les sanglots qu'il retient. L'amour que j'éprouve pour lui n'est pas d'hier. Je le sens, même si j'ai oublié. Mon cœur, lui, sait.

Je laisse mon obscurité repartir et plonge mes yeux dans ceux meurtris du dieu de la lune. Il me détaille sans comprendre. J'avance dans sa direction sans qu'il esquisse le moindre geste.

Je pose une main sur son torse, où je ressens immédiatement les battements de son cœur en souffrance. Il l'attrape aussitôt et me tire contre lui pour me serrer si fort qu'il me fait mal.

— Tu es venue… chuchote-t-il.

Son odeur me ferait oublier où nous nous trouvons, mais il disparaît brusquement, me laissant seule dans la pièce. Sans me laisser le temps de comprendre ce qu'il se passe, une énième brûlure me prend sur l'épaule et descend sur mon bras. De l'encre s'étale à nouveau sur ma peau.

Un applaudissement résonne, puis deux autres, et, enfin, Hel se matérialise dans la pièce.

— Épreuve numéro trois réussie... Tu sauras désormais assumer tes choix aux yeux de celui qui aura toujours peur... Tu as laissé ta culpabilité derrière toi. J'honore toujours mes promesses, Nott. Mon armée sera donc tienne pour t'aider à te venger d'Odin.

Elle claque des doigts, et je suis propulsée je ne sais où.

Je suis de retour dans l'immense salle du château de Hel. Mane est toujours au même endroit, adossé contre le mur, inconscient. Hel souffle dans sa main, et je distingue vaguement un fantôme s'en échapper pour entrer dans le corps du dieu de la nuit. La seconde suivante, Mane se redresse en hurlant de douleur.

Je me précipite vers lui, incapable de rester impassible devant sa souffrance.

— N'approche pas ! s'exclame-t-il en m'arrêtant dans ma course.

Il peine à se redresser et semble lutter contre une envie de hurler. Sa peau se débat, l'encre y danse de manière frénétique.

Il lève la tête, serre les dents, et enfin, tout s'arrête. Je n'entends plus que son souffle irrégulier résonner contre les murs froids de cette bâtisse.

— Mon amour... commence-t-il en tendant une main dans ma direction.

Son regard se plante dans le mien déjà humide.

— Es-tu vraiment là ? demande-t-il alors que les larmes viennent troubler sa vue.

Je parcours la courte distance qui nous sépare et me presse contre lui avec force. Il recule sous le choc. *Enfin, je l'ai retrouvé !*

Sa peau se réchauffe à mesure que je le serre plus fort.
Il est là. Il est revenu. J'ai réussi...

Je blottis mon nez dans son cou et y aspire le plus d'air possible.

— Je suis là. Tu m'as manqué... murmuré-je.

Il m'écarte de lui et écrase sa bouche sur la mienne, encore et encore, avec plus d'intensité à chaque fois.

— Tu es mon monde, déesse...

Un raclement de gorge fait exploser notre bulle. Hel se tient plus loin. Ses yeux brillent d'une lueur étrange. Les grandes portes de la bâtisse s'ouvrent, et je glisse mes doigts dans ceux de Mane. *Quoi qu'il nous arrive, maintenant, nous ferons front ensemble !*

— Je vous offre mon hospitalité ainsi qu'à vos amis dehors. Ici, Odin ne peut pas vous atteindre... Réfléchissez à ce que vous souhaitez faire, maintenant que tu sais tout, Nott... Fuirez-vous ou vous vengerez-vous du roi des dieux ?

33

Nola

♦♦♦

La reine des morts se volatilise. Mane et moi échangeons un regard lourd de sens. Je vais devoir lui expliquer tout ce que j'ai appris. Je l'emmene prendre place autour de la table.

— Attends, arrête-toi, me dit-il.

Avant que je sois vraiment immobile, il tire d'un coup sec sur mon col et dénude mon épaule.

— Bordel, souffle-t-il en découvrant un peu plus ma peau.

— C'est rien, je n'ai déjà presque plus mal, lui dis-je.

— Tu n'aurais jamais dû venir, dit-il en remettant mon tee-shirt en place pour s'éloigner d'un pas rageur.

— Et te laisser là-bas ? Jamais ! envoyé-je en le rattrapant. Et puis on est assortis, comme ça…

Il ne dit plus rien, passe son bras autour de mes épaules et m'attire plus contre lui.

— Je m'en veux… Ta peau serait encore blanche comme la lune sans tout ça…

— Ça nous rappellera à tous les deux par quoi l'autre est prêt à passer par amour. Mon enfer, c'est de vivre sans toi. Rien ne pourrait être pire.

Il me lance un regard en coin, puis un petit sourire étire ses lèvres.

Nous approchons des portes ouvertes, et je repère Sol et Kyle de l'autre côté du pont. Je leur fais signe de nous rejoindre de la main. Ils semblent hésiter, puis Sol envoie un coup de coude à Kyle, et ils avancent dans notre direction.

En attendant, je baisse les yeux sur mon bras. Plusieurs formes ondulent sur ma peau. *C'est pas si moche que ça. Je pense que je m'y ferai.*

— Ça te donne un air rebelle, c'est pas si mal… me dit Mane. T'es comme moi, maintenant, bébé…

Malgré ce qu'il veut me faire croire, nous savons tous les deux que c'est faux. Alors qu'un seul de mes bras et un petit bout de mon épaule affichent les démons que j'ai combattus dans ce château, Mane est couvert d'encre de la nuque jusqu'aux chevilles. Ses tatouages sont si nombreux que j'ose à peine imaginer ce qu'il a dû affronter pendant les années où il est resté ici…

Il dépose ses lèvres sur mon front, et la voix de Sol nous parvient.

— J'ai failli faire fondre ce taudis, envoie-t-elle alors qu'ils passent les portes.

— Putain, Nola, tu as réussi ! s'exclame Kyle.

— T'en doutais ? répliqué-je.

Il va réussir à me vexer !

— Non, non ! Je savais que tu… Merde, c'est quoi, ça ? s'exclame-t-il, effaré, en montrant mon bras.

— Nouveau look, annoncé-je.

— *C'EST MAGNIFIQUE ! TRÈS ROCK ! ÇA TE VA BIEN*, pense Sol avec un clin d'œil.

La seconde suivante, je dois m'écarter de Mane parce qu'elle se jette sur lui. Pas pour le prendre dans ses bras, mais pour lui envoyer une gifle monumentale. Il tique à peine, pourtant, elle a l'air d'avoir mal à la paume, qu'elle masse de son autre pouce.

— T'es vraiment le mec le plus con des neuf mondes, Mane ! crache-t-elle. *MAIS PUTAIN, CE QUE J'AI EU PEUR DE NE PLUS LE REVOIR...*

— La vache, t'es cinglée ! T'as failli me déboîter la mâchoire ! grogne-t-il.

Elle le fixe avec rage puis, sans prévenir, elle se presse contre lui. Il la serre dans ses bras sans hésitation. C'est la première fois que Sol se montre si humaine.

— Bon, c'est quoi, la suite du plan ? interroge-t-elle.

— Justement, je dois vous raconter.

♦♦♦

Je viens de tout leur dire. Odin, la prophétie qui lui a été faite par les Nornes, comment il s'est servi de Delling pour m'atteindre et me faire voir une prophétie créée de toutes pièces pour me faire quitter Mane et donc se protéger.

Mane ne dit plus rien. Je le sens sur le point d'exploser de rage.

— On ne peut pas s'arrêter là. Odin ne nous laissera jamais en paix tant que cette prophétie ne se sera pas réalisée. Il mettra tout en œuvre pour nous séparer, dis-je.

Sol acquiesce tandis que Kyle fronce les sourcils.

— Tu penses donc qu'il faut accomplir la prophétie initiale ? Et comment on fait ça ? interroge-t-il après un silence.

— On débarque à Asgard, envoie Mane.

— C'est pas aussi simple... Il risque de nous voir venir, rétorque Sol. Et il a de quoi se défendre entre les walkyries, ses fils et l'armée de guerriers du Valhalla... On ne fait pas le poids, malgré ce que raconte la prophétie.

— Oui, c'est pour ça qu'il nous faut une diversion... Et j'ai une idée pour ça.

Les trois dieux posent des regards surpris sur moi. J'enfonce mes mains dans mes poches avec un haussement d'épaules. Mes doigts tombent sur quelque chose de doux et lisse. *La pierre que j'ai trouvée chez Mimir ! J'ai même réussi à ne pas la perdre avec tout ça. C'est dingue !*

— Hel a promis de nous venir en aide, ajouté-je. Ces morts pourraient faire diversion pour nous laisser le champ libre avec Odin !

— Quoi ? N'importe quoi ! s'exclame aussitôt Mane, qui doit connaître l'horreur qu'ils représentent mieux que moi.

— On parle vraiment des sbires de Hel ? interroge Kyle.

— On dirait... marmonne Sol. Et pourquoi l'autre folle nous aiderait-elle avec ses zombies ?

Le son de sa voix a à peine le temps de s'évanouir qu'une pointe de glace est projetée dans sa direction. Sol réagit au quart de tour, et on est tous aveuglés par un rayon incandescent qui réduit à l'état de vapeur le projectile envoyé par Hel.

— Je ne suis pas folle, chaude déesse du soleil, grogne soudain la voix suave de la maîtresse des lieux.

— Et moi, je ne suis pas chaude. Montre-toi !

Le rire de Hel résonne, et elle apparaît dans un coin de la pièce, comme si elle était cachée dans l'ombre depuis tout à l'heure.

— Ta réputation te précède, pourtant, ricane-t-elle. La déesse du soleil aurait des mœurs faciles... Un frère lunatique et une sœur illuminée, j'aurais presque pu faire partie de la famille !

— Je vais me la faire ! rage Sol.

Kyle l'agrippe par les épaules pour la garder près de nous.

— Respire, tu vois bien qu'elle est juste jalouse, lui dit-il en envoyant un clin d'œil à Hel.

Cette dernière lui fait un sourire en cachant sa joue en putréfaction.

— Dieu Kvasir, je me souviens de ta naissance... Veux-tu qu'on en parle ?

— Non, c'est gentil, je m'en souviens aussi.

— Mmh... Ambassadeur de la paix, même jusqu'ici... Peut-être te montrerais-tu plus enclin que Mane à avoir de longues... discussions avec moi ?

— Pourquoi nous aiderais-tu ? la coupe Mane. Je te connais, tu ne ferais rien par pure charité. Tu ne sais pas ce que c'est qu'avoir une once de sentiments pour quelqu'un ! lance Mane, à bout de patience.

Elle le fixe si froidement que je me redresse, prête à réagir.

— Tu ne sais rien, dieu de la lune, de ce que je vis... Tu es si aveuglé par ton cœur que tu finis par oublier celui des autres. Imagines-tu une seconde vouloir aimer Nott sans y parvenir ? Odin me fait subir cela parce que je suis la fille de Loki*. Si tu veux tout savoir, vous aider me permet d'assouvir ma propre vengeance. Odin m'a également envoyée ici suite à une prophétie... Les Nornes lui ont assuré que les enfants de Loki sèmeraient la discorde entre les dieux. Je m'y attelle depuis avec soin et j'adore ça. Enfin, je crois.

Ok... Au moins, c'est clair. Hel a développé le même côté stratège que son grand-père d'adoption, mais elle ne s'en sert pas contre nous. Elle n'est pas si terrible, quand on essaie de la comprendre.

Elle me sourit en cachant son côté obscur. Mane a raison, il n'y a rien en elle. Son sourire est de surface. J'ai plus de peine pour elle qu'autre chose. Elle ne vivra jamais ce que je ressens pour Mane. C'est pourtant le sentiment le plus galvanisant qui existe.

— Tu as affronté tes propres démons ici, Nott… Tu ne seras pas venue pour rien, dit-elle en montrant mon bras d'un coup de menton.

— Alors, on a ta parole ? l'interroge Sol. Tes macchabées nous viendront en aide ?

— Ce sont des personnes mortes de vieillesse ou de maladie, alors montre-leur un peu plus de respect, fille facile !

— Et maintenant, ils se mangent entre eux… précisé-je. Et j'ai failli faire partie du menu.

La déesse émet un ricanement sournois.

— Vous verrez peut-être les choses différemment si c'est dans les guerriers d'Odin qu'ils enfoncent leurs dents !

Kyle, Sol, Mane et moi échangeons un regard. Nous semblons sur la même longueur d'ondes : *toute aide sera la bienvenue…*

— L'idéal serait qu'ils attaquent la ville d'Asgard. Les guerriers d'Odin seraient alors obligés de quitter le Valhalla, nous laissant le champ libre jusqu'à leur maître, intervient Mane.

— Très bonne idée… souffle Hel.

— L'armée de Hel fera donc diversion… Mais les walkyries ne tomberont pas toutes dans le piège. Certaines resteront auprès de leur roi pour le protéger, avec ses fils…

♦♦♦

Il nous a fallu de longues heures pour mettre au point un plan d'attaque. Celui-ci reste incertain et risqué, mais nous devons tenter notre chance. Sans ça, nous serons traqués à jamais.

Je passe mes mains autour du cou de Mane, glissant mes bras sur sa peau. L'encre fraîchement apparue sur la mienne est encore sensible et me saute aux yeux chaque fois qu'ils passent dessus.

— Tu te sens prête ? demande-t-il.

J'acquiesce avant de déposer mes lèvres sur les siennes, jusqu'à ce qu'un raclement de gorge nous interrompe.

— Qu'est-ce que tu tiens ? demande Hel en montrant mes mains toujours sur la nuque de Mane.

— Ça ? C'est rien. Je l'ai ramassée chez Mimir.

— Quoi ? envoie aussitôt Sol. Fais voir.

Je lui donne la pierre, et tous ouvrent de grands yeux.

— Merde… Nola, c'est la pierre du savoir ! annonce Kyle alors que Sol la lui donne.

— Sérieux ? Et ça sert à quoi ?

— C'est Mimir qui s'en sert. Si tu l'as trouvée, c'est qu'il te l'a donnée. Elle fera ce qu'elle a à faire au bon moment… Va savoir ce que ce vieux crade a derrière la tête…

— De la vase ! envoie Mane en toussant avec exagération alors que Kyle me rend la pierre.

— Et à quoi elle sert ?

— Elle aspire le savoir pour le rendre à Mimir, me répond Sol.

— Vous avez donc tout ce qu'il vous faut pour faire chuter Odin… Je me chargerai ensuite de lui… coupe Hel. Reste un problème : je n'ai pas accès à Asgard !

Nous nous dévisageons tous, interloqués. *Mais bien sûr… Hel et ses morts sont condamnés à rester au Helheim. Si nous ne trouvons pas de solution pour les faire sortir, ils ne pourront jamais arriver à Asgard.*

Mane me lance un regard étrange. Il est en pleine réflexion.

— *Parfois, j'aimerais être dans sa tête*, pense Sol.

— T'es dingue ! envoyé-je. Je suis déjà dans son cœur, et c'est pas simple tous les jours ! Alors, dans sa tête…

On se met à rire, et Kyle échange un regard avec Mane.

— Ok… marmonne le dieu de la lune. Je crois que j'ai une idée. Mais c'est dangereux…

— Évidemment ! Ça ne serait pas marrant, si ça ne l'était pas, raille Sol. Peut-on savoir en quoi cela consiste ?

— Je vais devoir vous montrer…

La seconde suivante, il lève une main vers nous et souffle du sable dans notre direction. Il me prend ensuite dans ses bras, et je sens mes paupières battre frénétiquement avant de m'endormir.

♦♦♦

Je rouvre les yeux dans le monde des Songes. Kyle, Sol et Mane sont là également.

— Bordel, mais qu'est-ce qu'il te prend, abruti ? s'exclame Sol en apparaissant à côté de moi.

— Merde, mais on est où ? interroge Kyle, qui se matérialise à son tour.

Une nuée de papillons me dépasse, comme si c'était enfin l'heure de leur promenade. Le Marchand de sable arrive derrière moi en passant un bras autour de ma taille.

— Bienvenue dans le monde des Songes, annoncé-je.

Les mâchoires de Kyle et de la déesse du soleil s'ouvrent dans un même mouvement.

— Mais… C'est impossible ! s'exclame Sol en tournant sur elle-même.

— C'est dingue… poursuit Kyle sur le même ton.

— Bon, on n'a pas vraiment le temps pour les explications de l'existence de ce monde, etc. Tout ce que je peux vous dire,

c'est que Nola et moi l'avons créé en nous mariant… C'était notre refuge. Il communique avec l'ensemble des mondes, puisque tous les êtres rêvent. Kvasir, dans ta panoplie de pouvoirs, tu crois qu'il y aurait quelque chose pour ouvrir un passage de Helheim jusqu'ici, puis d'ici à Asgard ?

Ce dernier ouvre de grands yeux, puis un immense sourire étire son visage.

— Mais c'est du génie !

— Je sais, réplique Mane. En plus d'être le dieu le plus viril de l'Yggdrasil, je suis le plus intelligent.

Je lui enfonce un coup de coude dans les côtes pour qu'il redescende de son nuage, et on se met tous à rire.

— Ouvrir un passage… souffle Kyle. C'est possible… Mais il faudra faire vite, car je ne tiendrai pas longtemps. Mes ressources ne sont pas inépuisables, même si elles ont été régénérées il y a peu.

— Je le sais… Ce combat n'est pas le tien, alors je comprendrais que… commence Mane.

— Si tu oses dire que tu comprendrais que je renonce, pour la première fois de ma vie, je pourrais bien t'en mettre une, dieu de la lune ! l'arrête Kyle sur un ton déterminé.

Il se détourne de nous, son regard se perd dans le vide un moment, puis je vois mes gestes ralentir avant d'accélérer. Lorsqu'ils reviennent à la normale, un trou immense apparaît devant nous et s'élargit si vite qu'on est obligés de battre en retraite.

— Voilà… Un passage vers le domaine de Hel, annonce Kyle, satisfait, une main tendue devant lui. Pour Asgard, maintenant…

Il lève sa seconde main à l'opposé de la première et effectue un cercle. Le temps se tord de nouveau, puis une nouvelle porte s'ouvre vers ce que nous reconnaissons être le cœur d'Asgard Town.

— Il suffisait de demander ! envoie Kyle avec un sourire. Dépêchez-vous, maintenant !

La nuée de papillons de Mane nous entoure sans attendre, et nous nous réveillons dans l'immense salle du Helheim. Hel m'adresse un signe de tête. Le portail ouvert par Kyle est visible plus loin. Elle a compris ce qu'il lui reste à faire. Nous n'avons plus qu'à nous mettre en route.

34

Mane

♦♦♦

Mes papillons me déposent sous un arbuste, en haut d'une colline offrant une vue plongeante sur Asgard. À côté de moi, la nuit de Nott se résorbe, et ma sœur arrive en un flash lumineux.

— Tu penses que Kyle va tenir le coup ? me demande Nola.

— Il est plus fort qu'il n'y paraît… tenté-je de la rassurer.

Elle hoche la tête en signe d'assentiment.

Dans notre dos, un chemin vers le palais d'Odin s'offre à nous.

— Bon… Maintenant, on va voir si Hel tient sa promesse, souffle Sol.

— Elle va le faire, assure Nola.

— Ouais, bah faudrait qu'elle s'active un peu, si on ne veut pas que ses morts restent prisonniers dans le monde des Songes, grogné-je.

Les secondes qui s'écoulent sont longues, le stress me gagne. Je ne peux m'empêcher de me demander si Hel ne cherchait pas simplement à s'emparer du monde des Songes. Nous lui aurions alors de nous-mêmes ouvert une porte vers son but, bernés par sa promesse.

— C'est trop long... murmure Sol, le regard rivé sur Asgard Town.

Je respire longuement pour faire partir cette boule dans mon estomac.

Après en temps d'attente insupportable, des hurlements résonnent depuis la ville en contrebas. *Hel a donc tenu parole...* Elle nous a assuré que ses morts ne s'en prendraient qu'aux guerriers d'Odin. J'espère qu'elle respectera cette partie de notre accord également.

Son armée envahit la ville comme une nuée de rampants. Quelques secondes plus tard à peine, l'armée d'Odin débarque, propulsée par un rayon lumineux qui descend du ciel. Ces guerriers-là n'ont rien à voir avec les morts de Hel. Ils sont équipés d'armures, de boucliers et d'armes qui luisent à la lumière. Ils avancent, puis se mettent en position pour faire face aux zombies qui pullulent désormais dans la ville. J'espère que Kvasir aura pu tous les faire passer et refermer les passages avant de s'épuiser.

— C'est le moment ! envoie Sol en se redressant.

J'agrippe fermement une des mains de Nola, et on se dirige en courant vers les rayons de lumière qui servent de pont entre le palais d'Odin et la ville d'Asgard. À peine avons-nous un pied dessus que je sens mon corps s'élever dans les airs.

Nous atterrissons non loin des portes du palais d'Odin. Alors que nous nous apprêtons à nous élancer, une voix nous interrompt.

— Hé ! Les mecs, attendez-moi ! souffle Kvasir en apparaissant à son tour depuis l'arc lumineux. Vous n'alliez tout de même pas partir sans moi. Je fais le portier pour une armée de zombies, et vous ne m'attendez même pas pour la partie la plus sympa !

— Tu as tenu le coup ! dis-je en passant une main amicale dans ses cheveux.

J'aurais fait pareil sur la tête d'un enfant. J'espère qu'il comprendra que c'est juste pour l'emmerder ! Il est blanc comme un linge, mais debout !

— Refais ça et je vomis la vase de Mimir dans ton pieu, menace-t-il.

Et il râle ! C'est bon signe. Il n'est pas encore à bout de forces. Tant mieux, il va lui en falloir.

Comme pour me donner raison, les grandes portes du palais d'argent s'ouvrent pour laisser sortir la dizaine de walkyries au service d'Odin.

— Celles-ci sont pour nous ! s'exclame Sol à l'attention de Kvasir. Tu te sens d'attaque ?

— Comme jamais ! ment-il, décidé à ne rien lâcher.

Je voudrais rester avec eux, mais ce n'est pas le moment de douter. Plus vite nous en finirons avec Odin, plus vite cette folie s'arrêtera.

J'embrasse Nola sur le front, et nous partons pour le palais. Mes insectes jaillissent tandis que sa nuit l'entoure. Je vois Kvasir ralentir le temps et un rayon incandescent partir en direction des walkyries, puis le paysage disparaît autour de moi.

♦♦♦

La nuit de ma déesse s'est infiltrée dans l'esprit des walkyries restées au palais, leur dissimulant notre présence. Avoir retrouvé ses pouvoirs fait d'elle une autre femme, une femme puissante, peut-être plus proche de Nott.

Main dans la main, nous faisons à présent face à Odin. Et vu son air, il sait pourquoi nous sommes là. D'une main tendue vers son visage, Nola l'aveugle avant qu'il ne puisse réagir. Je me trompe : cette Nola est bien plus forte que l'était Nott. Ce qu'elle a affronté au Niflheim l'a changée à jamais. Je la laisse avancer vers Odin, qui ne parvient pas à sortir de la bulle nocturne dans laquelle elle le maintient enfermé.

Un bruit de pas se fait entendre à l'entrée de la salle du trône. Ce sont Meili, Thor* et Loki qui pénètrent dans les lieux. J'envoie du sable dans leur direction pour les empêcher de s'approcher de Nola. Une véritable tempête voit le jour dans l'immense pièce principale du palais d'argent, contrant l'avancée des fils d'Odin. Dans quelques secondes, ils dormiront.

Quand je les vois s'affaisser sur eux-mêmes, je cours rejoindre ma déesse.

— Nola ! hurlé-je.

Sa nuit m'enveloppe à mon tour. Nous voilà tous les trois enfermés dans une bulle sombre qui nous dissimule à la vue du reste du palais.

— Bien joué... siffle le vieux avec un rictus mauvais sur le visage. Je dois admirer la force dont tu fais preuve, déesse Nott. Mais qu'allez-vous faire, maintenant ? Me maintenir dans une bulle de nuit pour l'éternité ? Mes gardiennes vont venir à bout de la déesse du soleil et du dieu du temps... Et que dire de cette armée de vieillards malades ? Ils ne tiendront pas longtemps !

— Ton dernier roupillon, c'était quand ? demande Nola avec un sourire sur le visage.

Odin fronce les sourcils. Le sable arrive dans mes paumes, et je n'attends pas plus pour le lui souffler au visage. N'avoir plus qu'un seul œil ne le sauvera pas.

— Bonne nuit... murmuré-je alors qu'il tente de se débattre.

Il ronfle avant d'avoir eu le temps de battre des cils.

— À tout de suite, mon amour, articule Nola.

Je me tourne vers elle, la prends dans mes bras, et aussitôt, le décor de sa bulle de nuit disparaît, et elle tombe endormie dans mes bras.

♦♦♦

— C'est impossible... prononce Odin lorsque je me matérialise à côté de Nola. Ce monde ne peut exister !

Il lève une main dans notre direction puis se ravise avec un drôle d'air.

— Ne cherche pas, tu n'as aucun pouvoir ici, balancé-je à son intention.

— Très astucieux... M'emmener dans un monde dont j'ignore tout pour me priver de mes pouvoirs. Vous ne manquez pas d'audace. Mais soyez réalistes, les walkyries ne tarderont pas à me réveiller, et vous paierez pour cet affront.

Nola et moi avons la même réaction, nous partons d'un rire hystérique.

— Alors pourquoi es-tu encore là, le vieux ? articulé-je en avançant dans sa direction. Tes précieuses guerrières seraient-elles retenues par le dieu du temps ? Nous avons le nôtre, en tout cas, bluffé-je.

Il ne bouge pas, pensant certainement que ses gardiennes vont le faire revenir d'une seconde à l'autre. J'amorce mon poing et percute son visage. À l'ancienne, comme on dit !

— Je n'ai que faire de tes coups, Mane... Nous sommes dans un monde où rien n'a d'influence sur la réalité. Faites

ce que vous voulez de moi ici. Dès que nous serons partis, je vous réduirai à néant !

C'est plus fort que moi, mon pied part percuter son visage avec toute ma rage. Il ne peut retenir un hurlement de douleur alors qu'il tombe pour de bon et roule dans l'herbe.

— Qu'allez-vous faire de moi ? Me laisser ici, isolé des autres mondes ? Je n'ai fait que mon devoir en vous séparant. La preuve en est : ce dixième monde ne devrait pas exister. Il déséquilibre l'Yggdrasil et finira par engendrer la chute des neuf mondes.

— Il est hors de question que tu vives ici, protégé de tous ceux qui veulent s'en prendre à toi. Nous n'allons pas te faire ce cadeau, roi des dieux… assène Nola.

Il se redresse doucement, essuyant son nez d'un revers de manche. Quelques nuages apparaissent au-dessus de nos têtes, signe de l'énervement de la déesse de la nuit. Heureusement que le ciel est là pour me renseigner sur ses sentiments, car elle ne montre absolument rien.

— Alors, pourquoi suis-je ici ? Pour me faire casser la figure comme un humain ? insiste Odin. Ça ne vous ressemble pas. Nott est plus retorse que ça.

— Vous vous trompez, Odin. Je ne suis plus Nott. Pourtant, je crois que même elle n'aurait jamais osé imaginer ce que nous vous réservons… Sans cette haine que vous avez fait brûler dans mes veines en me privant de Mane, nous n'en serions jamais arrivés là.

— Je ne pouvais pas rester sans rien faire…

Son visage est en sang, et son nez n'affiche plus le même angle qu'à son arrivée. Il n'aura plus rien à son réveil, mais savoir qu'il a ressenti chaque douleur comme s'il était humain me réconforte. Il n'oubliera pas.

Nola enfonce ses mains dans ses poches en le toisant.

— Je n'ai pas mauvais fond… Je ne serai pas capable d'ôter la vie, Odin. Mais je sais que si je vous laisse repartir, vous n'arrêterez jamais de nous traquer.

Nola me lance un regard. Elle sort les mains de ses poches, et la pierre de Mimir atterrit dans l'herbe. On baisse tous les yeux dessus et, cette fois, je vois de la peur passer dans le regard du roi des dieux.

— Non... Ce n'est...

Sans que l'on ne fasse rien, la pierre s'élève dans les airs, et l'unique œil d'Odin roule dans son orbite alors qu'un filet translucide quitte son front pour disparaître dans le morceau de roche. Nott et moi restons immobiles. Mimir avait donc décidé de reprendre à Odin tout ce qu'il lui avait offert en échange de son œil...

— Non ! Mon savoir ! Mes connaissances ! s'exclame le dieu déchu.

— Perdre en quelques secondes ce que tu as mis des siècles à récolter doit être aussi horrible que si l'on me demandait de quitter Mane sans me laisser le choix, prononce Nola.

Il me ferait presque pitié !

La pierre retombe au sol, et elle la ramasse pour la remettre dans sa poche. Odin semble avoir pris quelques siècles de plus. Il fixe l'herbe en silence puis se redresse lentement, avec la dernière expression que je m'attendais à voir sur son visage : le soulagement.

— Tu me prends tout, déesse Nott, mais tu m'apprends quelque chose en échange : chaque action entraîne une réaction... J'ai négligé ce point.

J'attrape la main de Nola, et ses doigts s'entrelacent aux miens. Nous l'avons fait, nous avons vaincu Odin. Désormais, plus rien ne nous empêche de nous aimer.

♦ ♦ ♦

Nous revenons tous les trois à la réalité, passant du calme du monde des Songes à l'agitation désordonnée orchestrée par Hel et son armée de morts dans le palais d'Asgard. Ils ont donc réussi à défaire les guerriers du Valhalla, et Sol et Kvasir ont tenu bon face aux walkyries ? Qui aurait parié dessus ? Des fous n'ayant rien à perdre…

Nott se plaque contre moi pour éviter de justesse un groupe de zombies qui se jette sur Odin dès qu'il ouvre les yeux. Pour le connaître, je n'envie pas le sort que lui réserve la déesse des morts.

Hel s'est défoulée pendant notre absence. Les fils d'Odin, immobilisés dans un coin, observent la scène sans bouger. Que leur a-t-elle promis pour qu'ils restent ainsi insensibles au sort de leur père ?

— Grand-père ! Quel plaisir de te revoir ! Tu n'as répondu à aucune de mes invitations, c'est très impoli. Je tiens à te faire visiter l'endroit que tu m'as offert. Tu vas adorer…

Son air est vide de toute expression. Aucun sentiment ne survit en elle, si ce n'est une haine féroce pour Odin.

Un immense trou se forme soudain au centre de la pièce. Le froid du Helheim en remonte. Hel ne pouvait venir à Asgard par ses propres moyens, mais elle est désormais libre d'en repartir à sa guise.

Odin est amené au bord du gouffre par l'armée de Hel et nous lance un dernier regard avant d'y être précipité.

— Papa, tontons, articule Hel à l'intention de Loki, Meili et Thor, vous venez manger quand vous voulez… Vous connaissez l'importance de la famille.

La seconde suivante, elle descend doucement dans le trou, flottant dans l'air avec grâce.

35

Nola

♦♦♦

La déesse des morts disparaît avec la promesse qu'Odin retrouvera son trône dès qu'il aura combattu lui aussi tous ses démons. *Je lui souhaite bon courage…*

En attendant, les fils d'Odin semblent prêts à reprendre le flambeau.

— Mais qu'est-ce qu'ils font ? interroge Mane à côté de moi en regardant Thor et Loki en proie à une discussion houleuse devant le trône vide de leur père.

— Je crois qu'ils se disputent la place…

Mane soupire en secouant la tête.

— Ils feraient bien de se trouver des nanas…

Je passe ma main le long de son avant-bras, puis mes doigts trouvent les siens et s'y entremêlent. Je ne me lasserai jamais de la sensation d'apaisement que ça me procure.

— On en a fini… dis-je, alors que, sans explication, les larmes me montent aux yeux.

Mane se tourne vers moi et m'enlace. Son étreinte a un goût de soulagement. Je savoure le fait de retrouver ma place perdue et de pouvoir aimer Mane au grand jour. Je relève mon visage vers le sien. Il me sourit et caresse mes joues de ses pouces pour chasser les larmes qui y coulent.

— Ma déesse… chuchote-t-il.

— Je t'aime tant… dis-je sans le quitter des yeux.

Il se penche et dépose ses lèvres sur les miennes. Il les caresse des siennes puis se redresse.

— Je t'aime plus que la nuit aime la lune, dit-il.

Je souris puis fronce les sourcils quand je pense avoir compris pourquoi il accompagne sa réponse d'un air amusé.

— T'es en train de dire que tu m'aimes plus que je ne t'aime ? interrogé-je, suspicieuse.

Il se met à rire, et je le repousse.

— Quel connard ! Gâcher un si beau moment avec une vanne est interdit !

Il plonge son nez dans mon cou en repoussant mes cheveux bouclés.

— Non, déesse, ne boude pas ! envoie-t-il.

— J'irais jusqu'en enfer pour toi, mec ! répliqué-je.

Il explose de rire et mordille ma peau, me faisant me tortiller.

— Et moi de même, sans une once d'hésitation !

Un grand bruit nous fait relever la tête. Sol, en pleine discussion avec les walkyries qui, privées de maître, sont devenues parfaitement inoffensives, vient de fermer les doubles portes du palais d'argent à l'aide d'un trait de lumière incandescent.

— Qu'est-ce qu'elle fout ? interroge Mane.

Elle se met à courir puis se jette sur un type qui avance discrètement dans l'autre sens. Tentait-il de fuir lorsque

Sol lui a barré la route ? Pourquoi ? Qui est-ce ? Un autre fils d'Odin jusque-là passé inaperçu ?

Sol le saisit par les cheveux et le force à marcher jusqu'à nous avant de le jeter à nos pieds.

Lorsqu'il se redresse, je suis stupéfaite de découvrir son visage. *Mais qu'est-ce que ça veut dire ? Que fait-il là ?*

Léo se tient face à moi avec un regard glacial. Les autres ont l'air tout aussi surpris que moi. J'ouvre la bouche puis la referme sans trouver quoi dire.

— Relâchez-moi ! hurle-t-il.

— Qui es-tu ? envoyé-je, à nouveau emplie d'une colère que j'ai du mal à comprendre.

— Mais ton gentil voisin, voyons ! Ton collègue attentionné, celui dont tu t'es servi pour te sentir moins seule… sans jamais lui dire que ça n'irait pas plus loin. Je pensais qu'on avait une seconde chance de se trouver… mais tu m'as repoussé, encore et encore ! Je n'ai toujours fait qu'attendre que tu m'aimes en retour de tout ce que je ressens pour toi.

— Mais qu'est-ce que tu racontes ? m'exclamé-je.

— J'étais prêt à tout pour toi. Pour nous… Odin m'a laissé une occasion que je ne pouvais pas laisser passer… T'avoir juste pour moi, sans que Mane n'existe dans ton esprit… Tu m'étais promise, Nott !

— Bordel, Léo, t'es…

Je m'arrête en plein milieu de ma phrase en comprenant. *Nott devait finir avec Delling.* Je reprends mon souffle et le fixe sans ouvrir la bouche. C'est impossible… Si Léo était Delling, Mane l'aurait reconnu depuis le départ, dès qu'il l'a croisé dans cette ruelle sombre, ou plus tard, chez moi. Et Kyle, qui l'a côtoyé à la fac pendant des mois ! *Non, c'est impossible !*

— Même humaine, tu n'as jamais voulu de moi ! Espèce de garce !

Mane démarre au quart de tour, mais Kyle l'empêche d'avancer.

Il pose une main sur une de ses épaules lorsque le son de quelqu'un qui s'éclaircit la gorge retentit. Il s'agit de Meili, un des fils d'Odin et également dieu de l'oubli.

— T'as quelque chose à voir avec ça ? interroge aussitôt Mane.

— Ce n'est pas impossible, lui répond-il avant de claquer des doigts entre nous.

Un flash me percute, puis le souvenir de mon premier passage chez les Nornes ressurgit. L'homme avec qui je parle en y allant et qui n'avait jusqu'alors pas de visage se dessine. Il s'agit de Léo, mais je l'appelle Delling. Puis soudain, je comprends : Meili nous avait fait oublier le lien, mais Léo et Delling sont la même personne.

Le retour au présent est brutal. Mane me pousse sur le côté pour se jeter sur Léo. Les coups pleuvent. Une véritable tempête de sable et d'insectes nous oblige à battre en retraite, plus loin des deux hommes.

— Il faut l'arrêter ! s'écrie Sol en tentant de s'approcher.

Je fais tomber ma nuit partout dans le palais d'argent, interrompant Mane, mais pas Léo, dont le visage est déjà abîmé. *Évidemment, le dieu du crépuscule voit clair dans la nuit ! Voilà qui explique bien des choses…*

Il croise mon regard avant de percuter Mane d'une épaule pour le faire chuter en arrière. Mane agrippe la cheville de Léo, et ils n'atteignent jamais le sol. Leurs corps disparaissent avant.

Je reprends ma nuit, Kyle et Sol s'affolent en se rendant compte que les deux dieux ne sont plus là. J'échange un regard avec Kyle. Je pense à Mane et je disparais.

Lorsque je reprends pied dans la réalité, une scène d'horreur fait rage sous mon regard. Nous sommes dans l'appartement de Léo, et Mane tient ce dernier par le col. Il lui assène des coups d'une rare violence, auxquels Léo ne réagit plus.

Kyle apparaît et ralentit le temps pour arrêter Mane, mais celui-ci résiste et parvient à contrer son meilleur ami. Il le fait voler dans la pièce sans effort, et j'évite de peu un coup de mon côté.

Léo atteint le parquet dans un bruit mat, et je fonce sur Mane pour l'empêcher de reprendre ses coups.

— Mane ! Stop ! crié-je en l'obligeant à reculer. Arrête-toi maintenant !

Ses poings sont couverts d'un sang qui n'est pas le sien.

— Ma femme... Putain, c'est ma femme ! hurle-t-il sur le corps de Léo. Tu m'as privé d'elle, tu...

Les larmes envahissent ses yeux et, enfin, son regard descend sur moi. Il recule pour que je ne le touche pas en faisant non de la tête, sans retenir un sanglot.

— Il n'avait pas le droit, Nott. Il n'aurait pas dû !

Kyle parvient à se désencastrer de l'étagère où il a fini et arrive dans son dos, le visage livide. Il me lance un regard et ferme les yeux lorsqu'il découvre Léo au sol. Sa main attrape la mienne et va toucher l'épaule de Mane en même temps. Ce dernier se débat, mais il est trop tard. Kyle nous fait déjà remonter le temps.

En quelques secondes d'une rare violence, nous sommes tous de retour au palais, Léo en face de nous et Meili qui claque des doigts. Nous savons tous les quatre ce qu'il vient de se passer.

Léo essaie de s'enfuir, et je retiens Mane, qui esquisse un pas dans sa direction.

— Non ! Mane… pas encore ! Il a eu son compte. Regarde-moi, mon amour.

— Qu'est-ce qu'il se passe ? s'exclame Sol. *KVASIR A FAIT QUELQUE CHOSE ?*

Mane semble partagé entre deux émotions, mais l'amour l'emporte, et il recule, les mains en l'air. Trop électrique pour supporter mon contact, mais assez calmé pour ne tuer personne.

— Kyle vient de te sauver la vie, envoyé-je à Léo. Tu as une seconde chance – que tu ne mérites clairement pas – pour disparaître. Oublie Mane. Maintenant, c'est de moi que tu vas devoir te méfier.

Le silence revient. Le Léo que je connais n'existe plus. Aujourd'hui, j'ai en face de moi Delling le traître, dieu du crépuscule, qui rôde dans mon angle mort depuis des siècles. *Comment ai-je pu ne rien voir de son manège aussi longtemps ?*

Il relève le nez dans ma direction, les yeux emplis de larmes. Il me fixe un long instant puis détourne le regard.

— Tu ne vas pas me laisser com…

Il est brusquement interrompu par une nuée de papillons rouges qui emplissent la salle pendant un court instant.

Lorsqu'il réapparaît, Mane est planté devant lui.

— Elle ne va pas quoi ? demande-t-il.

Léo me jette un coup d'œil puis disparaît comme s'il n'était plus qu'une ombre.

On échange tous un regard étrange. On semble se poser la même question. *Est-ce bien terminé, cette fois ?*

— Et si on rentrait chez nous ? proposé-je.

Les insectes de Mane jaillissent aussitôt, et il m'embrasse avant de disparaître. Kyle et Sol font de même dans la foulée.

Je lance un dernier regard au palais d'Odin. *J'espère ne jamais remettre les pieds ici.* Thor et Loki, assis chacun sur un accoudoir du trône paternel, m'observent de loin. Je leur adresse un signe de tête. Thor me le rend, et Loki me fait un sourire avec un clin d'œil.

D'un geste, je déploie ma nuit pour quitter cet endroit.

La cuisine du manoir m'apparaît. Mane est déjà là, prêt à m'accueillir. Il est seul.

— Je suis fière de toi, dis-je.

Il fronce les sourcils et, d'un signe de tête, me fait comprendre qu'il ne saisit pas.

— Tu n'as tué personne, reformulé-je.

Il se met aussitôt à rire.

— Non… Et tu sais pourquoi ?

Je fais non de la tête.

— Parce que j'ai compris que le destin peut faire ce qu'il veut, tu me reviens toujours, Nola Nott…

ÉPILOGUE

Quelques lunes plus tard

♦♦♦

Je me redresse et repousse la couette parce que j'ai trop chaud. Je tourne la tête sur ma gauche, Mane n'est plus là. J'attrape ma robe au bout du lit et je me lève pour l'enfiler.

Par la fenêtre ouverte, je sens une odeur de cigarette, puis j'entends la charpente du toit du manoir craquer. Je sais où se trouve mon dieu de la lune.

En un clin d'œil, ma nuit me conduit sur le toit, juste au-dessus de notre chambre. Je le trouve là, allongé sur le dos, à regarder l'immensité du ciel nocturne.

— T'as pas honte de me mater comme ça ? dis-je en arrivant doucement pour m'installer près de lui.

Il se met à rire et tire sur sa cigarette.

— J'aime te regarder quand tu dors… Tu es si sereine. Ça me fait du bien…

Je le regarde en souriant. Tout est si parfait depuis la chute d'Odin. Je n'ai jamais été aussi heureuse. Enfin, si, j'ai dû l'être dans le passé, avant d'oublier.

Je me souviens de ma vie quand je me pensais humaine et étudiante. J'étais éteinte, sans me rendre compte que je supportais cette existence sans y trouver mon équilibre. Je me sens bien plus légère aujourd'hui, et les certitudes que j'ai ne sont pas factices. Mane en est une qui ne faiblira jamais. Traverser toutes ces épreuves nous a soudés pour les siècles à venir. Et contrairement à ce qu'a voulu nous faire croire Odin, notre amour ne met pas en danger l'équilibre des mondes. Tout comme le dixième n'est pas de trop.

Les doigts de Mane glissent sur mon avant-bras, là où demeurent les marques que j'ai acquises chez Hel.

— Ma nuit guerrière... murmure-t-il.

Je m'approche de lui et me sers de son épaule comme appuie-tête. Une de mes mèches noires et bouclées est déjà entre ses doigts. *J'adore quand il fait ça.*

Je me replace correctement pour observer le ciel étoilé à mon tour. C'est idiot, mais je me sens chez moi, enfin.

— Odin est remonté du royaume des Morts, annonce Mane après un silence. Visiblement, Hel n'en voulait plus...

Je fronce aussitôt les sourcils.

— Comment tu sais ça ?

— Sol a croisé Thor chez les géants.

— Et ? Comment va le roi des Dieux ?

— Il a plus de tatouages que moi, paraît-il ! Hel ne l'a pas épargné...

— Elle a eu raison ! J'espère qu'elle aura ce qu'elle désire un jour... Je ne suis pas rancunière, mais... commencé-je.

Mane se met à rire, faisant rebondir ma tête sur son épaule.

— Tu es la personne la plus rancunière de l'Yggdrasil, déesse !

— C'est vrai… Pardon encore pour l'eau froide dans la douche ce matin, dis-je.

Sa main s'enfonce dans mes cheveux, qu'il serre dans son poing en grognant sans pour autant me faire mal. *Et c'est moi la plus rancunière !*

— C'était toi ! Espèce de garce ! ricane-t-il.

— Je t'avais dit que je voulais le dernier beignet…

Il se met à rire.

— Putain, j'ai un problème, parce que je t'aime un peu plus chaque fois que tu me maltraites comme ça.

— Mmh… Le dieu de la lune serait donc maso…

— Il semblerait… soupire-t-il, un sourire aux lèvres. Quoi qu'il en soit, les choses rentrent dans l'ordre. Odin doit être sur le trône. C'est sa place, et il est le seul à pouvoir veiller sur les mondes comme il le fait. Ses fils ne sont pas prêts. Il nous a oubliés… Enfin, non, il a oublié cette prophétie de malheur et le fait qu'elle se soit accomplie…

— Bien… Alors il accepte que nous soyons ensemble, c'est tout ce qui m'importe.

Le silence revient, puis, un sourire aux lèvres, je laisse échapper ce que je retiens depuis quelques secondes.

— Mais quand tu dis qu'Odin doit être sur le trône, tu…

— Non, non ! Je refuse que tu fasses cette vanne, me coupe-t-il aussitôt en riant. Tu traînes beaucoup trop avec Kvasir. Vous avez les mêmes délires nazes !

J'attrape ses doigts pour les mordiller.

— Allez, trouve-moi drôle, mon amour ! ordonné-je.

— Aïe ! Non, je ne peux pas cautionner ça !

On éclate d'un rire commun. *J'aime toutes les facettes de ce dieu !*

Le silence revient. Mane fume en bougeant doucement ses doigts dans mes cheveux, et je contemple l'immensité de la nuit qui recouvre tous les mondes, portant en son sein cette lune en croissant qui semble attendre que je me love contre elle pour se refermer. C'est d'ailleurs ce que je fais.

— Ça fait longtemps qu'on n'a pas visité le septième ciel, murmuré-je.

Le marchand de sable gémit, et mes yeux se ferment pour se rouvrir aussitôt dans le monde des Songes.

♦♦♦

J'embrasse mon dieu avec une passion qui lui prouve mon amour. Comme chaque fois que je me donne à lui, je me sens accomplie et entière.

Le Marchand de sable a hanté mes nuits. Il les habite maintenant de la plus douce façon qui soit.

ÉPILOGUE

Après quelques levers de soleil...

♦♦♦

La fête bat son plein au Drakkar, du côté d'Asgard Town. Quand le Marchand de sable lui-même organise une fête surprise pour le retour de sa déesse, le spectacle est au rendez-vous.

Je ne connais pas la plupart des gens présents, mais eux savent qui je suis et semblent bien plus heureux de me voir que ceux que j'avais rencontrés ici durant cette aventure de dingue. Je crois que beaucoup d'habitants des mondes sont heureux qu'Odin soit un peu plus sage.

Tout le monde rit, boit et s'amuse dans un grand brouhaha joyeux et festif qui me donne le sourire. C'est incroyable de me sentir si bien ici, chez moi. Même le type qui ne parle qu'en vers ou la nana semant derrière elle une vapeur rose qui semble attirer tous les cœurs libres du coin n'arrivent pas à me faire sentir différente. Je suis Nola Nott, la déesse de la nuit.

Quelqu'un a crié tout à l'heure « Vive la déesse humaine ! ». Mane a levé son verre en répliquant un « Je vais te casser les deux jambes ! » avec un sourire forcé, déclenchant un éclat de rire général, et des encouragements ont retenti partout dans le vieux pub. Pour tous, je suis la déesse qui revient de chez les hommes et qui le porte sur elle. Ça ne me dérange pas, Midgard fait partie de mon histoire.

Un peu en retrait, mon troisième verre à la main, je scrute cette foule joyeuse. Je repense au « petit mot » qu'on a reçu tout à l'heure de la part de Gerd, mon amie la géante. De quatre mètres sur deux à tout casser, le rouleau de carton, lancé depuis Jötunheim Town, a atterri si près de Kyle que les géants ont dû l'entendre hurler de chez eux. Gerd s'excuse de ne pas pouvoir être de la fête et affirme que nous sommes les bienvenus chez elle quand on veut.

Une flèche en papier fuse près de moi pour s'effriter contre un mur plus loin, amenant avec elle un mauvais souvenir. Le responsable de cet affront croise justement mon regard et exécute une courbette respectueuse avec un sourire. Je lui réponds d'un coup de menton, qui est plus une provocation en duel qu'un salut. J'espère qu'il le comprend. Visiblement, oui, puisqu'il se pince les lèvres et s'enfonce dans la foule, penaud. Autant qu'ils sachent tous que Nott est revenue. La nuit s'impose sans laisser le choix à quiconque. Pour l'heure, je laisse tout le bar y voir clair.

Quelque chose glisse dans mon dos, me faisant sursauter. *Heureusement que mon verre était presque vide…*

Une cigarette éteinte au coin de la bouche, le Marchand de sable vient s'installer à côté de moi et m'attire sur ses genoux d'un bras qu'il passe autour de ma taille.

Je dois tourner la tête pour le regarder.

— Tu m'aides à finir ? propose-t-il avec un petit sourire en désignant le verre gigantesque qu'il tient dans sa main droite.

— Je t'ai vu faire cul sec avec les deux précédents. De toute évidence, tu n'as besoin de personne pour finir celui-ci…

Il se met à ricaner, et son front s'écrase sur mon épaule, comme si sa tête était trop lourde. Maintenant qu'il peut à nouveau boire sans risquer une cuite douloureuse, il ne se gêne pas !

— Et ça ne m'a pas empêché de remporter la victoire au billard… même quand Kvasir a arrêté le temps pour tricher.

Mon rire secoue mon corps, obligeant Mane à redresser sa tête. Un mouvement attire notre attention plus loin dans la salle. Kyle grimpe laborieusement sur une table, sous les rires de tous.

— Oh ! braille-t-il une fois stabilisé. Le Marchand de… table ! Viens prendre ta revanche, mec ! bredouille-t-il.

— C'est moi ou il a l'air soûl ? Je croyais qu'un dieu ne…

— Il y a d'autres moyens que l'alcool pour se mettre minable, pour un dieu… Et Kvasir supporte mal l'absence de ta copine, je crois… L'eau de la canopée, si t'en prends un peu trop, c'est aussi violent que les drogues humaines.

Je fronce les sourcils et regarde Kyle continuer de faire le con sur la table bancale.

— Ô Ella… Es-tu là ? commence à chanter Kyle. Serais-je assez fou, pour tenter le coup ? La nuit et la lune, chassent le crépuscule. Et j'en suis témoin, l'amour revient de loin. Qu'en est-il pour un dieu amoureux d'une humaine ? Odin fera-t-il exception à la règle pour la mienne ? Ô Ella, es-tu là ?

— Merde… À ce point-là ? demandé-je à Mane.

— Tu l'as dit, bébé.

Sol déboule de nulle part. Kyle se penche vers elle en titubant. Elle l'attrape par la nuque pour qu'il redescende de son perchoir. Il s'exécute, mais la tête la première, sans les mains, et il roule lourdement par terre en grognant.

— Aïe ! Il a dû la sentir, celle-là, commenté-je en grimaçant.

— Tu parles ! Il est tellement fait, il la sentira demain... ajoute Mane en riant.

— Je sens qu'on n'a pas fini d'en entendre parler, dis-je. Tout repose sur Ella, maintenant...

— Ouais, et Odin... C'est à nouveau lui qui décide... Un dieu et une humaine, c'est interdit, pour l'équilibre, bla, bla... Tu connais le truc, maintenant !

— L'équilibre, encore lui...

Mane dépose ses lèvres sur ma tempe.

— Les âmes liées se retrouvent toujours, mon amour...

J'appuie ma peau contre sa bouche. Il sent la bière, mais peu importe. Il est là contre moi et il me laisse l'aimer.

— Et puis, on a autre chose à fêter ! dit-il. Jeune diplômée...

— Oui ! Ce foutu master a failli m'avoir à la place d'Odin. J'en ai enfin fini avec mes études.

Mane me sourit. Même s'il n'a pas compris pourquoi je voulais quand même passer mon diplôme sur Midgard, il m'a soutenue sans relâche avant mes derniers partiels, et son aide a été cruciale en ce qui concernait la mythologie nordique.

D'ailleurs, dès l'année prochaine, j'enseignerai avec Sol.

Kyle aime s'occuper du bar, et Mane reste fidèle à lui-même. Il s'occupe des rêves des hommes... Et il y a du boulot. D'après lui, trop d'humains passent leur nuit à me mater au lieu de dormir… Il ne manque jamais une occasion pour m'accompagner à Midgard, me suivant comme mon ombre, ou un vigile d'un nouveau genre. J'aime toujours prendre le métro, et lui toujours pas. Je crois que j'aime qu'il soit jaloux… Alors qu'il le sait, maintenant, il est mon unique horizon.

Je lui lance un regard, l'embrasse et murmure près de ses lèvres :

— Mon Marchand de table à moi…

— Tu veux que je te montre ce que je sais faire sur une table ? demande-t-il en posant son grand verre pour retirer la cigarette de sa bouche.

C'est comme s'il actionnait un interrupteur dans mon cerveau. *Lui, moi et une table ? J'aime l'idée !* Avoir autant envie de sexe n'est pas humain. *Kyle a raison, on a peut-être une maladie en plus d'avoir quelques années à rattraper.*

Mane frotte son nez dans mon cou, et je tourne la tête pour le voir. J'aime la lueur qui l'habite quand il me veut. C'est dans ces moments-là qu'il est le plus beau.

Nos regards s'accrochent, puis il se penche et m'embrasse avec force.

Lorsqu'il libère à nouveau mes lèvres, je les lèche et le sens se contracter des pieds à la tête.

— Tu oses me provoquer avec cette langue ? chuchote-t-il.

Il se penche à nouveau, mais je l'évite pour planter mon regard dans le sien. Sa tête recule un peu pour mieux me fixer, ce qui fait ressortir les muscles de son cou. Je recommence sans le quitter des yeux. Ses mains empoignent mes hanches en même temps qu'un grognement remonte de sa gorge. Un éclair passe dans son regard, et ses tatouages se mettent à courir sur sa peau, signe qu'il perd le contrôle et qu'il va craquer.

— Mmh… Nott, arrête de me chercher !

— Sinon quoi ? le provoqué-je sans détourner le regard avec un petit coup de menton dans sa direction.

Il serre les dents et renforce sa prise sur mes hanches pour m'attirer encore plus à lui.

— Sinon, tu vas…

Je me lèche encore les lèvres avant de les mordiller de manière provocante, ce qui lui coupe la parole.

Je n'ai pas le temps de sourire qu'une véritable tornade rouge s'abat autour de nous. Ma poitrine percute celle de Mane, et mes pieds quittent le sol, me laissant à peine le temps de m'agripper à son cou. *Oui, il craque !*

Le voyage ne dure pas longtemps. Mes pieds retouchent vite le sol, et mon dos percute une surface dure sur laquelle je suis brutalement allongée. Je devine que c'est une table, mais impossible de savoir où elle se trouve parce que les mains de Mane écartent mes cuisses pour s'y loger. Son entrejambe durcit contre moi. Son torse vient trouver le mien, et sa bouche empêche la mienne de laisser échapper les gémissements qu'il provoque.

Son regard se plante dans le mien.

— Je t'aime tant, ma nuit… murmure-t-il.

— Je t'aime, mon Marchand de sable…

Il se met à rire puis m'embrasse.

♦♦♦

— Mane…

— Mmh…

— Regarde-moi, dis-je.

Il dépose l'assiette de gaufres qu'il tenait sur la table devant moi et relève le nez avec un air amusé. J'enfonce mon doigt sur le bouton, et le déclic de mon appareil photo résonne. J'attrape le Polaroid qui en sort et le secoue. Mane rit en buvant une gorgée.

— Je crois que je ne me lasserai jamais de te photographier, assuré-je.

— Heureusement que j'adore ça, alors ! raille-t-il.

— Mens pas, tu aimes qu'on te mate, lâche Sol en entrant dans la cuisine. NE T'ARRÊTE JAMAIS DE FAIRE ÇA, ajoute-t-elle à mon intention en pensées. J'ADORE LE VOIR RAGER.

Il lui lève son majeur sans se retourner, et un rayon flamboyant fait voler sa tasse de thé plus loin dans la pièce. J'explose de rire. *Ils sont irrécupérables, ces deux-là !*

— C'est aujourd'hui que tu vas chez ta mère ? me demande Sol en ouvrant le frigo.

Mane se lève et part la rejoindre pour se prendre une autre tasse.

— Ouais… Je vais lui parler de ton frère, et dans quelques semaines, ils vont se rencontrer !

Je l'imagine déjà, la tête rentrée dans les épaules, assis dans la petite cuisine de ma mère, une assiette de hachis Parmentier sous le nez. J'ai compris il y a peu de temps que la déesse des morts m'avait montré le pire schéma envisageable. Je peux être Nott tout en gardant mon humanité, ma mère ne m'oubliera donc pas.

— Putain, Mane, t'as une belle-mère ! Tu sais que chez les hommes, c'est un truc que personne ne veut ?

Le dieu de la lune fronce les sourcils. Beaucoup de choses le laissent perplexe dans le comportement humain. Il ne comprend par exemple pas pourquoi les gens ont des chiens. Pour lui, un animal n'appartient à personne. Sa philosophie me fait voir les choses autrement.

J'attrape la première gaufre de l'assiette avec envie lorsque Kyle entre dans la pièce en saluant tout le monde.

Un petit cliquetis résonne sous mes yeux quand je la déchire en deux. Je baisse aussitôt la tête vers mon assiette. *Qu'est-ce que c'est ?*

Mes yeux découvrent une petite bague fine. Je bloque dessus une seconde avant de relever le nez vers Mane. Il est debout, de l'autre côté de la table, et plie une jambe jusqu'à se retrouver un genou à terre.

— Mais non... dis-je, la voix déjà tremblante d'une émotion incontrôlable.

— Oh si, bébé... souffle-t-il avant de se racler la gorge comme pour se préparer.

— BIEN JOUÉ, FRÉROT, ELLE N'A RIEN VU VENIR ! le félicite Sol en sourdine.

Alors elle était au courant !

Mane me regarde avec les yeux brillants et me sourit. Il doit se sentir un peu ridicule, mais lui et moi le savons, rien n'est vraiment sérieux dans ce monde. Mon sourire fait rouler des larmes de bonheur sur mes joues.

— Déesse Nott... veux-tu m'épouser, encore une fois ? demande-t-il enfin.

Je me mords la lèvre inférieure et souris à pleines dents.

— Oui, dieu de la lune ! Plutôt deux fois qu'une.

Il saute par-dessus la table pour attraper la bague et la débarrasser des bouts de gaufre qui sont restés accrochés dessus. Il la passe autour de mon doigt et m'embrasse, ses paumes sur mes joues.

— Je t'aime, Nola... merci.

Sol et Kyle applaudissent avec des sourires qui me touchent tant que je n'arrive plus à parler.

Mane, je t'aime tellement !

Je lui lance un regard. Ses tatouages, son air brut mais si doux en réalité, et cet amour qu'il ne laisse sortir que lorsqu'il me regarde... J'aime tout de lui.

Maintenant que nous sommes ensemble, plus rien ne viendra à bout de ce qui nous lie. Le Marchand de sable et la nuit pour toujours, comme le disait la légende.

ÉPILOGUE

Quelque temps après une nuit de pleine lune

♦♦♦

J'arrive dans la chambre, prête à aller me coucher. Mane a le nez dans l'armoire quand je me jette sur le lit. Il rabat une des portes pour me regarder.

— Ça va ? me demande-t-il.

— Je veux dormir ! Je crois que c'est cette journée à aider Sol à ranger son merdier qui m'a épuisée.

— En même temps, Sol est la nana la plus bordélique des neuf mondes ! raille-t-il en fouillant à nouveau dans son armoire.

— Impossible de contredire ça ! confirmé-je en m'étirant de tout mon long.

La vache, j'ai mal partout.

— Tu mets ça, demain ?

— Ouais, si tu veux, mon amour… marmonné-je.

— Ouvre les yeux avant d'accepter !

Je me mets à rire.

— Je peux pas. Mes paupières sont trop lourdes, bébé… Tu crois que je tombe malade ? J'ai peut-être attrapé froid à la source des elfes blancs la semaine dernière ?

— Je ne crois pas. Les dieux ne chopent pas les maladies des humains. Bordel, pourquoi tu m'as parlé de la source ? J'ai déjà envie qu'elle s'ouvre à nouveau. Vraiment, une fois par an, c'est trop peu pour t'avoir une nuit entière autour de moi…

Un silence passe, et le dieu de la lune grogne.

— Et voilà, je bande comme un ouf !

Je sens le lit bouger. Mane vient s'installer près de moi. Aussitôt, quelque chose vient me chatouiller les narines, comme un nuage de poussière.

— Ah ! Merde, je vais…

J'éternue avec force en rebondissant dans mon lit.

— La violence du… commencé-je en rouvrant les yeux. Bordel !

Je me redresse aussi vite que je peux en comprenant que je ne suis plus dans mon lit. Mes fesses glissent sur une pile de vêtements mal entassés pour rejoindre le sol, comme sur un toboggan.

Je lève le nez et reconnais le décor autour de moi. Des vêtements partout, mal rangés et entassés en grand nombre dans un endroit trop petit. Non, ceci n'est pas la chambre de Sol. *Mais qu'est-ce que je fais chez les Nornes ?*

— Ah ! Ça commence, articule la plus vieille alors que je me relève.

— Et la voici debout… soupire celle de mon âge.

— C'est comme ça que vous me convoquez ? Sérieusement ? envoyé-je, énervée.

Je ne voulais qu'une chose, ce soir : rejoindre le monde des Songes et m'allonger paisiblement dans la prairie.

— Déesse Nott ! s'exclame une voix enthousiaste.

La petite fille déboule dans mes jambes et me saute au cou. Ses bras fins m'enserrent avec une joyeuse force.

— Je savais que tu viendrais ! dit-elle.

— Ah ! J'aurais aimé être au courant auss...

Je m'arrête, mon nez me chatouille de nouveau. Avant de pouvoir poser la petite fille, j'éternue aussi violemment que la première fois.

Je me retrouve plantée au milieu de la cuisine du manoir. Kyle, Sol et Mane dans tous ses états se tournent vers moi et la petite Norne que je tiens toujours contre moi.

— Bordel, Nott ! s'exclame mon mari, visiblement inquiet.

— Désolée, je ne sais pas ce qu'il se passe, j'ai fini chez les Nornes !

La fillette saute justement de mes bras et va escalader Mane. Elle lui fait un câlin, comme si c'était son papa. Il est si surpris qu'il se fige.

— Dieu de la lune, je suis heureuse pour toi. Peut-être seras-tu moins gros ensuite ?

Sol et Kyle sont morts de rire, et moi, j'ai encore le nez qui pique. *C'est pas vrai ! Quoi qu'en dise Mane, j'ai attrapé froid à la source !*

J'éternue encore, mais cette fois, je ne pars pas de chez moi. Ma nuit tombe sur la pièce et se résorbe aussitôt, attirant l'attention de tout le monde.

— Est-ce que ça va ? demande Sol uniquement pour moi.

— Ouais, je crois. J'ai...

— Je rêve ou elle vient d'éternuer ? interroge Kyle.

— J'ai attrapé froid, on dirait.

— Les dieux n'attrapent pas de maladie en allant à la source, Nott ! s'exclame la petite Norne que Mane tente de décoller de son buste.

L'attention de tous se braque sur elle tandis que Mane parvient enfin à la reposer par terre. Je ressens une pointe de honte. Tout le monde sait que Mane et moi étions à la source, maintenant...

— Ah bon ? Alors, qu'est-ce qu'elle a attrapé, pour être dans cet état ? la questionne Mane en levant les yeux au ciel face au petit côté « je sais tout » de la jeune fille.

Elle se met à rire et me lance un sourire immense.

— Une déesse amoureuse peut attraper à la source...

— Abrège ! rage Mane.

— Un bébé !

Et elle disparaît en un clin d'œil en me laissant avec ce qu'elle vient de balancer.

Le silence dans la cuisine du manoir n'a jamais été aussi pesant. Je relève le nez vers Mane, qui affiche une mine incrédule, comme nous tous.

— BORDEL, NOTT, T'ES EN CLOQUE ? pense Sol.

Je tourne la tête vers elle, et les larmes me montent aux yeux. *Panique à bord !*

— C'est possible, ça ? interrogé-je.

Elle hausse les épaules, et c'est Kyle qui me répond.

— C'est tellement rare que la dernière naissance issue de dieux, c'est moi, les gars !

Je ferme les yeux et avale ma salive. *Nola, respire, ne panique pas !* Bon sang, je n'étais vraiment pas préparée à ça. Toute la cuisine m'apparaît en noir et blanc. Ma nuit recouvre tout.

— Bébé... chuchote Mane, soudain tout près de moi.

Ses bras glissent autour de ma taille et se referment dans mon dos.

— Calme-toi, je suis là...

— J'ai peur. On est prêts pour un truc pareil ?

Il se met à rire et me serre contre lui.

— Pas du tout ! On était prêts à rien jusque-là. Pourquoi changer une formule gagnante ?

Il a sûrement raison, mais tout de même...

— C'est ta mère qui va être ravie, ajoute-t-il.

— Oh mon dieu ! Comment je vais lui annoncer ça ! m'exclamé-je en me redressant.

Prenant conscience qu'ils sont encore tous plongés dans le noir, je lève la nuit qui était tombée malgré moi.

— Comment tu as pu m'atteindre dans le noir ? interrogé-je Mane.

— Tu brilles dans le noir, mon amour... Je crois que ce petit bout veut faire savoir qu'il est déjà là... souffle-t-il en posant sa paume à plat sous mon nombril.

— J'ai du mal à y croire. Je vais être tonton ! envoie Kyle.

Je croise leurs regards, à Sol et lui. Ils ont l'air si heureux que ma panique s'atténue.

— Je ne peux pas être plus heureux... Mon amour, on va avoir un bébé, murmure Mane en m'embrassant.

— Je t'aime, lui retourné-je. Et désolée, mais je vais encore...

Éternuer.

Impossible de finir ma phrase, je me retrouve dans le jardin encore plongé dans la nuit. Une nuée rouge familière me rejoint la seconde suivante. Mon mari est mort de rire.

— Mon amour, je vais devoir t'attacher au lit ?

— C'est un calvaire ! m'exclamé-je.

Les insectes rouges forment une bulle frémissante autour de nous alors que Mane me prend dans ses bras en plongeant ses yeux dans les miens, soudain bien plus sérieux. Il me regarde avec tout l'amour du monde. Un amour insondable, infini...

J'embrasse celui que j'aime. Peu importe que nous soyons prêts pour ce que nous réserve ce bébé, tant qu'il est mien, je pourrai tout affronter.

REMERCIEMENTS

♦♦♦

Terminer le *Marchand de sable*, c'est refermer une porte sur un monde que de nombreuses personnes ont contribué à construire. Voici le temps de les remercier comme elles le méritent.

Je ne peux pas débuter ces remerciements sans parler de *Fyctia* et de *Wattpad*, où sont nés les héros de cette histoire. Du début à la fin, l'aventure du *Marchand de sable* y a été incroyable. C'est là que sont nés les « Jeudis Sacrés », et qu'au fil des semaines Mane et Nott ont traversé toujours plus d'épreuves pour se retrouver.

Merci à tous ces anonymes des réseaux sociaux pour les centaines de messages, les milliers de commentaires et tout ce soutien qui m'a permis de tenir le coup et de continuer à faire vivre mes romans.

Peu de personnes le savent, mais *Le Marchand de sable* a été écrit avant *Adopted Love* et *Baby Random*, mes premiers romans publiés chez Hugo Poche. Et alors que mon éditrice et moi nous mettions au travail pour le faire tout beau pour sa sortie, je me suis rendu compte du chemin parcouru depuis son commencement. Être publiée est le meilleur truc qui me soit arrivé, parce que ça m'a permis de grandir et d'apprendre de mes erreurs. Pour tous ceux qui ont lu *Le Marchand de Sable* avant son lifting, J'espère que cette nouvelle version vous a autant transportés que la précédente. J'ai pris plaisir à me replonger dans cette histoire. La romance entre Mane et Nott est unique et, oui, à moi aussi elle me manque déjà !

J'adresse un merci plein de paillettes à toute l'équipe de chez Fyctia et Hugo&Cie. Merci de faire vivre la New Romance française ! Je suis si fière de placer quelques pierres à cet édifice.

Sachez-le, Marine (l'éditrice qui me supporte et bosse avec moi sur chacun de mes romans) est une personne incroyable. Elle est capable de bosser la nuit, tôt le matin un dimanche et même pendant les jours fériés. Elle travaille même en dormant. Je remercie le destin de m'avoir placée sur sa route.

D'autres personnes rencontrées grâce à l'écriture doivent être citées ici : C.S. Quill en premier lieu. Lire du C.S. Quill, c'est comme boire un chocolat chaud emmitouflé dans un plaid qui sent bon : c'est à consommer sans modération ! Quillos (comme je la nomme en privé), j'ai hâte ! #BS. Et Célia (pas celle de *Baby Random*, la vraie qui travaille dur dans l'ombre) une pensée particulière pour toi. Il y a des *teams* qui n'existent que lorsqu'elles sont enfin complètes. #TeamBiterfly

J'ai souvent une pensée pour ma famille : mes parents, mon mari et mes enfants qui se plient en quatre pour que je puisse avancer. Mais aussi ma sœur et mes cousines. Vous n'imaginez pas à quel point je suis émue quand je reçois un petit message qui dit simplement « Fini !

J'ai adoré. Le prochain sort quand ? ». Ce soutien est un souffle d'inspiration.

Les amis. Oui, je suis plutôt du genre discret depuis quelque temps, et je ne réponds jamais quand on m'appelle, mais je pense toujours à vous ! Merci de me lire, j'adore recruter de nouvelles lectrices qui viennent ensuite gonfler les rangs de la New Romance ! #hiboudéter

Et, pour finir, merci à tous ceux qui lisent ces mots ! Personne ne lit jamais ce truc-là, si ? :D

À très vite !
Love,
Gaïa Alexia.

PS : On se retrouve sur les réseaux sociaux, vos avis m'intéressent plus que le carnet de vaccination de mes chats !

Quelques éléments de mythologie nordique

♦♦♦

LES DIEUX NORDIQUES

Les dieux nordiques (descendants des géants) se subdivisent en deux groupes : les Ases (dieux guerriers) et les Vannes (associés à la sagesse et à la magie). La première guerre de l'univers les opposa, jusqu'à ce qu'une trêve soit conclue après qu'ils aient constaté être de force égale (chacun s'échangeant des otages pour garantir la paix). Ces dieux sont mortels et craignent le Ragnarök (fin du monde), qu'ils savent cependant ne pouvoir empêcher.

DELLING : Ase. Dieu du crépuscule. Mari de Nott et père de Dag (fait que Gaïa Alexia choisit volontairement de remettre en cause dans *Le Marchand de sable*).

HEL : Ase. Déesse du royaume des morts où elle a été envoyée dès son enfance par les dieux (notamment Odin) pour éviter la réalisation d'une prophétie annonçant qu'elle et ses « frères » représentaient une menace pour eux. Fille de Loki. Son visage présente deux faces distinctes : une faite de chair en décomposition et l'autre d'une beauté à couper le souffle.

KVASIR : divinité créée par les dieux après la guerre qui opposa les Ases et les Vannes. Lors de leur réconciliation, ils crachèrent dans un chaudron et donnèrent, à partir de leur salive, naissance à Kvasir, dont le but est d'enseigner sa connaissance et la sagesse aux hommes.

LOKI : Ase. Dieu de la discorde. Loki est un dieu complexe, à la fois ami et ennemi des autres dieux. Il a la capacité de se transformer (en animal par exemple).

MANE (OU MANI) : Ase. Dieu de la lune, et frère de Sol, la déesse du soleil. Mane et Sol ne sont pas nés dieux, mais mortels (cas rare dans la mythologie nordique). Respectivement responsables de la lumière de la nuit et de celle du jour, ils filent dans le ciel, chacun sur un char, poursuivis par les loups Hati et Sköll.

MEILI : Ase. Dieu de l'oubli. Frère de Thor, fils d'Odin et de Jörd.

MIMIR : Ase. Dieu de la sagesse et de la connaissance. Otage envoyé par les Ases aux Vannes à l'issue de la première guerre des dieux. Découvrant qu'ils avaient été trompés sur les otages, les Vannes décapitèrent Mimir et renvoyèrent sa tête à Odin. Grâce à sa magie, Odin rendit la vie à cette tête qui devint alors capable de révéler les secrets de chacun. Mimir est le gardien de la source de Mimirsbrunn, qui recèle la sagesse. En quête de savoir, Odin s'y rendit et accepta de sacrifier un œil pour acquérir cette connaissance.

NOTT : Ase. Déesse de la nuit. Nott se maria trois fois, dont la dernière avec le dieu Delling (dieu du crépuscule) avec lequel elle eut un fils nommé Dag, dieu du jour. Chacun sur un char, Nott et son fils Dag crée la succession du jour et la nuit en se poursuivant autour de la Terre. (Dans le Marchand de sable, Gaïa Alexia choisit volontairement de s'éloigner de ce que la mythologie nous dit de la déesse Nott pour lui imaginer une autre histoire d'amour).

ODIN : Ase. Dieu du savoir, de la victoire et de la stratégie (notamment). Dieu le plus important de la mythologie nordique. Il a le pouvoir d'observer les 9 mondes. Il est accompagné de deux loups (Geri et Freki) et dirige les puissantes guerrières Walkyries.

SOL : Ase. Déesse du soleil, et sœur de Mane. poursuivie dans le ciel par le loup Sköll. Elle file sur son char pour lui échapper.

THOR : Ase. Dieu du tonnerre. Fils d'Odin et de Jörd. Puissant dieu guerrier. Il porte une ceinture magique et manie un marteau capable de contrôler la foudre.

PERSONNAGES / CRÉATURES MYTHOLOGIQUES

AUDHUMLA : vache à l'origine de l'apparition du dieu Buri, père de Bor, lui-même père d'Odin.

ELFES NOIRS : êtres de la mythologie nordique vivants dans les souterrains du monde de Svartalfheim. Ils peuvent être bons comme mauvais et travaillent dans les forges de l'yggdrasil.

GARM : chien à la gueule dégoulinante de sang, enchaîné au Helheim, vers l'entrée du Niflheim. Il y garde le monde des morts, dirigé par la déesse Hel.

GÉANTS : ancêtres et souvent ennemis des dieux Ases et Vannes. Descendants du géant originel Ymir. Ils résident dans le monde du Jotunheim. Êtres de la mythologie nordique dotés d'une force hors du commun.

GERD : géante d'une beauté à couper le souffle. Épouse de Freyr. Personnification de la fertilité.

NORNES : déesses qui résident près du puit du destin. Elles connaissent le destin de chacun (dieu, humain, géants…). Dans la mythologie nordique, le destin de chacun est tracé.

WALKYRIES : femmes guerrières vierges, au service d'Odin. Ce sont elles qui emmènent l'âme des héros guerriers au Valhalla. Elles sont également les messagères d'Odin.

GÉOGRAPHIE DES MONDES

Dans la mythologie nordique, l'univers est divisé en 9 mondes distincts, répartis dans l'arbre monde Yggdrasil. Ils sont organisés sur 3 niveaux (leur répartition variant selon les sources) :

Niveau 1 : Asgard, Vanaheim, Alfheim
Niveau 2 : Midgard, Jotunheim, Svartalfheim
Niveau 3 : Helheim, Niflheim, Muspellheim

ASGARD : domaine des dieux Ases. Asgard est entouré d'une muraille construite par un géant, et réputée infranchissable. C'est également sur Asgard que se trouve le Valhalla (lieu de repos des guerriers morts au combat, en attendant le Ragnarök).

ALFHEIM : monde des elfes de lumière (en opposition aux elfes noirs). Les elfes sont considérés comme plus petits que les humains, mais plus futés.

MIDGARD : terre des humains, créée par les dieux à partir des organes du géant Ymir. Midgard est entouré d'un océan dans lequel vit le serpent géant Jörmungand qui empêche les intrus d'y pénétrer.

JOTUNHEIM : terre des géants, perpétuellement enneigée.

SVARTALFHEIM : terre des elfes noirs.

HELHEIM : Royaume de Hel. Il s'agit d'un monde dominé par les vents et la pluie, qui précède le Niflheim. C'est au Helheim que se trouve le manoir de Hel, Eljundnir.

NIFLHEIM : Monde de glace (à l'origine de la naissance du géant Mimir et de la création des 9 mondes avec le Muspellheim (monde du feu)). Résidence des morts (de maladie et de vieillesse, les guerriers allant à Asgard au Valhalla).

DÉCOUVREZ LES AUTRES TITRES DE LA COLLECTION HUGO NEW ROMANCE®

hugonewromance

www.festivalnewromance.fr

www.hugoetcie.fr